古典詩歌研究彙刊

第三輯

龔鵬程 主編

第 12 冊

明三家畫題畫詩研究（中）

錢 天 善 著

國家圖書館出版品預行編目資料

明三家畫題畫詩研究（中）／錢天善 著 — 初版 — 台北縣永
和市：花木蘭文化出版社，2008〔民97〕

目 2+248 面；17×24 公分（古典詩歌研究彙刊 第三輯；第 8 冊）

ISBN 978-986-6831-89-8（精裝）

1.（明）沈周　2.（明）唐寅　3.（明）文徵明　4.學術思想
5.題畫詩　6.詩評　7.畫論

851.465　　　　　　　　　　　　　　　　　　97000401

ISBN 978-986-6831-89-8

古典詩歌研究彙刊
第三輯　第十二冊　　　　　　ISBN：978-986-6831-89-8

明三家畫題畫詩研究（中）

作　　者　錢天善
主　　編　龔鵬程
出　　版　花木蘭文化出版社
發 行 所　花木蘭文化出版社
發 行 人　高小娟
聯絡地址　台北縣永和市中正路五九五號七樓之三
　　　　　電話：02-2923-1455／傳真：02-2923-1452
電子信箱　sut81518@ms59.hinet.net
初　　版　2008 年 3 月
定　　價　第三輯 20 冊（精裝）新台幣 28,000 元

明三家畫題畫詩研究（中）

錢天善　著

目

次

附錄一：明四家現存畫目

凡　例

一、「**編號**」欄之編號爲本畫目編號

　　編號頭位數字1：沈周。2：唐寅。3：文徵明。4：仇英。

　　編號二位數字1：台灣公藏。2：大陸各地藏。3：海外收藏。

　　　　　　　　　　4：民間收藏。

二、「**收藏編號**」

　　「呂、調、成、收、中博、律、麗、來、雲、崑、雨、騰」：爲
　　　國立故宮博物院原藏畫編號。

　　「國贈」：爲民間捐贈國立故宮博物院之書畫。

　　「王雪艇」：爲王雪艇先生續存國立故宮博物院之書畫。

　　「何應欽」：爲何應欽將軍遺贈國立故宮博物院之書畫。

　　「大風堂贈」：爲張大千先生遺贈國立故宮博物院之書畫。

　　「京、滬……」：爲大陸各地原藏畫編號，簡稱與全名之對照如
　　　下：（以華北、華中、華南、東北、西北爲序，依次爲：京、
　　　津、冀、豫、魯、皖、蘇、晉、陝、贛、浙、滬、湘、鄂、川、
　　　渝、閩、粵、桂、黔、滇、遼、吉、黑、甘、新。）

京1：北京故宮博物院。

京2：中國歷史博物館。

京3：中國美術館。

京4：北京市文物局。

京5：首都博物館。

京6：北京畫院。

京7：中央美術學院。

京8：中央工藝美術學院。

京9：中國文物商店總店。

京10：北京市工藝品進出口公司。

京11：榮寶齋。

京12：北京市文物商店。

京13：徐悲鴻紀念館。

津1：天津市文化局文物處。

津2：天津市歷史博物館。

津3：天津美術學院。

津4：天津人民美術出版社。

津5：天津楊柳青畫社。

津6：天津市文物公司。

津7：天津市藝術博物館。

冀1：河北省博物館。

冀2：河北省石家莊文物管理所。

冀3：河北省承德避暑山莊博物館。

冀4：河北省蔚縣文化館。

冀5：河北省文物商店。

冀6：河北省唐山市博物館。

冀7：河北省北戴河文物管理所。

冀8：河北省師範學院。

冀9：河北省滄縣文化館。

豫1：河南省博物館。

豫2：河南省鄭州市博物館。

豫3：河南省新鄉博物館。

豫4：河南省安陽博物館。

魯1：山東省博物館。

魯2：山東省濟南市博物館。

魯3：山東省文物商店。

魯4：山東省濟南市文物商店。

魯5：山東省青島市博物館。

魯6：山東省青島市文物商店。

魯7：山東省煙臺市博物館。

魯8：山東省煙臺市文物商店。

魯9：山東省膠州市博物館。

魯10：山東省棲霞縣文物管理所。

魯11：山東省惠民縣文物管理所。

魯12：山東省平度市博物館。

魯13：山東省德州市文博館。

魯14：山東省藝術學院。

皖1：安徽省博物館。

皖2：安徽省文物商店。

皖3：安徽省黃山市博物館。

皖4：安徽省歙縣博物館。

皖5：安徽省桐城縣博物館。

皖6：安徽省巢湖地區文物管理所。

皖7：安徽省休寧縣博物館。

皖8：安徽省壽縣博物館。

皖9：安徽省懷寧縣文管所。

蘇1：蘇州博物館。

蘇2：蘇州靈巖山寺。

蘇3：蘇州市文物商店。

蘇4：常熟市文物管理委員會。

蘇5：吳江縣博物館。

蘇6：無錫市博物館。

蘇7：無錫市文物商店。

蘇8：南通博物苑。

蘇9：南通市文物商店。

蘇10：揚州市博物館。

蘇11：揚州市文物商店。

蘇12：泰州市博物館。

蘇13：鎮江市博物館。

蘇14：鎮江市文物商店。

蘇15：常州市博物館。

蘇16：常州市文物商店。

蘇17：徐州博物館。

蘇18：南京大學。

蘇19：江蘇省美術館。

蘇20：南京市博物館。

蘇21：南京市文物商店。

蘇22：江蘇省文物商店。

蘇23：南京師範大學。

蘇24：南京博物院。

晉1：山西省博物館。

晉2：山西省晉祠文物管理處。

晉3：山西省祁縣博物館。

陝1：陝西歷史博物館。

陝 2：陝西省西安市文物保護考古所。

贛 1：江西省博物館。

贛 2：江西省八大山人紀念館。

贛 3：江西省景德鎮博物館。

贛 4：江西省婺源縣博物館。

贛 5：江西省廬山博物館。

浙 1：浙江省博物館。

浙 2：浙江省圖書館。

浙 3：浙江美術學院。

浙 4：浙江省杭州西冷印社。

浙 5：浙江省杭州市文物考古所。

浙 6：浙江省蕭山縣文管會。

浙 7：浙江省富陽縣文管會。

浙 8：浙江省嘉興市博物館。

浙 9：浙江省海鹽縣博物館。

浙 10：浙江省海寧市博物館。

浙 11：浙江省桐鄉縣博物館。

浙 12：浙江省嘉善縣博物館。

浙 13：浙江省平湖縣博物館。

浙 14：浙江省湖州市博物館。

浙 15：浙江省德清縣博物館。

浙 16：浙江省長興縣博物館。

浙 17：浙江省安吉縣博物館。

浙 18：浙江省紹興市博物館。

浙 19：浙江省新昌縣博物館。

浙 20：浙江省嵊縣文管會。

浙 21：浙江省金華市太平天國侍王府紀念館。

浙 22：浙江省東陽市文物管理辦公室。

浙 23：浙江省衢州市博物館。

浙 24：浙江省縉雲縣文管會。

浙 25：浙江省溫州博物館。

浙 26：浙江省泰順縣文物館。

浙 27：浙江省瑞安縣文物館。

浙 28：浙江省臨海市博物館。

浙 29：浙江省大臺縣博物館。

浙 30：浙江省黃嚴縣博物館。

浙 31：浙江省舟山地區文化局。

浙 32：浙江省舟山普陀山文物館。

浙 33：浙江省餘姚縣文管會。

浙 34：浙江省寧波市鎮海區文管會。

浙 35：浙江省寧波市天一閣文物保管所。

浙 36：浙江省寧波市文管會。

浙 37：浙江省麗水市博物館。

浙 38：浙江省天臺國清寺。

浙 39：浙江省義烏市博物館。

浙 40：浙江省鄞縣文管會。

浙 41：浙江省溫嶺縣文管會。

滬 1：上海博物館。

滬 2：上海畫院。

滬 3：上海美術館。

滬 4：中國美術家協會上海分會。

滬 5：上海人民美術出版社。

滬 6：上海友誼商店古玩分店。

滬 7：朵雲軒。

滬 8：上海工藝品進出口公司。

滬 9：上海古籍書店。

滬 10：上海友誼商店。

滬 11：上海文物商店。

湘 1：湖南省博物館。

湘 2：湖南省長沙市博物館。

湘 3：湖南省圖書館。

鄂 1：湖北省博物館。

鄂 2：湖北省武漢市博物館。

鄂 3：湖北省武漢市文物商店。

鄂 4：湖北省鍾祥縣博物館。

鄂 5：湖北省宜昌市文物處。

川 1：四川省博物館。

川 2：四川大學。

川 3：四川省成都市博物館。

川 4：四川省成都市杜甫草堂。

川 5：四川省文物商店。

川 6：四川省眉山縣三蘇博物館。

渝 1：重慶市博物館。

渝 2：重慶市圖書館。

渝 3：四川美術學院。

閩 1：福建省博物館。

閩 2：福建省福州市博物館。

閩 3：福建省廈門市博物館。

閩 4：福建省廈門華僑博物館。

閩 5：福建省寧化縣紀念館。

閩 6：福建省南平市博物館。

閩 7：福建省泉州市文物管理委員會。

閩 8：福建省安溪縣博物館。

粵 1：廣東省博物館。

粵 2：廣州市美術館。

粵 3：廣州美術學院。

粵 4：廣州市文物商店。

粵 5：廣東省佛山市博物館。

粵 6：廣東省汕頭市博物館。

粵 7：廣東省深圳市博物館。

粵 8：廣東省澄海縣博物館。

桂 1：廣西壯族自治區博物館。

桂 2：廣西壯族自治區桂林市博物館。

黔 1：貴州省博物館。

滇 1：雲南省博物館。

滇 2：雲南省文物商店。

遼 1：遼寧省博物館。

遼 2：瀋陽故宮博物院。

遼 3：魯迅美術學院。

遼 4：遼寧省文物商店。

遼 5：遼寧省旅順博物館。

遼 6：遼寧省大連市文物商店。

遼 7：遼寧省丹東市抗美援朝紀念館。

遼 8：遼寧省遼陽市博物館。

遼 9：遼寧省錦州市博物館。

吉 1：吉林省博物館。

吉 2：吉林大學。

吉 3：吉林市博物館。

黑 1：黑龍江省博物館。

甘 1：甘肅省博物館。

甘 2：敦煌研究院。

甘 3：甘肅省蘭州市博物館。

甘4：甘肅省武威市博物館。

甘5：甘肅省張掖市博物館。

甘6：甘肅省酒泉市博物館。

甘7：甘肅省安西縣博物館。

甘8：甘肅省敦煌市博物館。

甘9：甘肅省圖書館。

新1：新疆維吾爾自治區博物館。

三、「藏地」欄之標注為收藏單位之簡稱代號，簡稱與全名之對照如下：

美1：美國翁萬戈。

美2：美國納爾遜‧艾金斯美術館（William Rockhill Nelson Gallery of Art and Atkins Museum of Fine Arts, Kansas City）。

美3：美國王己千。

美4：美國波士頓美術館（Museum of Fine Arts, Boston）。

美5：美國密西根大學美術館（The University of Michigan, Museum of Art）。

美6：美國弗利爾美術館（Freer Gallery of Art, Smithsonian Institution, Washington, D.C.）。

美7：美國綠韻軒。

美8：美國波特蘭美術館。

美9：美國沙可樂博物館。

美10：美國普林斯頓大學美術館（The Art Museum, Princeton University, New Jersey）。

美11：美國樂藝齋

美12：美國紐約大都會美術館（The Metropolitan Museum of Art, New York）。

美 13：美國高居翰（Dr. James Cahill）。

美 14：美國克利夫蘭美術館（The Cleveland Museum of Art, Ohio）。

美 15：美國顧洛阜（J. M. Crawford, Jr. U.S.A.）。

加 1：加拿大渥太華國立博物館。

日 1：日本京都國立博物館。

日 2：日本私人藏。

日 3：日本大阪市立美術館。

日 4：日本京都泉屋博古館。

日 5：日本橋本末吉。

日 6：日本奈良大和文華館。

日 7：日本京都知恩院。

新 1：新加坡國立大學李光前美術館。

瑞 1：瑞士特保格博物館（Museum Rietberg, Swizerland）。

四、「收藏簡稱」，簡稱與全名之對照如下：

「大風堂一」：《大風堂名蹟第一集》。

「大風堂四」：《大風堂名蹟第四集》。

「宋元以來」：《宋元以來名畫集》。

「中華書畫」：中華書畫出版社藏畫。

「國泰美術館」：國泰美術館藏畫。

「明清近代」：《明清近代名畫選集》。

「中國民間」：《中國民間秘藏繪畫珍品》。

「瀚海’99 春」：《瀚海’99 春季拍賣會 中國書畫（古代）》。

「嘉德’98 冬」：《中國嘉德’98 廣州冬季拍賣會 中國書畫》。

「上海 99 秋」：《上海拍賣行 99 秋季中國書畫拍賣會》。

「瀚海千禧」：《千禧拍賣會 中國書畫（古代）》。

「崑崙堂」：《崑崙堂藏書畫集》。

「四家書畫」：《明代沈周文徵明唐寅仇英四大家書畫集》。

「嘉德 2000 春」：《中國嘉德 2000 春季拍賣會 中國古代書畫》。

「嘉德 2001 春」：《中國嘉德 2001 春季拍賣會 中國古代書畫》。

「中貿聖佳 2001 春」：《中貿聖佳 2001 春季拍賣會 中國書畫（古代）》。

「朵雲軒'99 春」：《朵雲軒'99 春季藝術品拍賣會 古代字畫》。

「上海工美'99 春」：《上海工美'99 春季藝術品拍賣會》。

「上海國際'99 春」：《上海國際商品拍賣有限公司'99 春季藝術品拍賣會中國書畫》。

「唐寅研究」：《關於唐寅的研究》。

五、「**圖**」欄中：「△」記號表示該畫有圖版印製；「×」則表示該畫未印製圖版；「▲」表示該畫鑑定意見不一致，有圖版印製；「※」表示該畫鑑定意見不一致，未印製圖版。

六、「**說明**」欄之說明內容為中國古代書畫鑑定組成員：謝稚柳、啓功、徐邦達、楊仁愷、劉九庵、傅熹年、謝辰生等人之鑑定意見。

七、各欄空白部份為引用之原始資料即未加著錄。

八、台灣公藏之所有畫件均為台北國立故宮博物院收藏。

一、沈 周

台灣公藏

編號	收藏編號	時代	作 者	作品名稱	形式	質地	墨 色	年代	縱、橫cm	圖
11001	呂 635	明	沈 周	山水	卷	紙	設色		59.4×1521.8	△
11002	調 225-26	明	沈 周	落花圖并詩	卷	絹	著色		30.7×138.6	△
11003	成 205-29	明	沈 周	夜坐圖	軸	紙	淡設色	1492	84.8×21.8	△
11004	成 224-38	明	沈 周	策杖圖	軸	紙	墨畫		159.1×72.2	
11005	成 223-41	明	沈 周	廬山高	軸	紙	淺設色	1467	193.8×98.1	△
11006	收 5	明	沈 周	蒼厓高話圖	軸	絹	墨畫		149.9×77	
11007	成 222-62	明	沈 周	扁舟詩思圖	軸	紙	設色		124×62.9	△
11008	調 234-8	明	沈 周	名賢雅集圖	軸	紙	設色	1489	252.9×44.5	△
11009	中博 544-38	明	沈 周	崇山修竹	軸	紙	墨畫		112.5×27.4	△
11010	中博 545-38	明	沈 周	鳩聲喚雨	軸	紙	淺著色		51.1×30.4	△
11011	成 186-13	明	沈 周	倣倪瓚筆意	軸	紙	淡著色		79.8×24.1	△
11012	成 189-50	明	沈 周	雨意	軸	紙	墨畫	1487	67.1×30.6	△
11013	調 230-84	明	沈 周	山水	軸	紙	水墨	1476	56.1×31.7	△
11014	調 239-91	明	沈 周	山水	軸	紙	水墨		59.7×43.1	△
11015	律 166-278	明	沈 周	春華畫錦	軸	紙	設色		278.6×95.7	
11016	成 192-50	明	沈 周	古松圖	軸	紙	墨畫		73.9×51.2	△
11017	成 188-22	明	沈 周	放鴿圖	軸	紙	著色		140.7×64.7	△
11018	成 187-7	明	沈 周	郭索圖	軸	紙	墨畫		49.4×31	△
11019	成 201-12	明	沈 周	芝蘭玉樹	軸	紙	淺設色		135.1×55.8	△
11020	成 201-34	明	沈 周	瓶中蠟梅	軸	紙	淺設色		140.6×31.6	△
11021	成 189-27	明	沈 周	墨菊	軸	紙	墨畫		137.3×32.2	△
11022	成 215-4	明	沈 周	蔬菜	軸	紙	墨畫		92.3×31.7	△
11023	成 187-23	明	沈 周	蔬筍寫生	軸	紙	墨畫	1489	56.7×30	△
11024	調 183-6	明	沈 周	山水（8 幅）	冊	紙	水墨		32.3×52	
11025	調 190-15	明	沈 周	山水（10 幅）	冊	紙	水墨		37×58.2	
11026	成 220-9	明	沈 周	倣倪瓚筆意（8 幅）	冊	紙	墨畫		36.7×64.4	
11027	成 220-14	明	沈 周	三吳集景（8 幅）	冊	紙	水墨		31.8×61.8	
11028	成 167-10	明	沈 周	寫生（16 幅）	冊	紙	潑墨		34.6×57.2 不等	

11029	成 173-1	明	沈 周	寫景（10 幅）	冊	紙	墨畫		33.9×59.2	
11030	調 191-4	明	沈 周	寫意（16 幅）	冊	紙	墨.色		30.2×53.2	
11031	成 171-2	明	沈 周	瓶菊（集古圖繪第 13 幅）	冊	紙	墨畫		41.1×29.9	
11032	成 176-9	明	沈 周	溪山秋景（歷朝名繪第 12 幅）	冊	紙	著色		32.7×56.8	
11033	成 198-14	明	沈 周	稻田郭索（名繪萃珍第 4 幅）	冊	紙	水墨		53×30.1	
11034	成 166-1	明	沈 周	水閣獨眺（歷代名繪第 8 幅）	冊	紙	水墨		30.1×57.3	
11035	成 220-1	明	沈 周	山水（明三家畫冊第 1 幅）	冊	紙	設色		30.2×50.9	
11036	成 220-1	明	沈 周	山水（明三家畫冊第 2 幅）	冊	紙	設色		30.2×50.9	
11037	呂 630	明	沈 周	江山清遠圖	卷	絹	設色	1493	60×1586.6	△
11038	調 224-32	明	沈 周	林隱圖	卷	紙	著色		35.7×374.7	△
11039	麗 243-85	明	沈 周	蘇州山水全圖	卷	紙	設色		41.9×1749.3	△
11040	調 227-63	明	沈 周	南軒圖	卷	紙	設色		26.8×111.6	△
11041	調 225-25	明	沈 周	山水并題	卷	紙	著色		40.2×337.6	△
11042	調 224-30	明	沈 周	法宋人筆意（3 幅）	卷	紙	色.墨		30.5×61.5 不等	△
11043	調 227-73	明	沈 周	倣巨然山水	卷	紙	墨畫		24.1×299.8	△
11044	調 227-38	明	沈 周	高賢餞別圖	卷	紙	設色		31.6×301.8	△
11045	調 224-25	明	沈 周	韓愈畫記	卷	絹	設色		37×1062.9	△
11046	調 227-37	明	沈 周	臨錢選忠孝圖	卷	紙	著色	1484	29.8×506.3	△
11047	調 187-34	明	沈 周	寫生	卷	紙	墨畫		33.1×1160.1	△
11048	成 203-57	明	沈 周	雙松	軸	紙	墨畫		161.5×44	△
11049	成 203-39	明	沈 周	林亭山色	軸	紙	水墨		144.5×30.3	△
11050	成 229-42	明	沈 周	雪景	軸	絹	淺設色		207.7×103	△
11051	成 201-29	明	沈 周	蕉石圖	軸	紙	水墨		128.5×53.1	△
11052	成 184-46	明	沈 周	松岩聽泉圖	軸	紙	淺設色		140×31.2	△
11053	成 188-11	明	沈 周	天平聽雨圖	軸	絹	設色		160.6×63.1	△
11054	成 188-63	明	沈 周	參天特秀	軸	紙	墨畫	1479	156×67.1	△
11055	成 217-2	明	沈 周	秋林讀書	軸	紙	墨畫	1491	154.3×31	△
11056	成 190-6	明	沈 周	溪橋訪友	軸	紙	水墨		130.6×47.5	△
11057	成 190-36	明	沈 周	杏林書館	軸	紙	墨畫		75.8×31.1	△
11058	成 184-45	明	沈 周	汲泉煮茗圖	軸	紙	水墨		153.7×36.2	△
11059	律 166-282	明	沈 周	待琴圖	軸	絹	設色		146.8×69.7	△

11060	成 227-81	明	沈 周	抱琴圖	軸	紙	淡著色		153.1×60	△
11061	律 166-314	明	沈 周	山水	軸	絹	設色		27.6×29.7	△
11062	成 224-34	明	沈 周	尋梅圖	軸	絹	淺設色		186.7×91.6	△
11063	成 189-53	明	沈 周	春水新鵝	軸	紙	淡著色		91.3×26	△
11064	成 215-76	明	沈 周	秋塘野鶩	軸	紙	著色		116.2×31	△
11065	成 195-26	明	沈 周	雙鳥在樹圖	軸	紙	墨畫	1504	140×52.2	△
11066	來 47	明	沈 周	花下睡鵝	軸	紙	著色		130.3×63.2	△
11067	成 205-24	明	沈 周	白頭長春圖	軸	綾	著色		145×47.5	△
11068	成 230-17	明	沈 周	芝鶴圖	軸	絹	淺設色		175.5×88.9	△
11069	成 201-27	明	沈 周	金粟晚香圖	軸	紙	墨畫		102.3×38	△
11070	成 195-4	明	沈 周	枇杷	軸	紙	墨畫		48.5×39.6	△
11071	成 226-13	明	沈 周	畫雞	軸	紙	著色	1488	153.7×36	△
11072	成 225-61	明	沈 周	畫雞	軸	紙	著色		135.8×49.2	△
11073	成 198-5	明	沈 周	溪山草閣圖	冊					
11074	成 204-1	明	沈 周	山水	冊					
11075	雲 1021-4	明	沈 周	山水	冊					
11076	調 194-5	明	沈 周	摹古	冊					
11077	雲 1049-11	明	沈 周	文徵明沈周唐寅仇英便面合裝冊	冊					
11078	國贈 24581	明	沈 周	溪山行樂	卷	紙	設色		31.2×154	△
11079	王雪艇	明	沈 周	灞橋詩思圖	卷	紙	墨畫	1509	30×156.5	△
11080	王雪艇	明	沈 周	落花詩意圖	卷	紙	設色		32.1×146	△
11081	王雪艇	明	沈 周	臨梅道人溪山圖	卷	紙	水墨	1492	29.5×606.5	△
11082	王雪艇	明	沈 周	歸燕圖	軸	紙	水墨	1488	64.5×29	△
11083	王雪艇	明	沈 周	秋葵圖	軸	紙	水墨		149.5×65	△
11084	王雪艇	明	沈 周	雪景山水	軸	紙	淺設色		151×72.5	△
11085	王雪艇	明	沈 周	仿房山山水	軸	紙	淺設色	1502	191×44	△
11086	王雪艇	明	沈 周	仿大癡富春圖	軸	紙	水墨	1488	123×40	△
11087	大風堂贈	明	沈 周	山水	冊	紙	淺設色		24.1×40.7	

大陸各地藏

編號	收藏編號	時代	作 者	作品名稱	形式	質地	墨色	年代	縱、橫cm	圖
12001	京1-011	明	沈 周	漁樵圖	卷	紙	墨筆	1477		×
12002	京1-012	明	沈 周	月讌圖	卷	紙	墨筆	1489	28.7×154	△
12003	京2-02	明	沈 周	桃花書屋圖	軸	紙	設色			×
12004	京2-03	明	沈周等	山水花卉扇面十二開	冊	金箋	設色			×
12005	京3-006	明	沈 周	萱花秋葵圖	卷	紙	設色		21.5×116	△
12006	京3-007	明	沈 周	迴磯試杖圖	軸	絹	墨筆		145×40.8	△
12007	京6-02	明	沈 周	青山綠樹圖	軸	絹	設色		171×87.3	×
12008	京7-004	明	沈 周	雲水行窩圖	卷	紙	設色	1503	33×165	△
12009	京9-006	明	沈 周	飛來峰圖	軸	紙	墨筆			×
12010	京11-005	明	沈 周	松下雄雞圖	軸	紙	設色			×
12011	京12-003	明	沈 周	秋林小集圖	軸	紙	墨筆	1504	123.5×36.6	△
12012	京5-174	明	沈 周	桐陰濯足圖	軸	絹	設色		199×97.5	▲
12013	京5-175	明	沈 周	仿倪雲林山水	軸	紙	墨筆		204×33.2	△
12014	滬1-0338	明	沈、唐文、仇	四家集錦（沈：漁隱圖、唐：文會圖、文：有竹圖、仇：訪梅圖）	卷	紙	設色	1467	31.6×60.4 不等	▲
12015	滬1-0339	明	沈 周	仿倪山水	軸	紙	墨筆	1473	59.3×25.6	△
12016	滬1-0341	明	沈 周	秋軒晤舊圖	軸	紙	設色	1484	157.3×33.6	△
12017	滬1-0342	明	沈 周	仿倪山水	軸	絹	墨筆	1485	143×32.6	△
12018	滬1-0343	明	沈 周	杏花書屋圖	軸	紙	設色	1486	155.9×36.7	▲
12019	滬1-0344	明	沈 周	水村山塢圖	卷	紙	墨筆	1488	30.5×770.8	△
12020	滬1-0345	明	沈 周	山水花鳥八開	冊	紙	設色	1488	29.6×39.4	▲
12021	滬1-0346	明	沈 周	天平山圖	卷	紙	墨筆	1489	24.5×117.7	△
12022	滬1-0347	明	沈 周	楊花圖	卷	紙	墨筆	1490	30.4×97.4	▲
12023	滬1-0349	明	沈 周	花果雜品二十種	卷	紙	墨筆	1494	26.2×642.3	▲
12024	滬1-0350	明	沈 周	仿大痴山水	軸	紙	設色	1494	115.5×48.5	△
12025	滬1-0351	明	沈 周	花果	卷	紙	墨筆	1495	35.3×724.4	▲
12026	滬1-0352	明	沈 周	雲岡小隱圖	卷	紙	墨筆	1496	20.5×280.5	△
12027	滬1-0353	明	沈 周	泛舟訪友圖	卷	紙	墨筆	1497	30.4×122.3	△

12028	滬 1-0354	明	沈　周	草庵圖	卷	紙	設色	1497	29.5×155	△
12029	滬 1-0356	明	沈　周	吳中山水	卷	紙	設色	1499	31.6×348	▲
12030	滬 1-0357	明	沈　周	西山雲靄圖	卷	紙	墨筆	1502	29.4×634.3	▲
12031	滬 1-0358	明	沈　周	落花圖	扇頁	金箋	設色	1503		▲
12032	滬 1-0361	明	沈　周	匡山秋霽圖	軸	紙	墨筆	1505	211.4×110	△
12033	滬 1-0362	明	沈　周	苔石圖	軸	灑金箋	墨筆	1506	89.8×41.4	△
12034	滬 1-0363	明	沈　周	寺隱嵐峰圖	軸	紙	墨筆	1506	154.8×33.8	△
12035	滬 1-0364	明	沈　周	京口送別圖	卷	紙	墨筆	1497	30×125.5	△
12036	滬 1-0365	明	沈周、孫克弘	白菜書畫	卷	紙	墨色各一	1608		※
12037	滬 1-0366	明	沈　周	兩江名勝圖十開	冊	絹	設色		42.2×23.8	▲
12038	滬 1-0367	明	沈　周	無聲之詩圖十二開	冊	絹	設色		28.7×23.8	▲
12039	滬 1-0368	明	沈　周	蟄舟圖詠二開	冊	紙	設色		33.5×58.8	△
12040	滬 1-0369	明	沈　周	江南風景圖	卷	紙	設色		23×440.5	▲
12041	滬 1-0370	明	沈　周	仿米雲山圖	卷	紙	墨筆		22.1×185.6	△
12042	滬 1-0371	明	沈　周	西山紀游圖	卷	紙	墨筆		28.6×867.5	△
12043	滬 1-0372	明	沈　周	有竹鄰居圖	卷	紙	設色		28.2×210	△
12044	滬 1-0373	明	沈　周	芍藥圖	卷	紙	墨筆		32.9×135.8	△
12045	滬 1-0374	明	沈　周	耕讀圖	卷	紙	設色		26.5×150.6	▲
12046	滬 1-0375	明	沈　周	野翁莊圖	卷	絹	設色		24.4×135.4	△
12047	滬 1-0376	明	沈　周	夢萱圖	卷	紙	設色		29×74	△
12048	滬 1-0377	明	沈　周	九月桃花圖	軸	紙	設色		103.2×31.7	△
12049	滬 1-0378	明	沈　周	石磯漁艇圖	軸	絹	設色		135.7×68.6	▲
12050	滬 1-0379	明	沈　周	曲江春色圖	軸	紙	設色		94.4×32.1	△
12051	滬 1-0380	明	沈　周	折桂圖	軸	紙	墨筆		114.5×36.1	△
12052	滬 1-0381	明	沈　周	雨中話舊圖	軸	絹	設色		111.4×44.9	△
12053	滬 1-0382	明	沈　周	松下停琴圖	軸	紙	設色		106.5×35.6	▲
12054	滬 1-0383	明	沈　周	秋江垂釣圖	軸	紙	設色		146.9×62.9	▲
12055	滬 1-0384	明	沈　周	深山游展圖	軸	紙	墨筆		155×47.6	▲
12056	滬 1-0385	明	沈　周	雪樹雙鴉圖	軸	紙	墨筆		132.6×36.2	△
12057	滬 1-0386	明	沈　周	雲際停舟圖	軸	絹	設色		249.2×94.2	▲
12058	滬 1-0387	明	沈　周	湖舟落雁圖	軸	紙	設色		134×40.5	▲
12059	滬 1-0388	明	沈　周	雄鷄芙蓉圖	軸	紙	設色		147.8×57.1	▲
12060	滬 1-0389	明	沈　周	喬木慈烏圖	軸	緊	墨筆		140.5×30.7	△

12061	滬 1-0390	明	沈 周	策杖行吟圖	軸	紙	墨筆		123.8×32.7	▲
12062	滬 1-0391	明	沈 周	山水	扇頁	金箋	設色			△
12063	滬 1-0392	明	沈 周	為吳寬作山水	扇頁	金箋	墨筆			△
12064	滬 1-0393	明	沈 周	夜游波靜圖	扇頁	灑金箋	墨筆			△
12065	滬 1-0394	明	沈 周	掛蘭圖	扇頁	金箋	設色			△
12066	滬 1-0395	明	沈 周	看山聽水圖	扇頁	灑金箋	設色			▲
12067	滬 1-0396	明	沈 周	倚杖尋幽圖	扇頁	灑金箋	墨筆			△
12068	滬 1-0397	明	沈 周	路轉山迴圖	扇頁	紙	設色			×
12069	滬 1-0398	明	沈 周	綠陰亭子圖	扇頁	金箋	設色			▲
12070	滬 1-0399	明	沈 周	樹林小亭圖	扇頁	灑金箋	墨筆			△
12071	蘇 1-020	明	沈 周	花鳥十開	冊	灑金紙	設色		30.3×52.4	△
12072	蘇 1-021	明	沈 周	岸波圖	卷	紙	設色		30.1×160.9	▲
12073	蘇 1-022	明	沈 周	松芝藥草圖	軸	絹	墨筆			×
12074	蘇 1-023	明	沈 周	山水	扇頁	灑金箋	設色			※
12075	蘇 6-009	明	沈 周	虎丘戀別圖	軸	紙	墨筆	1494	70×27.2	△
12076	蘇 6-010	明	沈 周	園樹復活圖	軸	絹	設色		183.2×85	▲
12077	蘇 10-001	明	沈 周	枯木鸜鴒圖	軸	紙	墨筆		152×27.4	△
12078	蘇 19-01	明	沈 周	竦林碧泉圖	軸	紙	設色		154.5×34.5	▲
12079	蘇 24-0024	明	沈 周	溪山秋色圖	軸	紙	墨筆	1484	152×51	△
12080	蘇 24-0026	明	沈 周	落花詩書畫	卷	紙	設色	1506	35.9×60.2	▲
12081	蘇 24-0027	明	沈 周	牡丹圖	軸	紙	墨筆	1507	150.4×47	△
12082	蘇 24-0028	明	沈 周	東莊圖二十一開	冊	紙	設色		28.6×33	△
12083	蘇 24-0029	明	沈 周	山居讀書圖	軸	綾	墨筆		116.6×28.8	△
12084	蘇 24-0030	明	沈 周	山谷雲呑圖	扇頁	花金箋	墨筆		17.5×51	△
12085	豫 2-1	明	沈 周	溪橋過客圖	軸	紙	設色	1508	153×39	△
12086	津 2-006	明	沈 周	瓶荷圖	軸	紙	設色	1486	144.5×60	△
12087	津 6-002	明	沈 周	拒霜白鵝圖	軸		設色		162×83	△
12088	津 7-0062	明	沈 周	虎丘送客圖	軸	紙	設色	1480	173.3×64.2	△
12089	津 7-0063	明	沈 周	青山紅樹圖	軸	絹	設色		147×64.2	△
12090	津 7-0064	明	沈 周	壽陸母八十山水	軸	綾	設色		189.5×54.7	△
12091	津 7-0065	明	沈 周	灞橋風雪圖	軸	紙	墨色		153×64.9	△
12092	浙 1-016	明	沈 周	湖山佳趣圖	卷	紙	設色	1485	31.7×813	△
12093	浙 1-017	明	沈 周	為祝淇作山水	軸	絹	設色		103.6×49.6	△

12094	滬 5-01	明	沈 周	蕉鶴圖	軸	紙	設色	1504	151.2×70	▲
12095	滬 11-002	明	沈 周	飛來峰圖	軸	紙	設色	1471	160.8×35.2	▲
12096	滬 11-003	明	沈 周	雨中山圖	軸	綾	墨筆		153×52	△
12097	滬 11-004	明	沈 周	溪橋拄杖圖	軸	紙	墨筆		77.2×36.9	▲
12098	皖 1-013	明	沈 周	聚塢楊梅圖	軸	紙	設色	1502	129.5×48.4	△
12099	皖 1-014	明	沈 周	正軒圖	軸	紙	墨筆		126.5×39.5	△
12100	皖 1-015	明	沈 周	桐蔭樂志圖	軸	絹	設色		173×86	△
12101	皖 1-016	明	沈 周	椿萱圖	軸	絹	設色		172.9×92.8	△
12102	粵 1-0024	明	沈 周	贈黃生淮序幷圖	卷	紙	設色	1496	25×260	△
12103	粵 1-0025	明	沈 周	溪山高逸圖	卷	紙	墨筆	1497	48.5×922	▲
12104	粵 1-0026	明	沈 周	天寒道遠圖	軸	紙	墨筆		83.1×30	▲
12105	粵 1-0027	明	沈周	青山暮雲圖	軸	紙	墨筆		148×65	△
12106	粵 1-0028	明	沈 周	荔枝白鵝圖	軸	紙	設色		148.5×34.8	△
12107	粵 2-007	明	沈 周	松坡平遠圖	軸	絹	設色	1502	254×99.5	△
12108	粵 2-008	明	沈 周	吳門十二景十二開	冊	紙	墨筆		25.6×22.5	△
12109	粵 2-009	明	沈 周	湖山佳勝圖	卷	紙	設色		37×935.8	△
12110	粵 2-010	明	沈 周	雲山圖	軸	紙	設色		344.5×100.5	▲
12111	粵 2-011	明	沈 周	複嶂清溪圖	軸	紙	設色		149.5×70	△
12112	粵 2-012	明	沈 周	百合花圖	扇頁	金箋	墨筆			△
12113	粵 8-1	明	沈 周	仿倪瓚山水	軸	紙	墨筆		144×40	△
12114	閩 1-002	明	沈 周	爲竹西作山水	軸	紙	設色	1483	81×30	△
12115	遼 1-099	明	沈 周	魏園雅集圖	軸	紙	設色	1469	53.3×47.7	△
12116	遼 1-100	明	沈 周	千人石夜遊圖	卷	紙	設色	1493	30.1×157	△
12117	遼 1-101	明	沈 周	盆菊幽賞圖	卷	紙	設色		23.4×208.1	△
12118	遼 2-002	明	沈 周	秋泛圖	軸	絹	設色		145×73.5	△
12119	遼 2-003	明	沈 周	梧桐泉石圖	軸	絹	設色		187×99	△
12120	遼 2-004	明	沈 周	障門雜樹圖	卷	紙	設色		28.8×150	△
12121	遼 5-032	明	沈 周	青園圖	卷	紙	設色		29.1×188.7	△
12122	吉 1-018	明	沈 周	西山秋色圖	卷	紙	設色		46.7×932	△
12123	吉 1-019	明	沈 周	林壑幽深圖	卷	紙	墨筆	1494	36.6×1177	△
12124	吉 1-020	明	沈 周	松石圖	卷	紙	墨筆		42.7×668.5	△
12125	吉 1-021	明	沈 周	枇杷	軸	紙	墨筆		103.5×26.5	△
12126	吉 1-022	明	沈 周	雲山圖	軸	紙	設色		164.7×34.5	▲

12127	吉 1-023	明	沈 周	蜀葵	軸	紙	設色			×
12128	吉 1-024	明	沈 周	山水	扇頁	灑金箋	墨筆			△
12129	吉 1-025	明	沈 周	山水	扇頁	金箋	設色			△
12130	魯 4-01	明	沈 周	荷花白鵝圖	軸	紙	設色		165×64	△
12131	魯 5-006	明	沈 周	蕉石圖	軸	紙	設色	1476		△
12132	魯 7-03	明	沈 周	夜雪燕集圖	卷	紙	墨筆		31×152	△
12133	魯 12-1	明	沈 周	仿倪雲林山水	軸	紙	墨筆	1492	250×55	△
12134	川 1-023	明	沈 周	石榴圖	扇頁	金箋	設色			△
12135	川 2-004	明	沈 周	仿倪瓚山水	軸	紙	墨筆		134×31.5	△
12136	渝 1-017	明	沈 周	吳城懷古詩畫	軸	紙	墨筆		172×96	△
12137	渝 1-018	明	沈 周	臨流宴坐圖	軸	綾	設色		159×63	△
12138	滇 1-07	明	沈 周	山水	扇頁	金箋	墨筆	1509		△
12139	鄂 1-007	明	沈 周	萱石靈芝圖	軸	紙	設色		138×62	△
12140	贛 1-04	明	沈 周	竹窗圖	軸	絹	設色	1496	124.5×74.5	△
12141	甘 5-03	明	沈 周	山水	扇頁	金	設色		39.5×20.2	△
12142	京 1-1061	明	沈 周	仿董巨山水	軸	紙	墨筆	1473	163.4×37	△
12143	京 1-1062	明	沈 周	空林積雨圖	頁	紙	墨筆	1475	21.7×29.2	△
12144	京 1-1063	明	沈 周	仿倪瓚山水	軸	紙	墨筆	1479	120.5×29.1	△
12145	京 1-1064	明	沈 周	荔柿圖	軸	紙	墨筆	1480	127.8×38.5	△
12146	京 1-1065	明	沈 周	松石圖	軸	紙	墨筆	1480	156.4×72.7	△
12147	京 1-1066	明	沈 周	古木寒泉圖	軸	綾	墨筆	1483	126.7×28.2	△
12148	京 1-1067	明	沈 周	溪山晚照圖	軸	灑金箋	墨筆	1485	158.7×32.8	△
12149	京 1-1068	明	沈 周	仿黃公望富春山居圖	卷	紙	設色	1487	36.8×855	△
12150	京 1-1069	明	沈 周	雲山圖	軸	紙	設色	1490		×
12151	京 1-1073	明	沈 周	三絕圖十六開	冊	紙	墨筆		28.5×25.5	△
12152	京 1-1074	明	沈 周	雜畫十七開	冊	紙	設色		27.8×37.3	△
12153	京 1-1075	明	沈 周	茶磨嶼圖	頁	紙	墨筆			△
12154	京 1-1076	明	沈 周	新郭圖	頁	紙	墨筆			△
12155	京 1-1079	明	沈 周	卜夜圖	卷	紙	墨筆		32.5×61	△
12156	京 1-1080	明	沈 周	孔雀羽圖	卷	紙	墨筆		27×108.6	△
12157	京 1-1081	明	沈 周	西山雨觀圖	卷	紙	墨筆	1488	25.2×105.5	△
12158	京 1-1082	明	沈 周	墨菜辛夷圖二段	卷	紙	設色		每段 25×29	△

12159	京 1-1083	明	沈 周	京江送別圖	卷	紙	設色	1491	28×159.2	△
12160	京 1-1084	明	沈 周	東原圖	卷	紙	設色		29.2×119.2	△
12161	京 1-1085	明	沈 周	芝田圖	卷	灑金箋	設色		31.4×156.3	△
12162	京 1-1086	明	沈 周	南山祝語圖	卷	紙	設色		31.5×156.6	△
12163	京 1-1087	明	沈 周	滄洲趣圖	卷	紙	設色		30.1×400.2	△
12164	京 1-1088	明	沈 周	廬墓圖四段	卷	紙	設色		各 38×65.6	△
12165	京 1-1089	明	沈 周	聽泉圖	卷	紙	設色		30.4×497.5	▲
12166	京 1-1093	明	沈 周	小亭落木圖	軸	紙	墨筆		143×31.4	△
12167	京 1-1094	明	沈 周	天光雲閑圖	軸	紙	墨筆		125×47.8	△
12168	京 1-1095	明	沈 周	牡丹	軸	紙	墨筆		154.6×68.1	△
12169	京 1-1096	明	沈 周	枇杷	軸	紙	設色		132.7×36.5	△
12170	京 1-1097	明	沈 周	柳蔭垂釣圖	軸	綾	設色		136×23.5	△
12171	京 1-1098	明	沈 周	紅杏圖	軸	紙	設色	1502	80×33.5	△
12172	京 1-1099	明	沈 周	桂花書屋圖	軸	紙	設色		153.6×35.2	▲
12173	京 1-1100	明	沈 周	爲惟德作山水	軸	紙	墨筆		102.3×40.2	△
12174	京 1-1101	明	沈 周	溪居圖	軸	紙	墨筆		84.6×19.9	△
12175	京 1-1102	明	沈 周	蠶桑圖	軸	紙	設色		142.5×35.4	△
12176	京 1-1103	明	沈 周	松陰對話圖二條	通景屏	絹	設色		165.6×77.1	△
12177	京 1-1104	明	沈 周	江亭避暑圖	扇頁	灑金箋	設色		17.7×46	△
12178	京 1-1105	明	沈 周	秋林獨行圖	扇頁	金箋	墨筆		16.5×45.5	△
12179	京 1-1106	明	沈 周	蠶桑圖	扇頁	金箋	墨筆		17×50	△
12180	蘇 24	明	沈 周	三檜圖	卷	紙	墨筆	1484	56×120.6	△
12181	京 1	明	沈 周	春雲疊嶂圖	軸	絹	墨筆	1488		△
12182	京 1	明	沈 周	桐蔭玩鶴圖	軸	絹	設色			△
12183	京 5	明	沈 周	碧山吟社圖	卷	絹	設色		31.7×206	△
12184	京 5	明	沈 周	山水	卷	紙	設色		34×494	△
12185	京 5	明	沈 周	仿倪雲林山水	卷	紙	墨筆		32.2×204	△
12186	京 5	明	沈 周	設色山水	卷	紙	設色		30.8×128	△
12187	滬 1	明	沈 周	仿倪山水圖	軸	紙	墨筆	1489	67.9×30.7	△
12188	京 5	明	沈 周	仿梅道人山水圖	卷	紙	墨筆	1504	34×125	△
12189	京 13	明	沈 周	秋江圖	軸	絹	墨筆		146×36	△

海外收藏

編號	藏　地	時代	作　者	作品名稱	形式	質地	墨色	年代	縱、橫cm	圖
13001	美 1	明	沈周	臨戴進謝安東山圖（東山攜妓圖）	軸	絹	設色	1480	170.7×89.8	△
13002	日 1	明	沈周	採菱圖	軸	紙	淡設色	1466	36.3×22.8	△
13003	美 2	明	沈周	山水圖·柳外春耕	冊	紙	淡設色		38.7×60.3	△
13004	美 2	明	沈周	山水圖·杖藜遠眺	冊	紙	淡設色		38.7×60.3	△
13005	美 2	明	沈周	山水圖·載鶴返湖	冊	紙	淡設色		38.7×60.3	△
13006	美 2	明	沈周	山水圖·揚帆秋浦	冊	紙	淡設色		38.7×60.3	△
13007	美 2	明	沈周	山水圖·曠野騎驢	冊	紙	淡設色		38.7×60.3	△
13008	美 3	明	沈周	雪山圖	卷	紙	淡設色		31×1011	△
13009	美 4	明	沈周	十四夜月圖	卷	紙	淡設色	1486	30.5×134.6	△
13010	美 1	明	沈周	蘇臺紀勝圖	冊	紙	淡設色		34×59.2	△
13011	日 2	明	沈周	村居野寺圖	卷	紙	設色	1497	52×1252	△
13012	美 5	明	沈周	松下芙蓉圖	卷	紙	設色	1489	23.5×82.3	△
13013	美 6	明	沈周	江村漁樂圖	卷	紙	設色		24.8×169	△
13014	美 7	明	沈周	承天寺夜遊詩圖	軸	紙	水墨	1501	132×28.2	△
13015	美 7	明	沈周	夜雨止宿圖	軸	紙	水墨	1477	79.7×33.5	△
13016	美 8	明	沈周	平遠山水圖	軸	紙	淡設色	1477	33.1×628.7	△
13017	美 9	明	沈周	竹園茅亭圖	卷	紙	設色		25.5×111	△
13018	美 10	明	沈周	山水圖	扇面	金箋	水墨		18.1×53.7	△
13019	日 3	明	沈周	菊花文禽圖（菊）	軸	紙	水墨	1509	104×29.3	△
13020	美 14	明	沈周	虎丘圖（12幅）	冊	紙	淺著色		31.5×40.2	△

民間收藏

編號	收藏簡稱	時代	作者	作品名稱	形式	質地	墨色	年代	縱、橫cm	圖
14001	大風堂四	明	沈周	秋林靜釣	軸					△
14002	中華書畫	明	沈周	綠陰亭子	扇頁					△
14003										
14004	瀚海'99春	明	沈周	溪山清曉圖	卷	紙	設色		25.5×124.5	△
14005	嘉德'98冬	明	沈周	山水	軸	絹	設色		214×91.5	△
14006	崑崙堂	明	沈周	水鄉泛舟圖	軸	紙	設色	1475	114×57	△
14007	崑崙堂	明	沈周	蔬果寫生圖	冊十幀	紙	著色一墨畫九		33.5×60	
14008	四家書畫	明	沈周	雲石風泉	軸		墨畫	1466	79×52	△
14009	四家書畫	明	沈周	山水扇面	扇面		設色	1492	18×49	△
14010	四家書畫	明	沈周	山水扇面	扇面		淡設色		18×49	△
14011	四家書畫	明	沈周	仿高房山雨霽圖	軸		墨畫	1502	190×44	△
14012	四家書畫	明	沈周	七十自壽圖	軸		設色	1496	147×37	△
14013	四家書畫	明	沈周	山水妙品冊頁（一）	冊頁		淡設色		37×32	△
14014	四家書畫	明	沈周	山水妙品冊頁（二）	冊頁	1490	淡設色		37×32	△
14015	四家書畫	明	沈周	山水妙品冊頁（三）	冊頁		淡設色		37×32	△
14016	四家書畫	明	沈周	慈烏圖			墨畫		56×32	△
14017	四家書畫	明	沈周	書畫冊頁（一）	冊頁		淡設色		32×23	△
14018	四家書畫	明	沈周	書畫冊頁（三）	冊頁		淡設色		32×23	△
14019	四家書畫	明	沈周	書畫冊頁（五）	冊頁		淡設色		32×23	△
14020	四家書畫	明	沈周	書畫冊頁（七）	冊頁		淡設色		32×23	△
14021	四家書畫	明	沈周	書畫冊頁（九）	冊頁		淡設色		32×23	△
14022	四家書畫	明	沈周	書畫冊頁（十一）	冊頁		淡設色		32×23	△
14023	四家書畫	明	沈周	洞庭雨山圖卷	卷			1497	290×31	△
14024	四家書畫	明	沈周	吳江圖卷	卷				32×620	△
14025	四家書畫	明	沈周	灞橋詩意圖卷	卷			1509	29×146	△
14026	中貿聖佳2001春	明	沈周	清溪訪友圖	軸	紙	設色		122×62	▲
14027	朵雲軒'99春	明	沈周	枯樹雙鴉	軸	紙	水墨	1488	90×51	△
14028	上海工美'99春	明	沈周	花鳥圖	軸	紙	水墨		27×45	△
14029	嘉德2000春	明	沈周	徐生孝行錄	卷	紙	設色		41.2×152	△

大陸各地藏存疑畫目說明

編號	收藏編號	時代	作 者	作品名稱	形式	說　　明	圖
12012	京 5-174	明	沈 周	桐陰濯足圖	軸	原收藏單位存疑。	▲
12014	滬 1-0338	明	沈、唐文、仇	四家集錦	卷	徐、傅：沈周存疑。	▲
12018	滬 1-0343	明	沈 周	杏花書屋圖	軸	徐：舊臨本。	▲
12020	滬 1-0345	明	沈 周	山水花鳥八開	冊	傅：畫明人舊仿，沈周、祝允明題真。	▲
12022	滬 1-0347	明	沈 周	楊花圖	卷	徐：存疑。	▲
12023	滬 1-0349	明	沈 周	花果雜品二十種	卷	徐：偽。楊、傅：舊摹本。	▲
12025	滬 1-0351	明	沈 周	花果	卷	徐、傅：明人作，似陳淳中年筆。	▲
12029	滬 1-0356	明	沈 周	吳中山水	卷	徐、傅：存疑。楊：可研究。	▲
12030	滬 1-0357	明	沈 周	西山雲靄圖	卷	徐、傅：存疑，書、畫不佳。楊：待研究。	▲
12031	滬 1-0358	明	沈 周	落花圖	扇頁	傅：舊仿本。	▲
12036	滬 1-0365	明	沈周、孫克弘	白菜書畫	卷	傅：沈畫偽。	※
12037	滬 1-0366	明	沈 周	兩江名勝圖十開	冊	徐：疑。傅：是沈周題他人畫，後人指為自對題。	▲
12038	滬 1-0367	明	沈 周	無聲之詩圖十二開	冊	徐、傅：存疑。楊：年份夠。	▲
12040	滬 1-0369	明	沈 周	江南風景圖	卷	傅：畫偽，吳寬題真，疑是早年被抽換。	▲
12045	滬 1-0374	明	沈 周	耕讀圖	卷	徐：存疑。	▲
12049	滬 1-0378	明	沈 周	石磯漁艇圖	軸	傅：明仿。楊：可研究。	▲
12053	滬 1-0382	明	沈 周	松下停琴圖	軸	傅：明人仿本，顧題真。	▲
12054	滬 1-0383	明	沈 周	秋江垂釣圖	軸	徐：待研究。	▲
12055	滬 1-0384	明	沈 周	深山游屐圖	軸	傅：明人仿本。劉：款識與畫非沈氏筆。	▲
12057	滬 1-0386	明	沈 周	雲際停舟圖	軸	徐、傅：存疑。楊：真。	▲
12058	滬 1-0387	明	沈 周	湖舟落雁圖	軸	劉、傅：偽。徐：同意。楊：沈氏細筆一路。	▲

12059	滬 1-0388	明	沈 周	雄雞芙蓉圖	軸	傅：疑。	▲
12061	滬 1-0390	明	沈 周	策杖行吟圖	軸	傅：疑。楊：可研究。	▲
12066	滬 1-0395	明	沈 周	看山聽水圖	扇頁	傅：疑，朱存理題亦不似。楊：年份夠。	▲
12069	滬 1-0398	明	沈 周	綠陰亭子圖	扇頁	傅：舊仿本，張衰題真。楊：畫題俱真。	▲
12072	蘇 1-021	明	沈 周	岸波圖	卷	楊、劉、傅：王寵偽。劉：沈畫偽。	▲
12074	蘇 1-023	明	沈 周	山水	扇頁	傅：舊仿。	※
12076	蘇 6-010	明	沈 周	園樹復活圖	軸	舊摹本。	▲
12078	蘇 19-01	明	沈 周	疏林碧泉圖	軸	劉：題真、畫疑。	▲
12080	蘇 24-0026	明	沈 周	落花詩書畫	卷	傅：書畫均明人偽，張寰題真。	▲
12094	滬 5-01	明	沈 周	蕉鶴圖	軸	劉、傅：舊偽。楊：存疑。	▲
12095	滬 11-002	明	沈 周	飛來峰圖	軸	傅：舊偽。楊：畫優於字。	▲
12097	滬 11-004	明	沈 周	溪橋拄杖圖	軸	傅：疑。	▲
12103	粵 1-0025	明	沈 周	溪山高逸圖	卷	傅：存疑。	▲
12104	粵 1-0026	明	沈 周	天寒道遠圖	軸	傅：仿本。	▲
12110	粵 2-010	明	沈 周	雲山圖	軸	傅、劉：明人仿本。	▲
12126	吉 1-022	明	沈 周	雲山圖	軸	劉：疑。	▲
12172	京 1-1099	明	沈 周	桂花書屋圖	軸	徐：明人臨仿本。傅：舊仿。	▲

二、唐 寅

台灣公藏

編號	收藏編號	時代	作 者	作品名稱	形式	質地	墨 色	年代	縱、橫cm	圖
21001	調 226-5	明	唐 寅	溪山漁隱	卷	絹	著色		29.4×351	△
21002	調 226-16	明	唐 寅	坐臨溪閣	卷	絹	著色	1504	28×244.6	△
21003	崑 171-17	明	唐 寅	山居圖	卷	紙	著色		26.7×427.9	△
21004	調 226-11	明	唐 寅	金閶別意	卷	絹	水墨		28.5×126.1	△
21005	調 225-28	明	唐 寅	守耕圖	卷	絹	水墨		32.2×99.2	△
21006	調 185-134	明	唐 寅	高士圖	卷	紙	墨畫		23.7×195.8	△
21007	調 187-55	明	唐 寅	秋墅聯吟	卷	紙	水墨		26.9×175.6	△
21008	調 224-7	明	唐 寅	燒藥圖	卷	紙	設色		28.8×119.6	△
21009	調 225-102	明	唐 寅	琴士圖	卷	紙	淡設色		29.2×197.5	△
21010	中博 466-38	明	唐 寅	採蓮圖	卷	紙	水墨	1520	35×150.2	△
21011	成 188-47	明	唐 寅	暮春林墅	軸	紙	淺設色		169×65.6	△
21012	成 188-27	明	唐 寅	山路松聲	軸	絹	設色		194.5×102.8	△
21013	成 190-53	明	唐 寅	松溪獨釣圖	軸	紙	淡設色		104.6×29.7	△
21014	調 245-61	明	唐 寅	層巖策杖圖	軸	絹	水墨		151.9×79.8	△
21015	成 225-48	明	唐 寅	花溪漁隱圖	軸	絹	淡著色		74.7×35.8	△
21016	調 217-64	明	唐 寅	雙松飛瀑圖	軸	紙	著色		136.3×30.3	△
21017	成 190-59	明	唐 寅	空山觀瀑圖	軸	紙	墨畫		60.5×38.6	△
21018	成 186-30	明	唐 寅	函關雪霽	軸	絹	淺設色		69.9×37.3	△
21019	成 187-31	明	唐 寅	江南農事圖	軸	紙	淡著色		74.4×28.1	△
21020	中博 547-38	明	唐 寅	震澤煙樹	軸	紙	淺設色		47×37.8	△
21021	成 190-2	明	唐 寅	西洲話舊圖	軸	紙	墨畫		110.7×52.3	△
21022	成 201-54	明	唐 寅	觀瀑圖	軸	紙	淺設色		103.6×30.3	△
21023	調 247-81	明	唐 寅	山水	軸	絹	設色	1521	139.4×47.5	△
21024	成 215-21	明	唐 寅	韓熙載夜宴圖	軸	絹	設色		146.4×72.6	△
21025	成 223-36	明	唐 寅	陶穀贈詞圖	軸	絹	設色		168.8×102.1	△
21026	成 222-44	明	唐 寅	倣唐人仕女	軸	紙	設色		149.3×65.9	△
21027	調 246-6	明	唐 寅	班姬團扇	軸	紙	設色		150.4×63.6	△
21028	調 234-76	明	唐 寅	嫦娥奔月	軸	紙	設色		46.1×23.3	△

21029	成 192-32	明	唐 寅	臨水芙蓉圖	軸	紙	墨畫		51.8×26.7	△
21030	成 222-37	明	唐 寅	杏花	軸	紙	墨畫		114.8×32.3	△
21031	成 176-4	明	唐 寅	山水人物	冊	紙	水墨		38.2×63.6	
21032	成 179-19	明	唐 寅	嵩山十景	冊	紙	著色			
21033	成 171-7	明	唐 寅	湖石馴厖（名賢妙蹟第 11 幅）	冊	絹	水墨		24.5×28.1	
21034	成 198-14	明	唐 寅	野芳介石（名繪萃珍第 5 幅）	冊	紙	水墨		52.6×28.6	△
21035	成 166-9	明	唐 寅	秋山（集古圖繪第 10 幅）	冊	紙	著色		34.6×27.2	△
21036	成 168-1	明	唐 寅	枯木竹石（元明人畫山水集景第 4 幅）	冊	紙	水墨		62.3×33.1	
21037	成 166-1	明	唐 寅	桃花（歷代名繪第 9 幅）	冊	紙	水墨		28×37.8	
21038	成 220-1	明	唐 寅	山水（明三家畫冊第 4 幅）	冊	紙	水墨		30.2×50.9	△
21039	成 220-1	明	唐 寅	山水（明三家畫冊第 5 幅）	冊	紙	水墨		30.2×50.9	△
21040	成 178-23	明	唐 寅	楓林開泛（壽珍集古第 6 幅）	冊	絹			25.9×28.6	
21041	調 223-8	明	唐 寅	白雲紅樹	卷	絹	設色	1508	34.6×165.2	△
21042	調 224-23	明	唐 寅	溪山高逸	卷	絹	設色	1507	30.5×697.7	△
21043	調 225-19	明	唐 寅	秋林高士	卷	絹	著色		38.7×330	△
21044	成 185-14	明	唐 寅	溪山行旅圖	卷	絹	設色		27×128	△
21045	調 225-110	明	唐 寅	秋聲賦圖	卷	絹	水墨	1508	32.2×126	△
21046	調 223-63	明	唐 寅	山水	卷	絹	設色		26.8×187	△
21047	調 226-71	明	唐 寅	山水	卷	紙	設色		31.7×138	△
21048	調 187-28	明	唐 寅	山水	卷	紙	水墨		25.6×207	△
21049	調 224-41	明	唐 寅	煮茶圖	卷	絹	著色		21.6×96	△
21050	調 250-10	明	唐 寅	耕織圖	卷	絹	設色		30.7×511.5	△
21051	調 223-71	明	唐 寅	西園雅集圖	卷	絹	設色		35.8×329.5	△
21052	成 185-15	明	唐 寅	對竹圖	卷	絹	著色		28.6×119.8	△

21053	調 225-63	明	唐 寅	畫馬	卷	絹	設色	1516	27.7×103.8	△
21054	調 224-13	明	唐 寅	折枝花卉圖	卷	絹	著色		28.6×251.2	△
21055	成 225-43	明	唐 寅	蘆汀繫艇	軸	紙	墨畫		66.3×39.5	△
21056	成 226-43	明	唐 寅	山靜日長圖	軸	絹	設色	1507	129.2×57	△
21057	成 190-22	明	唐 寅	琵琶行圖	軸	紙	淡著色		65.2×40.6	△
21058	雨 817	明	唐 寅	山水	軸	紙	淺設色		130.1×65.5	
21059	成 214-51	明	唐 寅	品茶圖	軸	紙	水墨		93.2×29.8	△
21060	成 203-73	明	唐 寅	燈霄閒話	軸	紙	墨畫		135×75.7	△
21061	調 247-53	明	唐 寅	維摩說法圖	軸	絹	墨畫		123.6×55.5	△
21062	調 250-54	明	唐 寅	歲朝圖	軸	絹	設色	1508	125×49.7	△
21063	成 192-19	明	唐 寅	芙蕖	軸	紙	墨畫		77.7×30.1	△
21064	成 195-12	明	唐 寅	畫雞眞蹟	軸	紙	著色		119.9×30.3	△
21065	律 166-267	明	唐 寅	仿古山水冊	冊					
21066	成 169-3	明	唐 寅	摹古畫冊	冊					
21067	雲 1049-11	明	唐 寅	文徵明沈周唐寅仇英便面合裝冊	冊					
21068	中博 467-38	明	唐 寅	溪閣閒凴	卷	絹	著色	1519	29×188.9	△
21069	中博 548-38	明	唐 寅	採菊圖	軸	紙	墨畫		52×29.7	△
21070	中博 549-38	明	唐 寅	煎茶圖	軸	紙	著色		106.9×48.1	△
21071	中博 550-38	明	唐 寅	鬥茶圖	軸	絹	著色		56.4×61.8	△
21072	王雪艇	明	唐 寅	松風茅屋圖	軸	紙	水墨		147.2×28	△
21073	王雪艇	明	唐 寅	夏日山居圖	軸	絹	設色		78×39	△
21074	王雪艇	明	唐 寅	古木夕陽圖	軸	絹	設色		127.3×51	△
21075	大風堂贈	明	唐 寅	壽星	軸	紙	淺設色		102.1×31.3	
21076		明	唐 寅	牧童與牛圖	扇頁					△
21077		明	唐 寅	萬山秋色	扇頁					△
21078		明	唐 寅	畫竹	扇頁					△
21079		明	唐 寅	畫竹	扇頁					△
21080		明	唐 寅	畫竹	扇頁					△
21081		明	唐 寅	松蔭高士	扇頁					△
21082		明	唐 寅	入市歸來圖	扇頁					△

大陸各地藏

編號	收藏編號	時代	作者	作品名稱	形式	質地	墨色	年代	縱、橫cm	圖
22001	京 3-015	明	唐 寅	湖山一覽圖	軸	紙	設色		135.9×56	△
22002	京 2-124	明	唐 寅	柴門掩雪圖	軸	紙	設色		84×43.7	▲
22003	滬 1-0639	明	唐 寅	墨竹圖	扇頁	金箋	墨筆	1521		△
22004	滬 1-0641	明	唐 寅	黃茅小景圖	卷	紙	墨筆		22.1×66.8	△
22005	滬 1-0643	明	唐 寅	雪霽看梅圖	卷	紙	設色		30.1×132.7	▲
22006	滬 1-0644	明	唐 寅	款鶴圖	卷	紙	設色		29.6×145	△
22007	滬 1-0645	明	唐 寅	古槎鸜鵒圖	軸	紙	墨筆		121×26.7	△
22008	滬 1-0646	明	唐 寅	杏花仙館圖	軸	絹	設色		147.8×73.2	△
22009	滬 1-0647	明	唐 寅	牡丹仕女圖	軸	紙	設色		125.9×57.8	▲
22010	滬 1-0648	明	唐 寅	東方朔像	軸	紙	設色		144.2×50.4	▲
22011	滬 1-0649	明	唐 寅	東籬賞菊圖	軸	紙	設色		134×62.6	△
22012	滬 1-0650	明	唐 寅	春山伴侶圖	軸	紙	設色		82×44	△
22013	滬 1-0651	明	唐 寅	春山偕隱圖	軸	絹	設色			※
22014	滬 1-0652	明	唐 寅	春游女几山圖	軸	絹	設色		122×65	△
22015	滬 1-0653	明	唐 寅	柳橋賞春圖	軸	絹	設色		137×67	△
22016	滬 1-0654	明	唐 寅	茅屋風清圖	軸	絹	設色		122×65	▲
22017	滬 1-0655	明	唐 寅	秋山行旅圖	軸	絹	設色		145.5×70.8	▲
22018	滬 1-0656	明	唐 寅	秋風紈扇圖	軸	紙	墨筆		77.1×39.3	△
22019	滬 1-0657	明	唐 寅	高山奇樹圖	軸	絹	設色		122×65	▲
22020	滬 1-0658	明	唐 寅	雪山行旅圖	軸	絹	設色		122×65	▲
22021	滬 1-0659	明	唐 寅	雪山會琴圖	軸	紙	設色		117.9×31.8	▲
22022	滬 1-0660	明	唐 寅	陶潛賞菊圖	軸	絹	設色		138.2×67.5	▲
22023	滬 1-0661	明	唐 寅	渡頭帘影圖	軸	絹	設色		170.3×90.3	△
22024	滬 1-0662	明	唐 寅	虛閣晚涼圖	軸	紙	設色		59.3×31.6	△
22025	滬 1-0663	明	唐 寅	落霞孤鶩圖	軸	絹	設色		189.1×105.4	△
22026	滬 1-0664	明	唐 寅	葑田行犢圖	軸	紙	墨筆		74.7×42.7	△
22027	滬 1-0665	明	唐 寅	騎驢歸思圖	軸	絹	設色		77.7×37.5	
22028	滬 1-0666	明	唐 寅	山居圖	扇頁	金箋	設色			△
22029	滬 1-0667	明	唐 寅	牡丹圖	扇頁	金箋	墨筆			△

22030	滬 1-0668	明	唐 寅	南湖春水圖	扇頁	金箋	墨筆		16.6×49.3	△
22031	滬 1-0669	明	唐 寅	後溪圖	扇頁	金箋	墨筆		17.8×48.3	△
22032	滬 1-0670	明	唐 寅	臨流倚樹圖	扇頁	金箋	墨筆		14.5×40.7	△
22033	滬 1-0671	明	唐 寅	蜀葵圖	扇頁	金箋	墨筆		16.3×45.8	△
22034	滬 1-0672	明	唐 寅	墨竹圖	扇頁	金箋	墨筆		14.7×41.8	△
22035	蘇 1-041	明	唐 寅	古木叢篁圖	軸	絹	墨筆		109.4×58.9	△
22036	蘇 1-042	明	唐 寅	農訓圖	軸	絹	設色		113.4×61	▲
22037	蘇 5-02	明	唐 寅	椿樹雙雀圖	軸	絹	墨筆		50×30.8	△
22038	蘇 6-020	明	唐 寅	秋林獨步圖	軸	紙	墨筆		55.5×28	▲
22039	蘇 11-003	明	唐 寅	懷樓圖	軸	絹	設色		113.5×62.5	△
22040	蘇 18-08	明	唐 寅	古木竹石圖	軸	絹	墨筆		117×76.8	△
22041	蘇 24-0069	明	唐 寅	吹簫仕女圖	軸	絹	設色	1520	164.8×89.5	△
22042	蘇 24-0070	明	唐 寅	古木幽篁圖	軸	絹	設色		146×148.2	△
22043	蘇 24-0071	明	唐 寅	李端端圖	軸	紙	設色		122.8×57.3	△
22044	蘇 24-0072	明	唐 寅	看泉聽風圖	軸	絹	設色		72.6×34.7	△
22045	津 7-0128	明	唐 寅	菊花圖	軸	紙	墨筆		135×55.5	△
22046	滬 7-0026	明	唐 寅	爲子重作山水	扇頁	紙	設色			△
22047	皖 1-032	明	唐 寅	匡廬圖	軸	絹	設色		148.5×72.2	△
22048	粵 1-0065	明	唐 寅	空山長嘯圖	卷	紙	墨筆		29.5×52	△
22049	粵 1-0066	明	唐 寅	清溪松蔭圖	軸	絹	設色		146×73.5	△
22050	粵 1-0067	明	唐 寅	雪林尋詩圖	軸	絹	設色		168×83.6	△
22051	粵 1-0068	明	唐 寅	楸枰一局圖	軸	絹	設色		143×765	△
22052	粵 2-026	明	唐 寅	江南春圖	卷	絹	設色		31.5×146	△
22053	遼 1-122	明	唐寅、文徵明	書畫（悟陽子養生圖）	卷	紙	墨筆	文：1514	28.8×103.5	△
22054	遼 1-123	明	唐 寅	茅屋蒲團圖	軸	紙	設色		82.4×27.7	△
22055	遼 2-021	明	唐 寅	杏花仕女圖	軸	紙	設色		142×60	△
22056	遼 5-039	明	唐 寅	松林揚鞭圖	軸	絹	設色		145.3×72.5	△
22057	吉 1-043	明	唐 寅	雨竹圖	扇頁	金箋	墨筆			△
22058	魯 7-05	明	唐 寅	灌木叢篁圖	軸	絹	墨筆		116×175	△
22059	川 1-039	明	唐 寅	虛閣晚涼圖	軸	絹	設色		171×138	△
22060	渝 1-028	明	唐 寅	臨韓熙載夜宴圖	卷	絹	設色		30.8×547.8	△

22061	京 1-1375	明	唐 寅	沛台實景圖	頁	絹	墨筆	1500	26.2×23.9	△
22062	京 1-1376	明	唐 寅	關山行旅圖	軸	紙	設色	1506	129.3×46.4	▲
22063	京 1-1377	明	唐 寅	雙鑒行窩圖畫一開，題二十八開	冊	絹	設色	1519	30.1×55.7	△
22064	京 1-1378	明	唐 寅	行春橋圖	頁	紙	墨筆		23.1×30.7	△
22065	京 1-1379	明	唐 寅	越來溪圖	頁	紙	墨筆		23×31	△
22066	京 1-1381	明	唐 寅	王鏊出山圖	卷	紙	墨筆	1506	20×73.3	△
22067	京 1-1382	明	唐 寅	事茗圖	卷	紙	設色		31.2×106.9	△
22068	京 1-1383	明	唐 寅	貞壽堂圖	卷	紙	墨筆	1486	28.2×102	△
22069	京 1-1384	明	唐 寅	風木圖	卷	紙	墨筆	1502	28.2×107	△
22070	京 1-1385	明	唐 寅	桐山圖	卷	紙	設色		31.1×137	△
22071	京 1-1386	明	唐 寅	毅菴圖	卷	紙	設色		30.5×112.5	△
22072	京 1-1387	明	唐 寅	步溪圖	軸	絹	設色		159×84.3	△
22073	京 1-1388	明	唐 寅	風竹圖	軸	紙	墨筆		83.4×44.5	△
22074	京 1-1389	明	唐 寅	幽人燕坐圖	軸	紙	墨筆		119.8×25.8	▲
22075	京 1-1390	明	唐 寅	桐陰清夢圖	軸	紙	設色		62×30.8	△
22076	京 1-1391	明	唐 寅	梅花	軸	紙	墨筆		95.7×36.2	△
22077	京 1-1392	明	唐 寅	觀梅圖	軸	紙	墨筆		109×34.8	△
22078	京 1-1393	明	唐 寅	雨竹	扇頁	灑金箋	墨筆		18×53.9	△
22079	京 1-1394	明	唐 寅	枯木寒鴉圖	扇頁	金箋	設色		17.2×49.4	△
22080	京 1-1395	明	唐 寅	秋葵圖	扇頁	金箋	設色		15×44	△
22081	京 1-1396	明	唐 寅	葵石圖	扇頁	灑金箋	墨筆		18.1×51.5	△
22082	京 1-1397	明	唐 寅	罌粟花圖	扇頁	金箋	墨筆		17.6×51.3	△
22083	京 1-1401	明	唐 寅	王蜀宮妓圖	軸	絹	設色		124.7×63.8	▲
22084	京 1	明	唐 寅	錢塘景物圖	軸	絹	設色		71.4×37.2	△
22085	粵 2	明	唐 寅	竹亭高士圖	軸	絹	設色	1522	130.5×74	△
22086	京 1	明	唐 寅	山水圖	冊	絹	淡設色		26.4×24.5	△
22087	遼 1	明	唐 寅	臨李公麟飲中八仙圖	卷	紙	墨色		31.9×633	△
22088	滬 1	明	唐 寅	觀杏圖	軸	紙	淡設色	1521		△

海外收藏

編號	藏地	時代	作者	作品名稱	形式	質地	墨色	年代	縱、橫㎝	圖
23001	日 1	明	唐 寅	江山（狂風）驟雨圖	軸	紙	淺著色	1508	170.3×94.5	△
23002	美 6	明	唐 寅	南遊圖	卷	紙	墨		24.3×89.3	△
23003	美 11	明	唐 寅	野亭靄瑞圖	卷	紙	設色		30×123.5	△
23004	美 3	明	唐 寅	桐庵圖	卷	紙	設色		25×105	△
23005	美 12	明	唐 寅	嫦娥執桂圖	軸	紙	設色		135.3×58.4	△
23006	日 4	明	唐 寅	秋聲圖	卷	絹	墨		15.4×59.1	△
23007	美 1	明	唐 寅	山水圖	冊	絹	淡設色		26.4×24.5	△
23008	美 6	明	唐 寅	夢仙草堂圖	卷	紙	設色		28.3×103	△
23009	美 15	明	唐 寅	葦渚醉漁圖	軸	紙	水墨		62.2×31.8	△
23010	美 12	明	唐 寅	墨竹	扇面					△

民間收藏

編號	收藏簡稱	時代	作者	作品名稱	形式	質地	墨色	年代	縱、橫㎝	圖
24001	宋元以來	明	唐 寅	山莊高逸	軸					△
24002	中華書畫	明	唐 寅	後谿圖	扇頁					△
24003	中華書畫	明	唐 寅	山居客至	扇頁					△
24004	中國民間	明	唐 寅	秋林獨步圖	軸					△
24005	瀚海'99春	明	唐 寅	山水人物（十二開）4幅	冊	絹	設色		23.5×30.5	▲
24006	瀚海'99春	明	唐 寅	南山開宴圖	軸					△
24007	四家書畫	明	唐 寅	樹杪飛泉圖	軸		淡設色		172×44	△
24008	四家書畫	明	唐 寅	綠珠	軸		淡設色		138×97	△
24009	四家書畫	明	唐 寅	杏花扇面	扇面		設色		18×49	△
24010	四家書畫	明	唐 寅	牡丹扇面	扇面		墨畫		18×49	△
24011	四家書畫	明	唐 寅	夏日山居圖	軸		設色		78×39	△
24012	四家書畫	明	唐 寅	花卉扇面	扇面		淡設色		18×49	△
24013	四家書畫	明	唐 寅	山水扇面	扇面		淡設色		18×49	△
24014	四家書畫	明	唐 寅	四旬自壽山水	軸		淡設色	1510	127×46	△
24015	四家書畫	明	唐 寅	山水扇面	扇面		淡設色		18×49	△
24016	四家書畫	明	唐 寅	山水扇面	扇面		淡設色		18×49	△
24017	四家書畫	明	唐 寅	桃花詩畫	軸		設色		136×64	△
24018	四家書畫	明	唐 寅	茅屋彈琴圖	軸		設色		147×28	△
24019	四家書畫	明	唐 寅	山水	軸		設色		149×70	△

24020	四家書畫	明	唐 寅	錢塘舊景	軸		設色	90×35	△
24021	四家書畫	明	唐 寅	山水扇面	扇面		設色	18×49	△
24022	四家書畫	明	唐 寅	墨竹扇面	扇面		墨畫	18×49	△
24023	四家書畫	明	唐 寅	竹林近泉圖	軸		設色	110×35	△
24024	四家書畫	明	唐 寅	花卉扇面	扇面		淡設色	18×49	△
24025	四家書畫	明	唐 寅	虛亭岸幘圖（二幅）	卷		設色	34×231	△
24026	四家書畫	明	唐 寅	桐庵圖	卷		設色	25×105	△
24027	四家書畫	明	唐 寅	松泉清逸圖	卷		淡設色	28×87	△
24028	四家書畫	明	唐 寅	芙蓉花冊頁	冊頁		淡設色	62×24	△
24029	四家書畫	明	唐 寅	牡丹花冊頁	冊頁		淡設色	62×24	△
24030	中貿聖佳2001春	明	唐 寅	松下撫琴圖	軸	紙	水墨	354×165	▲
24031	嘉德 2000春	明	唐 寅	秋風溪上圖	軸	紙	設色	180×97	△
24032	唐寅研究	明	唐 寅	灌木叢篁圖	軸				△
24033	唐寅研究	明	唐 寅	灌木叢篠圖	軸				△

大陸各地藏存疑畫目說明

編號	收藏編號	時代	作 者	作品名稱	形式	說　　　　明	圖
22002	京 2-124	明	唐 寅	柴門掩雪圖	軸	原收藏單位存疑。	▲
22005	滬 1-0642	明	唐寅、文徵明	書畫合裝	卷	徐：畫舊仿。	▲
22006	滬 1-0643	明	唐 寅	雪霽看梅圖	卷	徐、傅：偽。	▲
22010	滬 1-0647	明	唐 寅	牡丹仕女圖	軸	徐：存疑。啓、傅：偽。	▲
22011	滬 1-0648	明	唐 寅	東方朔像	軸	徐：待研究。	▲
22014	滬 1-0651	明	唐 寅	春山偕隱圖	軸	劉：存疑。傅：明人臨本。	※
22017	滬 1-0654	明	唐 寅	茅屋風清圖	軸	徐、傅：代筆。楊：真。	▲
22018	滬 1-0655	明	唐 寅	秋山行旅圖	軸	啓：偽。楊、傅：舊摹本。	▲
22020	滬 1-0657	明	唐 寅	高山奇樹圖	軸	徐、傅：代筆。楊：真。	▲
22021	滬 1-0658	明	唐 寅	雪山行旅圖	軸	徐、傅：代筆。楊：真。	▲
22022	滬 1-0659	明	唐 寅	雪山會琴圖	軸	徐：舊偽。楊：待研究。	▲
22023	滬 1-0660	明	唐 寅	陶潛賞菊圖	軸	徐、傅：代筆。楊：真。	▲
22037	蘇 1-042	明	唐 寅	農訓圖	軸	劉、傅：疑。	▲
22039	蘇 6-020	明	唐 寅	秋林獨步圖	軸	傅：偽。	▲
22063	京 1-1376	明	唐 寅	關山行旅圖	軸	徐：存疑。	▲
22075	京 1-1389	明	唐 寅	幽人燕坐圖	軸	傅：疑。	▲
22084	京 1-1401	明	唐 寅	王蜀宮妓圖	軸	徐：疑。	※

三、文徵明

台灣公藏

編號	收藏編號	時代	作者	作品名稱	形式	質地	墨色	年代	縱、橫cm	圖
31001	調 227-64	明	文徵明	溪山高逸圖	卷	絹	墨色	1555	27.9×129.1	△
31002	調 186-17	明	文徵明	關山積雪圖	卷	紙	設色	1532	25.3×445.2	△
31003	調 187-45	明	文徵明	疏林淺水圖	卷	紙	墨畫	1540	25.9×118.5	△
31004	調 227-71	明	文徵明	雪山圖	卷	紙	著色	1539	26×521.9	△
31005	調 225-52	明	文徵明	春遊圖	卷	紙	設色	1544	32.3×138.6	△
31006	調 187-76	明	文徵明	一川圖	卷	紙	設色		28.2×109.4	△
31007	調 225-53	明	文徵明	仿趙伯驌後赤壁圖	卷	絹	設色	1548	31.5×541.6	△
31008	麗 243-55	明	文徵明	倣吳鎮山水	卷	紙	墨畫		27.1×41.7	△
31009	麗 243-11	明	文徵明	獨樂園圖幷書記	卷	紙	水墨	1558	27×141.3	△
31010	調 226-12	明	文徵明	林泉雅適圖幷書七言長句	卷	絹	著色	1554	30.2×186	△
31011	調 234-85	明	文徵明	江南春圖	軸	紙	設色	1547	106×30	△
31012	成 190-24	明	文徵明	春雲出山圖	軸	紙	墨畫		68.8×24.5	△
31013	成 186-10	明	文徵明	春山烟樹	軸	紙	淡著色		49.9×20.7	△
31014	成 192-8	明	文徵明	燕山春色圖	軸	紙	著色	1524	147.2×57.1	△
31015	成 205-18	明	文徵明	雨餘春樹	軸	紙	設色	1507	94.3×33.3	△
31016	調 230-88-2	明	文徵明	春林策杖	軸	紙	水墨		56.2×25.5	△
31017	成 203-34	明	文徵明	溪橋曳杖圖	軸	紙	水墨		119.6×31.3	△
31018	成 203-65	明	文徵明	風雨歸舟圖	軸	紙	墨畫		89.7×32.9	△
31019	調 230-17	明	文徵明	松陰曳杖圖	軸	紙	水墨	1544	106.9×25.1	△
31020	中博 559-38	明	文徵明	松陰高隱	軸	絹	著色	1535	162.1×67.2	△
31021	成 189-77	明	文徵明	蒼崖漁隱	軸	絹	著色		75.3×32.4	△
31022	成 224-4	明	文徵明	松聲一榻圖	軸	紙	墨畫		127.1×27.2	△
31023	成 224-16	明	文徵明	蘭亭修禊圖	軸	紙	墨畫	1524	140.3×73.2	△
31024	調 192-73	明	文徵明	長松平皋圖	軸	絹	設色		132.7×65.8	△
31025	成 223-6	明	文徵明	松下觀泉圖	軸	紙	水墨		348.2×104.6	△
31026	成 184-48	明	文徵明	松下聽泉圖	軸	紙	墨畫		116.8×42.6	△
31027	成 203-33	明	文徵明	松壑飛泉	軸	紙	淺設色	1531	108.1×37.8	△
31028	成 189-26	明	文徵明	茂松清泉	軸	紙	著色	1542	89.9×44.1	△
31029	成 205-35	明	文徵明	好雨聽泉圖	軸	紙	水墨		60.5×53.2	△
31030	調 230-6	明	文徵明	古木寒泉	軸	絹	設色	1549	194.1×59.3	△
31031	成 201-32	明	文徵明	空林落葉圖	軸	紙	墨畫		55×26.3	△

31032	成 201-62	明	文徵明	溪亭客話	軸	紙	淡著色		64.5×33.1	△
31033	成 215-69	明	文徵明	綠陰清話	軸	絹	著色		53.4×26.9	△
31034	成 203-32	明	文徵明	綠陰草堂圖	軸	紙	著色		58.2×29.3	△
31035	調 230-40	明	文徵明	千巖競秀	軸	紙	淺設色	1550	132.6×34	△
31036	調 249-4	明	文徵明	絕壑高閒	軸	紙	淺設色	1519	148.9×177.9	
31037	成 189-75	明	文徵明	空林覓句圖	軸	紙	墨畫	1545	81.2×27	△
31038	調 230-54	明	文徵明	洞庭西山圖	軸	紙	水墨	1548	121×28.4	△
31039	成 188-14	明	文徵明	溪山秋霽圖	軸	絹	著色		124.1×66.2	△
31040	成 217-75	明	文徵明	溪山深雪	軸	絹	著色	1517	94.7×36.3	△
31041	成 221-9	明	文徵明	雪滿群峰	軸	絹	著色		183.1×73.4	
31042	成 201-6	明	文徵明	寒山風雪圖	軸	絹	著色		114.4×61.6	
31043	調 246-10	明	文徵明	雪歸圖	軸	紙	水墨		152.3×61.6	
31044	調 230-48	明	文徵明	雪景	軸	紙	淺設色		108.7×29.4	△
31045	成 184-80	明	文徵明	雪景	軸	紙	淺設色		122.2×31.9	△
31046	成 227-71	明	文徵明	雪景	軸	絹	淺設色		140.4×59.2	
31047	收 1	明	文徵明	仿董源林泉靜釣圖	軸	紙	墨畫	1536	170.2×81.3	△
31048	調 239-38	明	文徵明	臨趙孟頫空巖琴思	軸	絹	設色	1546	148.7×55.5	
31049	調 234-82	明	文徵明	倣王蒙山水	軸	紙	水墨	1535	133.9×35.7	
31050	律 166-318	明	文徵明	倣古山水	軸	絹	設色		73.3×21.4	△
31051	成 196-33	明	文徵明	山水	軸	紙	設色		99×29	△
31052	成 217-23	明	文徵明	聽泉圖	軸	紙	設色		64.2×30	△
31053	成 189-56	明	文徵明	茶事圖	軸	紙	水墨	1534	122.9×35	△
31054	成 251-96	明	文徵明	品茶圖	軸	紙	淺設色	1531	88.3×25.2	△
31055	調 239-92	明	文徵明	影翠軒圖	軸	紙	設色		66.9×31	
31056	成 205-12	明	文徵明	寒林鍾馗	軸	紙	水墨	1534	69.6×42.5	△
31057	成 214-48	明	文徵明	蕉陰仕女圖	軸	絹	設色	1539	46.4×21.9	△
31058	成 217-29	明	文徵明	古石喬柯圖	軸	紙	墨畫		48×27.5	△
31059	成 217-37	明	文徵明	古洗蕉石圖	軸	紙	著色		114.8×28.6	
31060	成 201-63	明	文徵明	蘭竹	軸	紙	水墨		62×31.2	△
31061	成 192-27	明	文徵明	朱竹	軸	紙	研朱	1555	149.3×29.5	△
31062	成 186-50	明	文徵明	朱竹	軸	紙	研朱	1534	117.7×24.3	△
31063	成 198-13	明	文徵明	畫竹（11 幅）	冊	紙	水墨		33.5×66.9	
31064	成 198-6	明	文徵明	花卉（8 幅）	冊	紙	墨.色		32.5×53.7	
31065	調 183-2	明	文徵明	蘭竹（名畫琳瑯第 9 幅）	冊	紙	水墨		47×23.3	
31066	成 171-7	明	文徵明	雨舟歸興（名賢妙蹟第 10 幅）	冊	紙	水墨		45.7×30.7	

31067	成 222-21	明	文徵明	秋亭雨霽（名畫薈珍第 5 幅）	冊	絹	設色		36.7×31	
31068	成 198-14	明	文徵明	秋葵折枝（名繪萃珍第 6 幅）	冊	紙	水墨		65.4×30.3	
31069	成 168-1	明	文徵明	山水（元明人畫山水集景第 5 幅）	冊	紙	淺設色		66.7×34.8	
31070	成 168-1	明	文徵明	山水（元明人畫山水集景第 6 幅）	冊	紙	水墨		67.4×33	
31071	成 220-1	明	文徵明	山水（明三家畫冊第 3 幅）	冊	紙	設色		30.2×50.9	
31072	調 223-23	明	文徵明	堯峰十景詩畫	卷	絹	設色	1531	31.5×145.1	△
31073	調 223-82	明	文徵明	眞蹟	卷	絹	設色	1558	29.2×153.6	△
31074	調 226-18	明	文徵明	赤壁圖	卷	絹	設色		31.4×675.9	△
31075	調 185-87	明	文徵明	春皋垂釣	卷	絹	設色	1550	31.9×103.5	△
31076	調 185-16	明	文徵明	山水	卷	絹	設色	1554	27.1×165.8	△
31077	調 185-42	明	文徵明	山水	卷	絹	設色		25.2×252	△
31078	調 225-89	明	文徵明	山水	卷	絹	設色	1548	30.4×130	△
31079	成 185-5	明	文徵明	西苑圖	卷	絹	著色		26.2×76	△
31080	成 189-62	明	文徵明	喬林煮茗圖	軸	紙	淡著色	1526	84.1×26.4	△
31081	調 239-36	明	文徵明	仿李成谿山深雪	軸	紙	淺設色	1515	95.3×29.5	△
31082	成 186-3	明	文徵明	碧梧修竹圖	軸	紙	墨畫		90.5×28.9	△
31083	成 184-16	明	文徵明	松亭客話	軸	紙	墨畫	1547	100.8×35	△
31084	成 205-33	明	文徵明	金山圖	軸	紙	墨畫	1522	70×23.8	△
31085	成 233-19	明	文徵明	琴鶴圖清高宗御題	軸	紙	設色		63.4×29.2	
31086	成 225-13	明	文徵明	疏林茆屋	軸	紙	墨畫	1514	67×34.6	△
31087	調 239-75	明	文徵明	歲寒三友	軸	紙	墨畫		44.2×24.6	△
31088	調 234-93	明	文徵明 仇英	文徵明仇英合摹李公麟蓮社圖	軸	紙	設色	1520	92×55.5	△
31089	調 184-25	明	文徵明	山水	冊					
31090	成 220-16	明	文徵明	山水	冊					
31091	成 232-22	明	文徵明	十萬圖	冊					
31092	成 169-18	明	文徵明	畫扇	冊					
31093	雲 1049-11	明	文徵明	文徵明沈周唐寅仇英便面合裝冊	冊					

31094	國贈 24907	明	文徵明	蕉池積雪	軸	紙	設色		64.4×26.9	△
31095	國贈 24753	明	文徵明	山水	鏡心裝	紙	淺設色		86.5×26	△
31096	國贈 26741	明	文徵明	雲山烟樹圖	卷	紙	設色		27.2×117.2	△
31097	何應欽	明	文徵明	山水	軸	絹	設色		130.3×62.7	
31098	王雪艇	明	文徵明	石湖詩畫	卷	絹	設色	1541	26.5×66	△
31099	王雪艇	明	文徵明	詩畫	卷	紙	設色		27.7×71.5	
31100	王雪艇	明	文徵明	梅竹	卷	絹	水墨	1533	26×89.6	
31101	王雪艇	明	文徵明	西窗風雨圖	軸	紙	水墨	1542	155×32.5	
31102	王雪艇	明	文徵明	影翠軒圖	軸	紙	淺設色	1520	66×32	△

大陸各地藏

編號	收藏編號	時代	作 者	作品名稱	形式	質地	墨.色	年代	縱、橫cm	圖
32001	京 1-020	明	文徵明	永錫難老圖并詩	卷	絹	設色	1557	32×125.7	△
32002	京 2-05	明	文徵明	眞賞齋圖	卷	紙	設色	1557		△
32003	京 3-012	明	文徵明	夏木垂蔭圖	軸	紙	設色	1543		×
32004	京 3-013	明	文徵明	疊嶂飛泉圖	軸	紙	設色	1555		×
32005	京 9-012	明	文徵明	山水	軸	紙	墨筆			×
32006	京 9-013	明	文徵明	山水	軸	絹	設色			×
32007	京 9-014	明	文徵明	東坡詩意圖	軸	紙	設色			×
32008	京 11-010	明	文徵明	東皋圖	卷	絹	設色			×
32009	京 11-011	明	文徵明	雲泉烟樹圖	軸	絹	設色		130×35	△
32010	京 2-118	明	文徵明	雪景山水	軸	紙	設色	1545	110.5×43.2	※
32011	京 2-123	明	文徵明	山水	扇頁	紙	墨筆		18×50	
32012	滬 1-0543	明	文徵明	金焦落照圖	卷	絹	設色	1495	30.6×94.2	△
32013	滬 1-0544	明	文徵明	人日詩畫	卷	紙	墨筆	1505	26.8×88.7	△
32014	滬 1-0545	明	文徵明	石湖花游圖	卷	紙	設色	1520	26.2×41	▲
32015	滬 1-0547	明	文徵明	松巖高士圖	扇頁	金箋	設色	1521		▲
32016	滬 1-0548	明	文徵明	滄浪濯足圖	扇頁	金箋	設色	1523		△
32017	滬 1-0550	明	文徵明	春游圖	扇頁	金箋	設色	1527		△
32018	滬 1-0551	明	文徵明	雙柯竹石圖	軸	紙	墨筆	1531	76.9×30.7	△
32019	滬 1-0552	明	文徵明	寒林晴雪圖	軸	紙	設色	1531	115×36.2	△
32020	滬 1-0553	明	文徵明	石湖清勝圖	卷	紙	設色	1532	23.3×67.2	△
32021	滬 1-0554	明	文徵明	連嚮訪友圖	扇頁	金箋	設色	1535		▲
32022	滬 1-0555	明	文徵明	蘭竹圖	卷	紙	墨筆	1536	33.1×278.7	▲
32023	滬 1-0558	明	文徵明	句曲山房圖	卷	絹	設色	1541	28.2×15.5	△
32024	滬 1-0560	明	文徵明	松陰高士圖	軸	紙	墨筆	1544	148.3×44.4	▲

32025	滬 1-0562	明	文徵明	仿倪瓚江南春詩意圖	卷	絹	墨筆	1544	24×26.7		△
32026	滬 1-0563	明	文徵明、王守	秋聲賦書畫合裝	卷	紙	設色	1547	24.7×119.3	不等	▲
32027	滬 1-0566	明	文徵明	眞賞齋圖	卷	紙	設色	1549	36×107.8		△
32028	滬 1-0569	明	文徵明	玉蘭花圖	軸	紙	設色	1551	120×38.7		▲
32029	滬 1-0572	明	文徵明	柳溪游艇圖	扇頁	金箋	設色	1552			△
32030	滬 1-0573	明	文徵明	罷釣圖	扇頁	金箋	設色	1552			※
32031	滬 1-0576	明	文徵明	虛亭遙貯圖	扇頁	金箋	墨筆	1554			▲
32032	滬 1-0579	明	文徵明	德浮贈別圖	軸	紙	墨筆	1555	54.1×41.3		△
32033	滬 1-0583	明	文徵明	漁舟曉泛圖	扇頁	金箋	墨筆	1558			×
32034	滬 1-0585	明	文徵明	枯木竹石圖	扇頁	金箋	墨筆	1558			△
32035	滬 1-0587	明	文徵明	後赤壁賦書畫	卷	絹	設色	1558	24.8×107.5		△
32036	滬 1-0588	明	文徵明	瀟湘八景圖八開	冊	絹	墨筆		24.3×44.8		▲
32037	滬 1-0589	明	文徵明	石湖閑汎圖	卷	紙	墨筆		24.6×171.2		▲
32038	滬 1-0590	明	文徵明	參竹齋圖	卷	紙	墨筆		29×128.7		▲
32039	滬 1-0591	明	文徵明	惠山茶會圖	卷	紙	設色		23.9×68.5		▲
32040	滬 1-0592	明	文徵明	雙勾蘭石圖	卷	紙	墨筆		26.8×88.7		△
32041	滬 1-0593	明	文徵明	丹楓茅屋圖	軸	紙	墨筆		201.5×69		▲
32042	滬 1-0594	明	文徵明	石壁飛虹圖	軸	紙	墨筆	1547	65.5×40.9		▲
32043	滬 1-0595	明	文徵明	松風細泉圖	軸	紙	墨筆		119.1×55.8		▲
32044	滬 1-0596	明	文徵明	春深高樹圖	軸	絹	設色		170.1×65.7		▲
32045	滬 1-0597	明	文徵明	茅亭趺坐圖	軸	紙	設色		96.1×29		▲
32046	滬 1-0598	明	文徵明	茅簷灌葵圖	軸	絹	設色		155.3×65.5		▲
32047	滬 1-0599	明	文徵明	雲山圖	軸	紙	設色		90.5×28.6		△
32048	滬 1-0600	明	文徵明	颲風圖	軸	紙	墨筆		111.7×52.7		△
32049	滬 1-0601	明	文徵明	蘭竹圖	軸	紙	墨筆		100.8×28.3		△
32050	滬 1-0602	明	文徵明	古木竹石圖	扇頁	金箋	墨筆				×
32051	滬 1-0603	明	文徵明	古木風煙圖	扇頁	金箋	墨筆				×
32052	滬 1-0604	明	文徵明	雨村圖	扇頁	金箋	墨筆				×
32053	滬 1-0605	明	文徵明	秋在蘭舟圖	扇頁	金箋	設色				※
32054	滬 1-0606	明	文徵明	秋葵圖	扇頁	金箋	墨筆				×
32055	滬 1-0607	明	文徵明	待琴共坐圖	扇頁	金箋	設色				△
32056	滬 1-0608	明	文徵明	桐山圖	扇頁	金箋	設色				△
32057	滬 1-0609	明	文徵明	仿吳鎮山水	扇頁	金箋	墨筆				×
32058	滬 1-0610	明	文徵明	雲中山頂圖	扇頁	金箋	設色				△
32059	滬 1-0611	明	文徵明	策蹇圖	扇頁	金箋	墨筆				△

32060	滬 1-0612	明	文徵明	溪橋策蹇圖	扇頁	金箋	設色			△
32061	滬 1-0613	明	文徵明	攜琴訪友圖	扇頁	金箋	設色			※
32062	滬 1-0614	明	文徵明	樹下停舟圖	扇頁	金箋	設色			×
32063	滬 1-0615	明	文徵明	蘆江橫笛圖	扇頁	金箋	設色			△
32064	滬 1-0616	明	文徵明	蘭竹圖	扇頁	金箋	墨筆			△
32065	滬 1-0617	明	文徵明	蘭竹圖	扇頁	金箋	墨筆			△
32066	滬 1-0618	明	文徵明	蘭竹圖	扇頁	金箋	墨筆			×
32067	滬 1-0642	明	唐寅、文徵明	書畫合裝（唐書、文畫）	卷	紙	設色		35.3×269.7 不等	▲
32068	滬 1-0677	明	文徵明唐寅等	雜畫	卷	紙	墨筆		28.7×103.7	▲
32069	蘇 1-051	明	文徵明	三絕	卷	紙	設色	1554	畫 30.3×156 不等	▲
32070	蘇 1-063	明	文徵明	晝錦堂記	軸	紙				※
32071	蘇 2-04	明	文徵明	山水	卷	絹	設色			※
32072	蘇 6-015	明	文徵明	蕉石鳴琴圖	軸	紙	墨筆	1528	84×27.2	▲
32073	蘇 6-016	明	文徵明	夕陽秋色圖	軸	絹	設色		140.2×61.7	▲
32074	蘇 6-017	明	文徵明	綠蔭草堂圖	軸	紙	墨筆		68.5×33.2	▲
32075	蘇 6-019	明	文徵明	東坡詩意圖	軸	紙	設色		47.2×25.2	▲
32076	蘇 10-006	明	文徵明	泊岸停舟圖	軸	紙	墨筆		166.4×86	△
32077	蘇 10-007	明	文徵明	滄州詩意圖	軸	絹	墨筆		60.4×38.8	▲
32078	蘇 20-005	明	文徵明	山水	扇頁	金箋	設色			×
32079	蘇 24-0047	明	文徵明	古木蒼烟圖	軸	紙	墨筆	1530	81.5×30.5	△
32080	蘇 24-0048	明	文徵明、陸治	天池詩書畫合裝	卷	紙	設色	1532	29.3×110.2	△
32081	蘇 24-0049	明	文徵明	中庭步月圖	軸	紙	墨筆	1532	149.6×50.5	△
32082	蘇 24-0051	明	文徵明	虎山橋圖	卷	絹	設色	1550	30.5×213	△
32083	蘇 24-0052	明	文徵明	萬壑爭流圖	軸	紙	設色	1550	132.7×35.3	△
32084	蘇 24-0053	明	文徵明文嘉、莫雲卿	前後赤壁賦書畫	卷	紙	墨筆	1551	前圖 29×61.2 後圖 29×64 字 21.2×74.2	△
32085	蘇 24-0055	明	文徵明、王寵	書畫	卷	紙	墨筆	1553	畫 24.5×327.6 字 24.5×147	▲
32086	蘇 24-0057	明	文徵明	水亭詩思圖	軸	紙	墨筆	1558	73.3×28.4	△
32087	蘇 24-0058	明	文徵明	山色溪光圖	軸	紙	墨筆		112.5×26.9	▲
32088	蘇 24-0059	明	文徵明	冰姿倩影圖	軸	紙	墨筆		76.9×24.5	△
32089	蘇 24-0060	明	文徵明	雪橋策馬圖	軸	絹	設色		146×73	▲
32090	蘇 24-0061	明	文徵明	柏石流泉圖	扇頁	金箋	墨筆		18.5×51.5	▲
32091	津 2-011	明	文徵明	吳中勝概圖	卷	紙	設色	1528	49×117.4	△

32092	津 2-013	明	文徵明	書畫	卷	紙	墨筆		30×637.5	△
32093	津 2-014	明	文徵明	松萱圖	軸	絹	設色		156×65.5	△
32094	津 7-0100	明	文徵明	鬥雞圖	軸	紙	墨筆	1531	55.4×30	△
32095	津 7-0101	明	文徵明	松石高士圖	軸	紙	設色	1531	60×29.2	△
32096	津 7-0103	明	文徵明	倣米雲山圖	卷	紙	墨筆	1546	34.6×557	△
32097	津 7-0109	明	文徵明等	山水八開	冊	金箋	設色	1556		×
32098	津 7-0112	明	文徵明	林榭煎茶圖	卷	紙	設色		25.7×114.9	△
32099	津 7-0113	明	文徵明	劍浦春雲圖	卷	紙	設色		30.1×88.7	△
32100	津 7-0114	明	文徵明	青綠山水	軸	紙	設色		115.5×31.5	△
32101	津 7-0115	明	文徵明	山陰晴雪圖	軸	絹	墨筆		80×40	△
32102	津 7-0116	明	文徵明	枯木雙禽圖	軸	紙	墨筆		47×33.3	△
32103	津 7-0117	明	文徵明	臨沈石田金雞圖	軸	紙	設色		142×67	△
32104	津 7-0118	明	文徵明	仿倪瓚山水	軸	紙	墨筆		80×30	△
32105	津 7-0119	明	文徵明	山水	扇頁	金箋	墨筆			△
32106	浙 1-023	明	文徵明	山水	扇頁	金箋	設色			△
32107	浙 5-002	明	文徵明	寒柯圖	軸	紙	墨筆		114.8×50.2	△
32108	浙 9-01	明	文徵明	古木蘭竹圖	軸	紙	墨筆		29.6×59	△
32109	浙 14-03	明	文徵明	雨中訪友圖	扇頁	灑金箋	墨筆	1505		△
32110	浙 14-05	明	文徵明	溪山水閣圖	扇頁	金箋	墨筆			×
32111	浙 35-11	明	文徵明	萬壑爭流圖	扇頁	金箋	設色	1554		△
32112	浙 35-12	明	文徵明	影□軒圖	軸	絹	設色			△
32113	滬 5-03	明	文徵明	倣梅道人山水	軸	紙	墨筆	1557	83×29.4	▲
32114	滬 7-0016	明	文徵明	天池圖	卷	絹	設色		108×24	▲
32115	滬 7-0017	明	文徵明	玉蘭圖	軸	絹	設色			×
32116	滬 7-0018	明	文徵明	枯木竹石圖	軸	絹	墨筆			×
32117	滬 7-0019	明	文徵明	枯木歸鴉圖	軸	紙	墨筆			×
32118	滬 8-002	明	文徵明	秋山圖	軸	紙	設色			×
32119	滬 11-008	明	文徵明	茅亭揮塵圖	軸	絹	設色	1506	80.8×43.3	▲
32120	滬 11-009	明	文徵明	龍山圖	軸	絹		1538		※
32121	滬 11-011	明	文徵明	秋山覓句圖	軸	紙	設色	1542	88×25.3	▲
32122	滬 11-012	明	文徵明	竹菊圖	軸	紙	墨筆		67.6×33	▲
32123	滬 11-013	明	文徵明	溪頭對語圖	軸	絹	設色		143×57.6	▲
32124	滬 11-014	明	文徵明	攜琴訪友圖	軸	紙	墨筆		125×32.5	△
32125	皖 1-026	明	文徵明	花塢春雲圖	卷	絹	設色	1532	27.2×136	△
32126	皖 1-028	明	文徵明	木涇幽居圖并書	卷	絹	設色		25×74	△

32127	皖 1-030	明	文徵明	月洲圖	扇頁	金箋	設色			△
32128	皖 1-031	明	文徵明	扁舟橫笛圖	扇頁	金箋	墨筆			△
32129	粵 1-0051	明	文徵明	夢樟圖	卷	絹	設色	1539	25.5×114.5	△
32130	粵 1-0052	明	文徵明	老子像	軸	紙	墨筆	1549	57×28	△
32131	粵 1-0054	明	文徵明	玉蘭圖	軸	紙	設色			▲
32132	粵 1-0055	明	文徵明	慕菴圖	卷	絹	設色		25.6×126	△
32133	粵 1-0056	明	文徵明	李白詩意圖	軸	絹	設色		144.7×73.7	△
32134	粵 1-0057	明	文徵明	芙蓉圖	軸	絹	設色		191×41.7	△
32135	粵 1-0058	明	文徵明	淞江圖	軸	絹	設色		130×66.5	△
32136	粵 1-0059	明	文徵明	雪山跨蹇圖	軸	紙	設色		159×65	△
32137	粵 1-0060	明	文徵明	蕙蘭石圖	軸	紙	墨筆		38.5×24.9	▲
32138	粵 2-021	明	文徵明	醉翁亭記書畫合卷	卷	紙	設色	1551	27.7×91.5	△
32139	粵 2-022	明	文徵明	金閶名園圖	卷	絹	設色	1552	40.7×659	▲
32140	粵 2-023	明	文徵明	摹黃公望溪閣閑居圖	軸	紙	墨筆		104×32.5	▲
32141	粵 2-024	明	文徵明	山水竹石圖十二開	冊	金箋	設色		17.6×51	▲
32142	桂 1-003	明	文徵明	楷書落花詩並圖	扇頁	金箋	設色	1516	16.3×49	△
32143	桂 1-006	明	文徵明	古木幽石圖	軸	紙	墨筆	1543		×
32144	桂 1-007	明	文徵明	林亭燕座圖	軸	紙	設色	1555	111.5×29.8	△
32145	遼 1-107	明	祝允明 文徵明	蘭亭序書畫	卷	紙	設色		書 22.9×48.7 畫 20.8×77.8	△
32146	遼 1-111	明	文徵明	山莊客至圖	軸	紙	設色	1552	87.7×27	▲
32147	遼 1-115	明	文徵明	孝感圖	卷	絹	設色		22.2×74	△
32148	遼 1-116	明	文徵明	漪蘭竹石圖	卷	紙	墨筆		29.8×1210	△
32149	遼 1-117	明	文徵明	枯木竹石圖	軸	絹	墨筆		94.9×44.9	△
32150	遼 2-012	明	文徵明	山下出泉圖	卷	絹	設色	1520	30.5×96.5	△
32151	遼 2-013	明	文徵明	攜琴聽泉圖	軸	紙	墨筆	1526	205×96	△
32152	遼 2-015	明	文徵明	泉石高閒圖	軸	紙	墨筆	1550	68×25.5	△
32153	遼 2-016	明	文徵明	松壑高澗圖	軸	絹	設色			×
32154	遼 2-017	明	文徵明	草閣臨流圖	軸	絹	設色		124×61.5	△
32155	遼 2-018	明	文徵明	雪山覓句圖	軸	紙	設色		183×83	△
32156	遼 2-019	明	文徵明	樹石圖	軸	紙	墨筆		49.5×28	△
32157	遼 5-037	明	文徵明	書畫	卷	紙	墨筆	1537	24×28.1	△
32158	遼 6-01	明	文徵明	細筆山水	卷	紙	墨筆	1531	25×200	△
32159	吉 1-033	明	文徵明	竹石喬柯圖	軸	紙	墨筆	1534	145×34	△
32160	吉 1-034	明	文徵明	山水	扇頁	金箋	墨筆	1541		△
32161	吉 1-036	明	文徵明	墨竹	軸	紙	墨筆		60×30	△

32162	吉 1-037	明	文徵明	清秋訪友圖	軸	紙	設色		47.7×26.2	△
32163	吉 1-038	明	文徵明	樹下聽泉圖	軸	絹	設色		63.4×147.8	△
32164	魯 5-010	明	文徵明	瀟湘八景圖八開	冊	絹	設色		27.7×22.5	△
32165	魯 7-04	明	文徵明	松下觀瀑圖	軸	紙	設色	1552	346×104	△
32166	川 1-031	明	文徵明	高人名園圖	軸	絹	設色	1524	69.7×48.1	△
32167	川 2-006	明	文徵明	仿王蒙山水	軸	紙	墨筆	1552	55.5×31.5	△
32168	川 2-007	明	文徵明	水閣奔流圖	軸	金箋	設色			×
32169	渝 1-023	明	文徵明	仿倪山水	卷	紙	墨筆	1553	24.7×49.8	△
32170	渝 1-025	明	文徵明	葵陽圖	卷	絹	設色		26.2×97.5	△
32171	滇 1-09	明	文徵明	幽居圖	軸	紙	設色		157.4×33	△
32172	鄂 3-007	明	文徵明	江上泛舟圖	扇頁	金箋	墨筆		16.9×51.3	△
32173	鄂 3-008	明	文徵明	山水	扇頁	金箋	墨筆			×
32174	湘 1-007	明	文徵明	水閣遠山圖	軸	紙	墨筆		160.5×33	▲
32175	贛 1-07	明	文徵明	溪亭消夏圖	軸	絹	墨筆		60×48	△
32176	陝 2-02	明	文徵明	枯木竹石圖	軸	紙	墨筆			△
32177	京 1-1298	明	文徵明	湘君、湘夫人像	軸	紙	設色	1517	100.3×35.5	△
32178	京 1-1299	明	文徵明	深翠軒圖（在明初人深翠書后）	卷	紙	設色	1519	23.8×78.2	▲
32179	京 1-1301	明	文徵明	胥□勸農圖	卷	紙	墨筆	1525	28.9×140.6	△
32180	京 1-1302	明	文徵明	漪蘭室圖	卷	紙	墨筆	1529	26.2×67	△
32181	京 1-1303	明	文徵明	洛原草堂圖	卷	絹	設色	1529	28.6×94.5	△
32182	京 1-1304	明	文徵明	東園圖	卷	絹	設色	1530	30.2×126.4	△
32183	京 1-1305	明	文徵明	雨晴紀事圖	軸	紙	墨筆	1530	130×60.8	△
32184	京 1-1306	明	文徵明	仿米雲山圖	卷	紙	墨筆	1533	24.8×509	△
32185	京 1-1308	明	文徵明	品茶圖	軸	紙	墨筆	1534	136.1×27	△
32186	京 1-1309	明	文徵明	西齋話舊圖	軸	紙	設色	1534	87×28.8	△
32187	京 1-1310	明	文徵明	蘭竹石圖	卷	紙	墨筆	1536	25.7×357	△
32188	京 1-1314	明	文徵明	紅杏湖石圖	扇頁	灑金箋	設色	1537	18.7×51.2	△
32189	京 1-1317	明	文徵明	臨溪幽賞圖	軸	紙	墨筆		127.8×50	△
32190	京 1-1319	明	文徵明	蘭亭修禊圖	卷	金箋	設色	1542	24.2×60.1	△
32191	京 1-1320	明	文徵明	三友圖	卷	紙	墨筆	1542	26.2×476.6	△
32192	京 1-1321	明	文徵明	蘭竹拳石圖	卷	紙	墨筆	1543	27×636.5	△
32193	京 1-1322	明	文徵明	江南春圖	卷	絹	墨筆	1544	24.3×77	△
32194	京 1-1323	明	文徵明	滄谿圖	卷	絹	設色	1544	31.7×139.8	△
32195	京 1-1337	明	文徵明	山水十二開	冊	紙	墨筆		28.5×16	△
32196	京 1-1338	明	文徵明	石湖圖	頁	紙	設色			△

32197	京 1-1339	明	文徵明	橫塘圖	頁	紙	設色			△
32198	京 1-1340	明	文徵明	存菊圖	卷	絹	設色		13.2×30.4	▲
32199	京 1-1341	明	文徵明	兩谿圖	卷	絹	墨筆		27.5×127.8	△
32200	京 1-1342	明	文徵明	垂虹送別圖	卷	絹	設色		29×109	△
32201	京 1-1343	明	文徵明	惠山茶會圖	卷	紙	設色	1518	21.8×67.5	△
32202	京 1-1344	明	文徵明	雜畫四段	卷	紙	墨筆		32.8×50.4	△
32203	京 1-1345	明	文徵明	臨趙孟頫蘭石圖	卷	紙	墨筆		28.4×62.5	△
32204	京 1-1346	明	文徵明	蘭竹圖	卷	紙	墨筆		32.2×50.7	△
32205	京 1-1347	明	文徵明	曲港歸舟圖	軸	紙	墨筆		115×33.6	△
32206	京 1-1348	明	文徵明	秋花圖	軸	紙	墨筆		135.6×50.4	△
32207	京 1-1349	明	文徵明	溪橋策杖圖	軸	紙	墨筆		95.8×48.7	△
32208	京 1-1350	明	文徵明	落木空江圖	軸	紙	墨筆		56×26.7	△
32209	京 1-1351	明	文徵明	雪景山水	軸	絹	設色		135×29	△
32210	京 1-1352	明	文徵明	綠陰清話圖	軸	紙	墨筆		131.5×32	△
32211	京 1-1353	明	文徵明	墨竹	扇頁	金箋			16.9×47.6	△
32212	京 1-1354	明	文徵明	墨蘭	扇頁	金箋			17×50.9	△
32213	京 1-1372	明	文徵明	竹石	扇頁	金箋	墨筆		18.3×51	△
32214	京 1-1373	明	文徵明	蘭石	扇頁	金箋	墨筆		18.9×54.7	△
32215	蘇 4	明	文徵明	山水圖	軸	紙	設色			▲
32216	遼 1	明	文徵明	玉川圖	軸	紙	設色	1524		△
32217	津 2	明	文徵明	青綠山水圖	卷	絹	設色	1528	28.5×225	△
32218	遼 1	明	文徵明	滸溪草堂圖	卷	紙	設色	1535	26.7×142.5	△
32219	蘇 1	明	文徵明	山水圖	軸	紙	墨筆	1536		▲
32220	京 1	明	文徵明	千林曳杖圖	頁	紙	墨筆	1537	35.3×25	△
32221	遼 1	明	文徵明	桃源問津圖	卷	紙	設色	1554	23×578.3	△
32222	京 5	明	文徵明	江南春色圖	卷	絹	設色	1555	26.2×124	△
32223	京 1	明	文徵明	枯木疎篁圖	軸	紙	墨筆		88.2×47.8	△
32224	京 5	明	文徵明	山水	卷	紙	設色		28.4×168	△
32225	津 7	明	文徵明	秋到江南圖	軸	絹	設色		124×60	△
32226	京 13	明	文徵明	萬壑松風圖	軸	絹	設色		154×41	△
32227	京 7	明	文徵明	山水圖	頁	絹	設色			△
32228	遼 1	明	文徵明	蘭亭修禊圖	卷	紙	設色		20.8×77.8	△

海外收藏

編號	藏　地	時代	作者	作品名稱	形式	質地	墨色	年代	縱、橫cm	圖
33001	美6	明	文徵明	赤壁勝遊圖	卷	紙	設色		30.5×141.5	△
33002	日3	明	文徵明	黃花幽石圖	軸	絹	墨		131.6×45.4	△
33003	日3	明	文徵明	蘭竹圖	卷	絹	墨	1519	17.6×117.9	△
33004	美2	明	文徵明	風雨孤舟圖	冊	紙	淡設色	1515	34.9×58.1	△
33005	美13	明	文徵明	灌木寒泉圖	軸	紙	淡設色	1549	尺寸不詳	△
33006	美11	明	文徵明	樓居圖	軸	紙	淡設色	1543	95.2×45.7	△
33007	日5	明	文徵明	停雲館言別圖	軸	紙	淡設色	1531	52.1×25.4	△
33008	美4	明	文徵明	積雨連村圖	軸	紙	墨		87.9×29.1	△
33009	新1	明	文徵明	山水圖	冊	紙	墨		29×16	△
33010	美3	明	文徵明	竹蘭圖	軸	紙	墨		55.9×29.8	△
33011	日5	明	文徵明	秋光聲泉圖	軸	紙	淡設色	1548	113×27	△
33012	美12	明	文徵明	山水圖	軸	絹	著色		175.9×77.9	△
33013	美1	明	文徵明	雜畫冊（10幅）	冊	紙絹	水墨		各21×31.5	△
33014	美6	明	文徵明	松竹菊石圖	卷	紙	水墨		31.5×75.5	△
33015	瑞1	明	文徵明	雨晴山色好圖	軸	紙	淺著色		113.8×29.3	△

民間收藏

編號	收藏簡稱	時代	作者	作品名稱	形式	質地	墨.色	年代	縱、橫cm	圖
34001	大風堂一	明	文徵明	孔子像	軸					△
34002	宋元以來	明	文徵明	水墨雲山	軸					△
34003	中華書畫	明	文徵明	蘭竹	扇頁					△
34004	中華書畫	明	文徵明	谿閣臨流	扇頁					△
34005	中華書畫	明	文徵明	松巖高士	扇頁					△
34006	中華書畫	明	文徵明	滄浪濯足	扇頁					△
34007	國泰美術館	明	文徵明	溪山深秀圖	卷					△
34008	中國民間	明	文徵明	蕉石鳴琴圖	軸					△
34009	上海99秋	明	文徵明	山水	軸	紙	水墨		113×27	△
34010	瀚海千禧	明	文徵明	仿倪瓚山水	卷	紙	水墨		26×513	△

34011	瀚海千禧	明	文徵明	傲倪高士山水	軸	紙	水墨		55×26	△
34012	崑崙堂	明	文徵明	雪景山水圖	軸	紙	水墨		101×23.5	△
34013	四家書畫	明	文徵明	山水扇面	扇面		設色	1552	18×49	△
34014	四家書畫	明	文徵明	蘭亭脩禊圖	軸		設色	1544	105×31	△
34015	四家書畫	明	文徵明	山水扇面	扇面		墨畫		18×49	△
34016	四家書畫	明	文徵明	山水扇面	扇面		設色		18×49	△
34017	四家書畫	明	文徵明	山水扇面	扇面		墨畫		18×49	△
34018	四家書畫	明	文徵明	山水扇面	扇面		設色	1522	18×49	△
34019	四家書畫	明	文徵明	蹴踘圖	軸		設色	1549	57×30	△
34020	四家書畫	明	文徵明	山水扇面	扇面		設色		18×49	△
34021	四家書畫	明	文徵明	山水扇面	扇面		設色		18×49	△
34022	四家書畫	明	文徵明	書畫扇面（二）	成扇		淡設色		18×49	△
34023	四家書畫	明	文徵明	花卉冊頁（一）	冊頁		墨畫		25×28	△
34024	四家書畫	明	文徵明	花卉冊頁（二）	冊頁		墨畫		25×28	△
34025	四家書畫	明	文徵明	花卉冊頁（三）	冊頁		墨畫		25×28	△
34026	四家書畫	明	文徵明	花卉冊頁（四）	冊頁		墨畫		25×28	△
34027	四家書畫	明	文徵明	溪橋覓句（三幅）	卷		設色	1549	30×245	△
34028	四家書畫	明	文徵明	輞川圖（九幅）	卷		設色		30×450	△
34029	四家書畫	明	文徵明	溪山無盡圖（三幅）	卷		設色		27×440	△
34030	嘉德2001春	明	文徵明	仿雲林山水	軸	紙	水墨		113.5×29	△
34031	瀚海'99春	明	文徵明	落花圖并詩	卷	絹	設色	1507	23×174	△

大陸各地藏存疑畫目說明

編號	收藏編號	時代	作者	作品名稱	形式	說　　　明	圖
32010	京2-118	明	文徵明	雪景山水	軸	原收藏單位存疑。	※
32014	滬1-0545	明	文徵明	石湖花游圖	卷	傳：文派後學臨本。徐：待再審。	▲

32015	滬 1-0547	明	文徵明	松巖高士圖	扇頁	傅：疑。	▲
32021	滬 1-0554	明	文徵明	連巒訪友圖	扇頁	傅：舊仿。	▲
32022	滬 1-0555	明	文徵明	蘭竹圖	卷	徐、傅：畫不佳、存疑。	▲
32024	滬 1-0560	明	文徵明	松陰高士圖	軸	傅：疑。	▲
32026	滬 1-0563	明	文徵明、王守	秋聲賦書畫合裝	卷	劉、徐：畫偽。	▲
32028	滬 1-0569	明	文徵明	玉蘭花圖	軸	傅：非文氏筆。	▲
32030	滬 1-0573	明	文徵明	罷釣圖	扇頁	傅：疑。	※
32031	滬 1-0576	明	文徵明	虛亭遙眝圖	扇頁	傅：舊仿。	▲
32036	滬 1-0588	明	文徵明	瀟湘八景圖八開	冊	徐、傅：畫存疑。	▲
32037	滬 1-0589	明	文徵明	石湖閑汎圖	卷	劉、傅：畫偽，諸題真。	▲
32038	滬 1-0590	明	文徵明	參竹齋圖	卷	徐：跋真，跋比畫好，畫粗筆，待考。	▲
32039	滬 1-0591	明	文徵明	惠山茶會圖	卷	徐、傅：明人畫，明人跋有真有偽，清人跋真。	▲
32041	滬 1-0593	明	文徵明	丹楓茅屋圖	軸	傅：舊仿。	▲
32042	滬 1-0594	明	文徵明	石壁飛虹圖	軸	徐：極似文嘉畫、待考。	▲
32043	滬 1-0595	明	文徵明	松風細泉圖	軸	傅：明仿。	▲
32044	滬 1-0596	明	文徵明	春深高樹圖	軸	徐、傅：明人偽，微有作家習氣。	▲
32045	滬 1-0597	明	文徵明	茅亭趺坐圖	軸	徐、傅：存疑。	▲
32046	滬 1-0598	明	文徵明	茅簷灌葵圖	軸	徐：明人偽，與春深高樹圖出於一手。	▲
32053	滬 1-0605	明	文徵明	秋在蘭舟圖	扇頁	傅：疑。	※
32061	滬 1-0613	明	文徵明	攜琴訪友圖	扇頁	傅：舊仿。	※
32067	滬 1-0677	明	文徵明唐寅等	雜畫	卷	徐、傅：偽。楊：可研究。	▲
32069	蘇 1-051	明	文徵明	三絕	卷	傅：舊仿。	▲
32070	蘇 1-063	明	文徵明	畫錦堂記	軸	劉、傅：偽。	※
32071	蘇 2-04	明	文徵明	山水	卷	劉、傅：偽。	※
32072	蘇 6-015	明	文徵明	蕉石鳴琴圖	軸	傅：舊仿本。	▲

32073	蘇 6-016	明	文徵明	夕陽秋色圖	軸	劉、傅：款偽。	▲
32074	蘇 6-017	明	文徵明	綠蔭草堂圖	軸	傅：摹本。	▲
32075	蘇 6-019	明	文徵明	東坡詩意圖	軸	傅：文氏後學之作，後加款。	▲
32077	蘇 10-007	明	文徵明	滄州詩意圖	軸	劉：款字疑。	▲
32085	蘇 24-0055	明	文徵明、王寵	書畫	卷	傅：文畫偽，王書眞。	▲
32087	蘇 24-0058	明	文徵明	山色溪光圖	軸	劉、傅：疑。	▲
32089	蘇 24-0060	明	文徵明	雪橋策馬圖	軸	傅：偽。	▲
32090	蘇 24-0061	明	文徵明	柏石流泉圖	扇頁	傅：疑。	▲
32113	滬 5-03	明	文徵明	傲梅道人山水	軸	劉、傅：舊偽。	▲
32114	滬 7-0016	明	文徵明	天池圖	卷	劉：圖疑，跋眞。	▲
32119	滬 11-008	明	文徵明	茅亭揮麈圖	軸	劉：疑。傅：偽。	▲
32120	滬 11-009	明	文徵明	龍山圖	軸	劉：疑。傅：偽。	※
32121	滬 11-011	明	文徵明	秋山覓句圖	軸	劉：疑。傅：偽。	▲
32122	滬 11-012	明	文徵明	竹菊圖	軸	傅：舊偽。	▲
32123	滬 11-013	明	文徵明	溪頭對語圖	軸	劉、傅：偽。楊：待考。	▲
32131	粵 1-0054	明	文徵明	玉蘭圖	軸	傅：疑。	▲
32137	粵 1-0060	明	文徵明	蕙蘭石圖	軸	傅：存疑。	▲
32139	粵 2-022	明	文徵明	金閶名園圖	卷	劉：畫似錢穀筆。	▲
32140	粵 2-023	明	文徵明	摹黃公望溪閣閑居圖	軸	劉：疑。傅：舊仿本。	▲
32141	粵 2-024	明	文徵明	山水竹石圖十二開	冊	傅、劉：內三開眞，餘明人仿本。	▲
32146	遼 1-111	明	文徵明	山莊客至圖	軸	劉、傅：疑，款字一行，係移補來。	▲
32174	湘 1-007	明	文徵明	水閣遠山圖	軸	劉：疑似文嘉作。楊：文徵明印後加，乃文嘉繪製。	▲
32178	京 1-1299	明	文徵明	深翠軒圖（在明初人深翠書后）	卷	徐：畫系明人偽作后配入。	▲
32198	京 1-1340	明	文徵明	存菊圖	卷	徐：明摹本。	▲
32215	蘇 4	明	文徵明	山水圖	軸	楊新：本幅眞偽待研究。	▲
32219	蘇 1	明	文徵明	山水圖	軸	楊新：似文徵明弟子居節一類人所作。	▲

四、仇　英

台灣公藏

編號	收藏編號	時代	作　者	作品名稱	形式	質地	墨　色	年代	縱、橫㎝	圖
41001	調 224-11	明	仇 英	漢宮春曉	卷	絹	著色		30.6×574.1	△
41002	麗 243-86	明	仇 英	美人春思圖	卷	紙	設色		20.1×57.8	△
41003	調 185-135	明	仇 英	東林圖	卷	絹	設色		29.5×136.4	△
41004	調 225-93	明	仇 英	文徵明楷書孝經仇英畫	卷	絹	設色		30.1×679.8	
41005	成 214-23	明	仇 英	柳塘漁艇	軸	紙	墨畫		102.9×47.2	△
41006	成 228-1	明	仇 英	松亭試泉圖	軸	絹	設色		128.1×61	△
41007	成 231-56	明	仇 英	桐陰畫靜圖	軸	絹	設色		147×64.3	△
41008	成 228-34	明	仇 英	秋江待渡	軸	絹	設色		155.4×133.4	△
41009	成 229-21	明	仇 英	園林清課圖	軸	絹	青綠		82.8×106.5	△
41010	成 231-42	明	仇 英	雲溪仙館圖	軸	紙	著色	1548	99.3×39.8	△
41011	中博 552-38	明	仇 英	仙山樓閣圖	軸	紙	設色		110.5×42.1	△
41012	成 222-84	明	仇 英	春遊晚歸圖	軸	絹	著色		145.5×76.5	△
41013	調 251-98	明	仇 英	梅石撫琴圖	軸	絹	設色		108.4×31.1	△
41014	成 228-11	明	仇 英	蕉陰結夏	軸	紙	淺設色		279.1×99	△
41015	成 223-13	明	仇 英	桐陰清話	軸	紙	設色		279.5×100	△
41016	調 247-46	明	仇 英	虎邱圖	軸	絹	設色		80.7×50.3	△
41017	成 186-8	明	仇 英	脩禊圖	軸	紙	墨畫		57.3×31	△
41018	調 239-25	明	仇 英	移竹圖	軸	絹	設色		159.5×63.9	△
41019	成 233-52	明	仇 英	琵琶行圖	軸	絹	著色	1552	196.5×71.3	△
41020	成 203-70	明	仇 英	西園雅集圖	軸	絹	白描		79.4×38.9	△
41021	中博 553-38	明	仇 英	西園雅集圖	軸	絹	設色		30.4×31.5	△
41022	成 227-31	明	仇 英	十八學士登瀛洲圖	軸	絹	青綠畫		223.2×102	△
41023	調 252-73	明	仇 英	觀世音菩薩	軸	紙	設色		104.2×52.5	△
41024	騰 99-35	明	仇 英	三大士像	軸	紙	設色		39.8×27.2	△
41025	調 252-10	明	仇 英	文徵明書金剛經仇英畫佛	軸	絹	設色	1556	22.8×30.4	△
41026	調 234-112（72）？	明	仇 英	文徵明書金剛經仇英畫佛	軸	絹	設色	1556	25.6×33.1	△
41027	調 183-11	明	仇 英	臨宋元六景（6 幅）	冊	絹	設色		29.2×47.1 不等	
41028	調 183-2	明	仇 英	竹下聽泉（名畫琳瑯第 8 幅）	冊	絹	設色		66.8×29.8	

41029	律 166-252	明	仇 英	山齋邀客 （宋元人畫冊第 10 幅）	冊	絹	設色		25.9×19.6	※
41030	調 192-12	明	仇 英	花卉草蟲 （宋元名人花鳥合璧第 12 幅）	冊	絹	設色		27×24.6	※
41031	成 222-21	明	仇 英	柳塘春水 （名畫薈珍第 6 幅）	冊	絹	青綠		29.2×23.2	
41032	成 178-23	明	仇 英	秋江放艇 （壽珍集古第 8 幅）	冊	絹			31×25.9	
41033	調 223-22	明	仇 英	春山晴靄	卷	絹	設色		37×323.5	△
41034	調 185-46	明	仇 英	倣小李將軍海天霞照圖	卷	絹	設色		54×204.4	△
41035	調 223-40	明	仇 英	上林圖	卷	絹	設色	1542	44.8×1208	△
41036	調 223-14	明	仇 英	上林圖	卷	絹	設色	1531	53.5×1183.9	△
41037	調 226-80	明	仇 英	山水	卷	絹	著色		37.6×270.3	△
41038	麗 243-58	明	仇 英	園居圖王寵題	卷	紙	設色		27.8×84	△
41039	調 225-59	明	仇 英	秋獵圖	卷	紙	設色		30.9×278	△
41040	調 185-124	明	仇 英	仙奕圖	卷	絹	設色		31.4×81	△
41041	調 185-130	明	仇 英	修禊圖	卷	絹	設色		29.7×207.5	△
41042	調 185-119	明	仇 英	淵明歸去來辭	卷	絹	設色		31.3×660	△
41043	調 223-59	明	仇 英	遊騎圖	卷	絹	設色		34.2×275.8	△
41044	調 223-16	明	仇 英	春夜宴桃李園圖	卷	絹	設色		29.8×124	△
41045	調 185-127	明	仇 英	清明上河圖	卷	絹	設色		28.2×439	△
41046	調 225-6	明	仇 英	清明上河圖	卷	絹	著色		34.8×804.2	△
41047	雲 1021-5	明	仇 英	清明上河圖	卷	絹	設色		28.6×553.5	△
41048	調 187-14	明	仇 英	乞巧圖	卷	紙	白描		27.9×388.3	△
41049	調 185-41	明	仇 英	觀榜圖	卷	絹	設色		34.4×638	△
41050	調 225-92	明	仇 英	臨閻立本文姬歸漢圖 （十八幅）	卷	絹	設色		27.2×51 不等	△
41051	調 223-54	明	仇 英	十八拍圖 （十八幅）	卷	絹	設色		每幅均為 29.5×24.5	△
41052	調 223-64	明	仇 英	揭缽圖	卷	絹	設色		26.8×119	△
41053	金 1305-8	明	仇 英	群仙高會圖	卷	絹	設色		30.5×303.5	△
41054	麗 243-46	明	仇 英	蟠桃仙會	卷	絹	設色		40×440.5	△
41055	調 185-3	明	仇 英	漢宮春曉圖	卷	絹	設色		34.2×474.5	△
41056	調 223-46	明	仇 英	荷花清暑圖	卷	絹	設色		40.6×283.3	△

41057	調 225-57	明	仇 英	花鳥寫生	卷	絹	設色		32.4×217.9	△
41058	成 187-13	明	仇 英	林亭佳趣	軸	紙	著色		114×33.6	△
41059	調 251-85	明	仇 英	候仙台圖	軸	絹	青綠設色	1554	97.9×32.5	△
41060	成 189-65	明	仇 英	竹樓圖清高宗御題	軸	紙	設色		115.3×33.3	△
41061	成 225-34	明	仇 英	松陰琴阮	軸	紙	墨畫	1549	54.9×28.4	△
41062	成 217-71	明	仇 英	西園雅集圖	軸	紙	白描		86.6×30	△
41063	調 247-68	明	仇 英	西園雅集圖	軸	絹	設色		141×66.3	△
41064	成 215-6	明	仇 英	雙駿圖	軸	紙	設色		109.5×50.4	△
41065	成 217-30	明	仇 英	蕃馬圖	軸	紙	設色		64×35	△
41066	律 166-339	明	仇 英	連昌宮詞	軸	絹	青綠設色		66.8×37.6	△
41067	律 166-328	明	仇 英	長信宮詞	軸	絹	設色		66.5×37.7	△
41068	律 166-301	明	仇 英	人物圖	軸	絹	設色		182×58.9	△
41069	調 250-26	明	仇 英	觀音	軸	絹	設色		60.1×25.6	△
41070	調 239-67	明	仇 英	普賢像	軸	絹	墨畫		96.3×33.3	△
41071	成 201-16	明	仇 英	水仙蠟梅	軸	絹	著色	1547	47.5×25	△
41072	雲 1021-6	明	仇 英	耕織圖	冊					
41073	調 184-12	明	仇 英	二十四孝	冊					
41074	律 166-270	明	仇 英	純孝圖	冊					
41075	律 192-25	明	仇 英	帝王道統萬年圖	冊					
41076	成 199-24	明	仇 英	花鳥	冊					
41077	雲 1049-11	明	仇 英	文徵明沈周唐寅仇英便面合裝冊	冊					
41078	中博 468-38	明	仇 英	長夏江村圖	卷	絹	著色		30.1×316.3	△
41079	中博 469-38	明	仇 英	玉洞燒丹	卷	絹	著色		30.5×357.4	△
41080	中博 470-38	明	仇 英	百美圖	卷	絹	著色		36.8×483.2	△
41081	中博 471-38	明	仇 英	摹李公麟白描羅漢	卷	紙	白描		27.6×516.8	△
41082	中博 554-38	明	仇 英	春山吟賞	軸	絹	著色		157.5×63.2	△
41083	中博 555-38	明	仇 英	晝錦堂	軸	絹	著色		192.7×96.3	△
41084	中博 556-38	明	仇 英	仿趙伯駒煉丹圖	軸	絹	著色		131.1×49.6	△
41085	中博 557-38	明	仇 英	寶繪堂	軸	絹	著色		188.8×99.3	△
41086	中博 558-38	明	仇 英	群仙會祝圖	軸	絹	設色		99×148.4	△
41087	國贈 26744	明	仇 英	春遊晚歸圖	軸	絹	設色		118.3×50.3	△

大陸各地藏

編號	收藏編號	時代	作者	作品名稱	形式	質地	墨色	年代	縱、橫cm	圖
42001	京 3-019	明	仇 英	採芝圖	軸	絹	設色		119×66.2	△
42002	京 11-013	明	仇 英	松溪高士圖	軸	紙	墨筆		164.7×87.5	△
42003	京 12-014	明	仇 英	醉翁亭圖	卷	絹	設色		27.7×242	△
42004	滬 1-0817	明	仇 英	沙汀鴛鴦圖	軸	紙	設色	1540	78.9×27.4	▲
42005	滬 1-0818	明	仇 英	臨宋人畫十五開	冊	絹	設色		27.2×25.5 不等	△
42006	滬 1-0819	明	仇 英	吹簫圖	卷	絹	設色		30.4×74.8	▲
42007	滬 1-0820	明	仇 英	後赤壁圖	卷	絹	墨筆		24.3×39.9	△
42008	滬 1-0821	明	仇 英	倪瓚像	卷	紙	設色		31.5×47.9	△
42009	滬 1-0822	明	仇 英	採蓮圖	卷	絹	設色		32.1×73.1	▲
42010	滬 1-0823	明	仇 英	觀泉圖	卷	絹	設色		20.4×72.3	△
42011	滬 1-0824	明	仇 英	右軍書扇圖	軸	紙	設色		280.5×99.1	△
42012	滬 1-0825	明	仇 英	柳下眠琴圖	軸	紙	墨筆		176.1×89.3	△
42013	滬 1-0826	明	仇 英	送子觀音圖	橫幅	紙	墨筆		59×89.6	▲
42014	滬 1-0827	明	仇 英	脩竹仕女圖	軸	絹	設色		88.3×62.2	△
42015	滬 1-0828	明	仇 英	梧竹書堂圖	軸	紙	設色		148.8×57.2	△
42016	滬 1-0829	明	仇 英	劍閣圖	軸	絹	設色		295.4×101.9	△
42017	滬 1-0830	明	仇 英	鴛鴦仕女圖	軸	紙	設色		69.3×34.1	▲
42018	滬 1-0831	明	仇 英	江岸停琴圖	扇頁	金箋	設色			△
42019	滬 1-0832	明	仇 英	松下眠琴圖	扇頁	金箋	設色			△
42020	滬 1-0833	明	仇 英	松溪洗硯圖	扇頁	金箋	設色			▲
42021	滬 1-0834	明	仇 英	松閣遠眺圖	扇頁	金箋	設色			△
42022	滬 1-0835	明	仇 英	採菱圖	扇頁	金箋	設色			△
42023	滬 1-0836	明	仇 英	海棠山鳥圖	扇頁	金箋	設色			△
42024	滬 1-0837	明	仇 英	眠琴賞月圖	扇頁	金箋	設色			△
42025	滬 1-0838	明	仇 英	琴書高隱圖	扇頁	金箋	設色			△
42026	滬 1-0839	明	仇 英	煮茶圖	扇頁	金箋	設色			△
42027	蘇 18-09	明	仇 英	列女圖	卷	紙	墨筆		29.7×973.6	△
42028	蘇 24-0091	明	仇 英	松溪橫笛圖	軸	絹	設色		116×65.6	△
42029	蘇 24-0092	明	仇 英	昭君出塞圖	扇頁	金箋	設色		18.9×51.5	△
42030	蘇 24-0093	明	仇 英	搗衣圖	軸	紙	白描		95.2×28	△
42031	津 7-0162	明	仇英	桃源仙境圖	軸	絹	設色		175×66.7	△
42032	粵 2-045	明	仇 英	停琴聽阮圖	軸	紙	設色		112.2×42	▲
42033	遼 1-137	明	仇 英	赤壁圖	卷	絹	設色		25.1×90.8	△

42034	遼 1-138	明	仇 英	清明上河圖	卷	絹	設色		30.5×987.5	▲
42035	吉 1-051	明	仇 英	煮茶論畫圖	軸	絹	設色		59.5×105	△
42036	滇 1-13	明	仇 英	右軍書扇圖	軸	絹	設色		145×74	△
42037	鄂 3-014	明	仇 英	竹梧消夏圖	軸	絹	設色		44×30.4	△
42038	京 1-1586	明	仇 英	人物故事圖十開	冊	絹	設色		41.2×33.7	△
42039	京 1-1587	明	仇 英	雙勾蘭花一開	頁	紙	設色		34.7×39	△
42040	京 1-1588	明	仇 英	臨溪水閣圖	頁	絹	設色		31.4×26.5	△
42041	京 1-1589	明	仇 英	歸汾圖	卷	絹	設色		26.9×124	△
42042	京 1-1590	明	仇 英	餞行圖	卷	紙	設色		28.5×107.3	▲
42043	京 1-1591	明	仇 英	職貢圖	卷	絹	設色		29.8×580.2	▲
42044	京 1-1592	明	仇 英	臨肖照瑞應圖	卷	絹	設色		33×723	△
42045	京 1-1593	明	仇 英	玉洞仙源圖	軸	絹	設色		169×65.5	△
42046	京 1-1594	明	仇 英	蓮溪漁隱圖	軸	絹	設色		167.5×66.2	△
42047	京 1-1595	明	仇 英	蘭亭圖	扇頁	金箋	設色		21.5×61.5	△
42048	京 1-1596	明	仇 英	桃村草堂圖	軸	絹	設色			△

海外收藏

編號	藏地	時代	作 者	作品名稱	形式	質地	墨.色	年代	縱、橫cm	圖
43001	美 6	明	仇 英	仿李唐山水	卷	紙	設色		25.4×306.7	△
43002	日 6	明	仇 英（傳）	四季仕女圖・春夏秋冬	卷	絹	設色	1540	29.6×300.9	▲
43003	美 2	明	仇 英	潯陽送別圖	卷	絹	設色		33.6×399.7	△
43004	美 3	明	仇 英	蓮社圖	軸	絹	設色		78.5×46	△
43005	加 1	明	仇 英	漢光武帝涉水圖	軸	絹	設色		171.4×橫尺寸不詳	△
43006	日 7	明	仇 英	金谷園圖	軸	絹	設色		206.4×120.1（224×130）	△
43007	日 7	明	仇 英	（春夜宴）桃李園圖	軸	絹	設色		206.4×120.1（224×130）	△
43008	美 4	明	仇 英	遠眺圖	軸	紙	淡設色		89.5×37.3	△
43009	美 14	明	仇 英	趙孟頫寫經換茶圖	卷	絹	淡設色		21.1×77.2	△
43010	美 4	明	仇 英	桃源圖	卷	紙	設色		尺寸不詳	△
43011	美 14	明	仇 英	獨樂園圖	卷	絹	設色		27.8×381	△

民間收藏

編號	收藏簡稱	時代	作者	作品名稱	形式	質地	墨色	年代	縱、橫cm	圖
44001	大風堂一	明	仇英	滄浪漁笛	軸					△
44002	大風堂四	明	仇英	淵明撫松	卷					△
44003	中華書畫	明	仇英	松下眠琴	扇頁					△
44004	中華書畫	明	仇英	煮茶圖	扇頁					△
44005	明清近代	明	仇英	太真玉環	冊頁					△
44006	明清近代	明	仇英	梅妃賞梅	冊頁					△
44007	明清近代	明	仇英	碧玉留詩	冊頁					△
44008	明清近代	明	仇英	綠珠守節	冊頁					△
44009	明清近代	明	仇英	薛濤戲箋	冊頁					△
44010	明清近代	明	仇英	飛燕嬌舞	冊頁					△
44011	明清近代	明	仇英	文君琴心	冊頁					△
44012	明清近代	明	仇英	昭君琵琶	冊頁					△
44013	明清近代	明	仇英	鶯鶯待月	冊頁					△
44014	明清近代	明	仇英	西施戲瓢	冊頁					△
44015	瀚海千禧	明	仇英	聖績圖40開	2冊	絹	設色		30.5×30	△
44016	崑崙堂	明	仇英	阿房宮圖	軸	絹	設色		85.5×37.5	△
44017	四家書畫	明	仇英	山水人物扇面	扇面		設色		18×49	△
44018	四家書畫	明	仇英	山水人物扇面	扇面		設色		18×49	△
44019	四家書畫	明	仇英	山水扇面	扇面		設色		18×49	△
44020	四家書畫	明	仇英	宴樂圖卷（四幅）	卷		設色		29×480	△
44021	四家書畫	明	仇英	文姬歸漢卷（三幅）	卷		設色		29×462	△
44022	四家書畫	明	仇英	飲中八仙卷	卷				29×371	△
44023	四家書畫	明	仇英	臨貫休羅漢	卷				34×522	△
44024	四家書畫	明	仇英	輞川圖卷	卷				30×463	△
44025	瀚海'99春	明	仇英	青綠山水	卷	絹	設色		32.5×270.5	△
44026	上海國際'99春	明	仇英	山莊雅集圖	軸	絹	設色		188×97	△
44027	嘉德2000春	明	仇英	山水	卷	絹	設色		46×263	△
44028	嘉德2000春	明	仇英	山水樓閣	鏡心	絹	設色		181×98.5	△
44029	嘉德2000春	明	仇英	漢宮春曉	卷	絹	設色		31×508	△

大陸各地藏存疑畫目說明

編號	收藏編號	時代	作 者	作品名稱	形式	說　　明	圖
42004	滬 1-0817	明	仇 英	沙汀鴛鴦圖	軸	啓：疑。	▲
42006	滬 1-0819	明	仇 英	吹簫圖	卷	劉：存疑。傅：蘇州片之佳者。	▲
42009	滬 1-0822	明	仇 英	採蓮圖	卷	劉：存疑。傅：蘇州片之佳者。	▲
42013	滬 1-0826	明	仇 英	送子觀音圖	橫幅	傅：僞。楊：明畫。	▲
42017	滬 1-0830	明	仇 英	鴛鴦仕女圖	軸	啓：疑。徐：畫眞，款後添。楊：明畫。	▲
42020	滬 1-0833	明	仇 英	松溪洗硯圖	扇頁	傅：僞。楊：明畫。	▲
42032	粵 2-045	明	仇 英	停琴聽阮圖	軸	傅：舊仿本。	▲
42034	遼 1-138	明	仇 英	清明上河圖	卷	傅：僅尾部一段是仇英親筆作，餘爲另一人畫。	▲
42042	京 1-1590	明	仇 英	餞行圖	卷	謝：疑，跋眞。楊：畫好。徐：周天球詩眞，畫僞后添入。	▲
42043	京 1-1591	明	仇 英	職貢圖	卷	啓：疑。	▲

附錄二：明三家畫題畫詩輯

凡　例

一、詩題依畫名，畫名前皆加「題」字，畫名後加「軸、卷、冊、頁、扇」等畫件型式名稱以資區別。

二、題寫位置以詩塘、引首、畫心、拖尾、隔水、後紙、裱邊等標示，無標示者則全屬題寫於畫心。

三、「□」表原畫該處缺字。「字」表該字存疑，尚待進一步辨識確認。「?」表該字尚待辨識。「（　）」引號內文字為輯者所註記。

四、畫上題跋文字之迻錄為存其眞，原蹟所書字體為古體字、異體字、俗體字或錯字，一仍其舊，不做改易。

五、凡眞偽存疑之畫蹟，其畫上題跋詩文在本詩輯中仍予抄錄，惟在詩題後以引號注明眞偽鑑定意見，以別於眞蹟。

六、著錄以該畫圖版之書籍為主，圖版書籍之後方為題跋文字之書籍著錄。

沈周畫題畫詩（台灣藏畫）

題山水卷

別紙行書：

尚古老仙心浩然，他人溝渠我巨川。積義積德非一日，積書積金非一年。奇編翻刻惠貧讀，更製藥物疲癃痊。高雲茂木鬱望族，數仞之墻千頃田。毿毿白髮被兩肩，鳳雛抱送荷自天。功名染指知薄味，山水載酒脩閒緣。老夫相住縣百里，覿面未見惟通箋。越繭十丈翻相聯，索我放筆開風煙。谷容山重頗有喻，大山長谷惟其賢。登堂一笑尚有日，還對此卷鳴高絃。（長卷惡篇不足形容高尚也。沈周。）

拖尾：

錢福七古三十六句。（略）

沈石田二詩一畫，妙絕他作，華尚古先生寶之，予爲賦此。（華亭錢福識。）

著錄：《故宮書畫圖錄（十八）》頁143～150。

題落花圖并詩卷

引首：

紅消綠長。（沈周。）

拖尾：

富逞穠華滿樹春，香（集作飛）飄瓣落樹還貧。紅芳既蛻仙成道，綠葉初陰子養仁。偶補燕巢泥薦（集作借）寵，別修蜂蜜水資神。年年爲爾添惆悵，獨是娥眉未嫁人。（其一）

飄飄蕩蕩復悠悠，樹底追尋（集作情）到樹頭。趙武泥塗知辱雨，秦宮脂粉惜隨流。癡情戀酒粘紅袖，急意穿簾泊玉鈎。欲拾殘芳搗爲藥，傷春難療箇中愁。（其二）

玉勒銀罌已倦遊，東飛西落使人愁。急攪春去先辭樹，嬾被風扶強上樓。魚沫呴恩殘粉在，蛛絲牽愛小紅留。色香久在沉迷界，懺悔誰能借比丘。（其三）

是誰揉（集作搗）碎錦雲堆，著地難扶氣力頹。懊惱夜生聽雨枕，浮沈朝入送春杯。梢傍小剩鶯還掠，風背差遲鴂又催。瞥眼興亡供一笑，竟因何落竟何開。（其四）

夕陽無那（集作賴）小橋西，春事闌珊意欲（集作亦）迷。錦里門前溪好浣，黃陵廟裏鳥還啼。焚追螺甲教香史，煎帶牛酥囑膳媟（集作娃）。萬寶（集作實）千鈿真可惜，歸來直欲滿筐携。（其六）

一園桃李只須臾，白白朱朱徹樹無。亭怪草玄加舊白，窓嫌點易亂新朱。無方漂泊關遊子，如此衰殘類老夫。來歲重開還自好，小篇聊復記榮枯。（其七）

芳菲死日是生時，李妹桃娘盡欲（集缺此字）兒。人散酒闌春亦去，紅消綠長物無私。青山可惜文章喪，黃土何堪錦繡施。空記少年簪舞處，飄零今日鬢如絲。（其八）

供送春愁上客眉，亂紛紛地竚多時。儜招綠妾難成些，戲比紅兒煞要詩。臨水東風撩短鬢，惹空晴日共遊絲。還隨蛺蝶追尋去，墙角公然隱半枝。（其九）

昨日繁華煥眼新，今朝瞥眼又成塵。深關羊（集作芊）戶無來客，漫藉周亭有醉人。露涕煙洟傷故物，蝸涎蟻迹吊殘春。門墻蹊徑（集作逕）俱寥落，丞相知（集作之）時卻不嗔。（其十）

百五光陰瞬息中，夜來無樹不驚風。踏歌女子思楊白，進酒才人賦雨紅。金水送香波共渺，玉堦看影月俱空。當時深院還重鎖，今出墻頭西復東。（其二十一）（長洲沈周。）

（文徵明行書和句十首。略）

著錄：《故宮書畫圖錄（十八）》頁151～156。《石田先生集》七言律三　落花三十首，頁629～638。

題策杖圖軸

山靜似太古，人情亦澹如。逍遙遣世慮，泉石是安居。雲白媚匡客，風清筠木虛。笠屐不限我，所適隨丘墟。獨行固無伴，微吟韻徐徐。

（沈周。）

著錄:《故宮書畫圖錄（六）》頁 211。

題廬山高軸

廬山高（篆書）。

高乎哉！鬱然二百五十里之盤踞，岌乎二千三百丈之巄嵸，謂即敷淺原，培嶁何敢爭其雄，西來天塹濯其足，雲霞日夕吞吐乎其胸，迴崖沓嶂軼手擘，磴道千丈開鴻濛，瀑流淙淙瀉不極，雷霆殷地聞者耳欲聾，時有落葉於其間，直下彭蠡流霜紅，金膏水碧不可覓，石林幽黑號綠熊，其陽諸峰五老人，或疑緯星之精墮自空。陳夫子，今仲弓，世家廬之下，有元厥祖遷江東，向知廬靈有默契，不遠千里鍾于公，公亦西望懷故都，便欲往依五老巢雲松，昔聞紫陽妃六老，不妨添公相與成七翁，我嘗遊公門，仰公彌高廬不崇，丘園肥遯七十禩，著作掊掊白髮如秋蓬，文能合墳詩合雅，自得樂地於其中，榮名利祿雲過眼，上不作書自薦下不公相通，公乎浩蕩在物表，黃鵠高舉凌天風。
（成化丁亥端陽日，門生沈周詩畫。敬爲醒庵有道尊先生壽。）

例秀詭石立看濤，卜宅惟應賦楚騷。若與廬山相較量，石田豪興比陳高。（乙亥夏御題。）

著錄:《故宮書畫圖錄（六）》頁 191。

題蒼厓高話圖軸

長松落落不知暑，高坐兩翁無俗情。琴罷清談猶伴餉，不妨新月印溪明。（長洲沈周。）

著錄:《故宮書畫圖錄（六）》頁 213。

題扁舟詩思圖軸

秋水碧於玉，遠山翠欲浮。高人謝城郭，詩思落扁舟。（沈周。）

著錄:《故宮書畫圖錄（六）》頁 215。

題名賢雅集圖軸

金閶流水清如玉，楊柳千條萬條綠。畫舫勞勞送客亭，勾吳人去官巴蜀。巴蜀東南僰道開，專好路鑿顛崖腹。不知置郡幾何年，即敘西戎

啓荒服。太守嚴程五馬裝，山人尺素雙江景。草色官橋從者行，花時祖帳青樽飲。碧樹遙遙留客情，青山疊疊征帆影。此地居然風土佳，文人仕宦高堪枕。欣際聖人御世真，成康再遇更相親。瞿塘劍閣豈憚遠，出門萬里皆康莊。雖爲邊郡二千石，迥過黑水臨青羌。去國豈言親故舊，還家詎使鬢毛蒼。射瀆千帆估客船，虎丘依舊青如黛。長幅塗成發浩歌，一天詩思江山外。（吳子遯菴，由南京刑部郎中，南司寇用弘治三年詔書，得薦其屬，將待以不次，疏未達而命守敘州，既嘗調，敘又險且遠，公獨不以爲意，吾鄉諸君子共爲之薦，并賦言以壯其行，遯菴屬周爲之圖。自蔡林屋、都南濠、楊南峯、朱大理、彭龍池、袁胥臺、唐六如、吳匏菴、沈石田、文衡山、王酉室、徐天全、祝枝山，十有三人，以紀一時之勝云。弘治己酉三月十有七日。長洲沈周。）

著錄：《故宮書畫圖錄（六）》頁201。

題崇山修竹軸

屋前山萬峯，屋角竹千挺。此中如可尋，踏破白雲頂。（立齋。）

劉子讀書處，茆齋水木間。杖藜何日去，相與入穿山。（予嘗聞以規談其鄉穿山之勝，欲一游之而未能，故及之。壬辰秋仲十九日，吳寬記。）

柳暗花明入鳳城，壯遊不動別離情。賈生袖裏多長策，欲爲君王致太平。（吾弟以規，角藝南宮，因題沈啓南山水，以期其遠大。時成化六年春仲，完菴劉燿廷美識。）

輞川圖畫渭城詩，千里相看有所思。老屋碧桃山色在，劉郎去後沈郎悲。（劉完菴、沈石田皆以詩畫擅名，壬辰春，完菴卒，而以規持是圖在京邸索題，因錄如右。八月廿六日，文林識。）

詩塘：水墨微踪認始真，品題流落兩傷神。瞻烏爰止知誰屋，化鶴能來待故人。白髮聊隨山玩世，青氈雖在物何珍。悠悠往事詩重訴，又是浮生一夢新。（此圖舊與馬抑之，展轉以規所，凡題者□人，唯匏庵如醒在，餘並抑之以規皆化去，感慨乃有是篇。辛酉七夕後一日。

沈周。）

著錄：《故宮書畫圖錄（六）》頁 217。

題鳩聲喚雨軸

空聞百鳥羣，啁啾度寒暑。何似枝頭鳩，聲聲能喚雨。（沈周。）

著錄：《故宮書畫圖錄（六）》頁 219。

題倣倪瓚筆意軸

迂叟秋風客，晚年江海家。致仙當化鶴，語淨已湌霞。南國天宜放，西湖月可賒。而今清秘閣，誰與一澆茶。（長洲沈周。）

著錄：《故宮書畫圖錄（六）》頁 221。

題雨意軸

雨中作畫借淫潤，燈下寫詩消夜長。明日開門春水濶，平湖歸去自鳴榔。（丁未季冬三日，與德徵夜坐，偶值興至，寫此以贈云。沈周。）

著錄：《故宮書畫圖錄（六）》頁 197。

題山水軸

雨後振孤策，迢遙追往踪。仰題在危壁，想唾落飛淙。山鳥伴後人，當杯啼高松。獨酌不成醉，於邑煩吾悰。（成化丙申四月廿九日，約陪石居吳水部為虎丘之遊，獨予弗果，明日携壺追往，而石居已發舟矣，徘徊泉聲松影間，迺有此詩，因吉之求畫，錄塡紙空。吉之，石居表弟，亦在遊者，誦余言，使知後期之人之落寞也。沈周。）

勝約愆期客發船，泉聲松影感無邊。久哉山氣消金寶，紛矣鄽間盛管絃。（乾隆丁丑春，御題。）

徘徊松下獨題詩，客去人來落後期。大似相 盧 已發棹，彥升方至富陽時。（戊寅春，御筆再題。）

著錄：《故宮書畫圖錄（六）》頁 193。

題山水軸

米不米，黃不黃，淋漓水墨餘清蒼，擲筆大笑我欲狂，自恥嫫母希毛嬙，於乎！自恥嫫母希毛嬙。廷美不以予拙惡見鄙，每一相覿，輒挐

挽需索，不間醒醉冗暇，風雨寒暑，甚至張燈亦強之，此□本昨晚酒後，顛□錯謬，廷美亦不棄，可見□索也。（石田志。）

賀盛樓此題，可為僕之小傳，但其間家寶拱璧之喻，似與人賣弄長價，但未執牙籌耳，世賢親家之見愛，未必非吾盛樓所從臾耶，一笑。（沈周。）

沈郎愛山水，每傳山水神。顛癡已不作，夫乃見後身。觀其落筆時，只赤千里真。意與元氣會，胸次無一塵。雲嵐互吞吐，草樹空四隣。中峯何崢嶸，群嶠相主賓。彷彿天台洞，中有避世人。何當採藥去，看此桃花春。（陳蒙題。）

著錄：《故宮書畫圖錄（六）》頁 223。

題春華畫錦軸

春風滿地百花枝，烏帽乘春半醉時。漫放玉鞭催馬急，瓊林還記宴歸遲。（沈周。）

著錄：《故宮書畫圖錄（六）》頁 225。

題古松圖軸

堂下有松樹，參雲數百年。種松人未老，長作地行仙。（長洲沈周奉祝。）

著錄：《故宮書畫圖錄（六）》頁 227。

題放鴿圖軸

好似金籠放，飛奴舊有名。小園風日裏，采色映花明。（沈周。）

著錄：《故宮書畫圖錄（六）》頁 229。

題郭索圖軸

潺潺索索，還用草縛。不敢橫行，沙水夜落。（沈周。）

應月期無紊，稱星度不差。黃泉雖後蚵，渤海卻降蛇。（甲戌御題。）

著錄：《故宮書畫圖錄（六）》頁 231。

題芝蘭玉樹軸

玉蘭挺芳枝，幽蘭出深谷。生長雖不同，氣味各芬馥。（沈周。）

玉樹芝蘭花，清香暗中起。日暮懷美人，盈盈隔湘水。（祝允明。）

一枝香雪亞墻東，千樹夭桃枉自紅。腸斷不禁明月夜，縞衣珠珮倚微風。（飽庵吳寬。）

芝朵丹黃蘭葉青，石遁木筆燦亭亭。畫家大有伊人念，？寫無非謝氏庭。（乙酉暮春，御題。）

著錄：《故宮書畫圖錄（六）》頁 233。

題瓶中蠟梅軸

體薰山麝臍，色染薔薇露。披拂不滿襟，時有暗香度。（右黃魯直蠟梅詩，偶戲寫古瓶折枝，并書。沈周。）

著錄：《故宮書畫圖錄（六）》頁 235。

題墨菊軸

寫得東籬秋一株，寒香晚色淡如無。贈君當要領賞此，歸去對之開酒壺。（沈周。）

著錄：《故宮書畫圖錄（六）》頁 237。

題蔬菜軸

南園昨夜雨，肥勝大官羊。党氏銷金帳，何曾得一嘗。（沈周。）

著錄：《故宮書畫圖錄（六）》頁 239。

題南軒圖卷

引首：

南軒（八分書）。（易菴。）

畫心：

幽居緊並青松住，小徑斜連綠樹深。罍聚晏然無個事，或開書卷或調琴。（公暉丁君，每談其山居之樂，欲一遊之而未果，因讀桂君南軒記，恍如身入其中，領略諸名勝，予先補圖，他日乘興造之，庶不為生客耳。長洲沈周。）

（乾隆御題詩。略。丁卯新春御題。）

拖尾：

南軒記。（文略）（天順四年菊節，慈溪桂新學書。）

為說南軒碩德翁，平生高潔許誰同。一枰碁局消長夏，三尺絲桐奏凱風。周召性情探不厭，湖山景致樂無窮。只今天子求賢急，指日應來起臥龍。（四明師心生。）

著錄：《故宮書畫圖錄（十八）》頁 171～172。

題山水并題卷

大峯小峯銀削成，千樹萬樹瑤華明。流泉落澗半作水，溪路漫滅坳崖平。招提深入雲幾重，隱者茆盧門畫局。煙火寂寥雞不鳴，林間鳥鵲饑無聲，野橋瘦馬客獨行，是似浩然來灞陵，兩肩山聳破帽傾，嚛寒不吟風骨清，披圖動我探梅情，飄然欲結幽人盟，歌聲激烈清簷楹，夜深飛夢入蓬瀛，十二瓊樓玉作成。（長洲沈周。）

著錄：《故宮書畫圖錄（十八）》頁 175～177。

題傚巨然山水卷

引首：

山水佳處（篆書）。（道復。）

畫心：

（沈周。）

拖尾：

細泉汩汩落澗平，蒼烟不動江洲橫，湖亭欲上山滿目，新水浮空春雨晴，江南此景誰貌得，石田先生最神逸，輕風澹日總詩情，疎樹平皋俱畫格，由來畫品屬詩人，何況王維發興新，胸中爛熳富丘壑，信手塗抹皆天眞，墨痕慘澹法古意，筆力簡遠無纖塵，古人論畫貴氣骨，先生老筆開嶙峋，近來俗手工摹儗，一圖朝出暮百紙，先生不辨亦不嗔，自謂適情聊復爾，豈知中有三昧在，可以意傳非色取，庸工惡札競投售，鳳凰一出山雞靡，山窓晨卷見滄洲，悅然坐我江湖裏，定應奪卻造化工，不然剪取吳淞水，只合此畫不可得，潦倒門生已頭白，相城溪上草烟空，落木秋風堪嘆息。（偶閱石田先生長卷，漫賦識感。

壬辰十月廿日，徵明。）

（周天球跋文略。）（隆慶壬申十月朔日，周天球題。）

著錄：《故宮書畫圖錄（十八）》頁 179～182。

題韓愈畫記卷

畫心：

山水由來本擅場，那更人物學中唐。（後略）（己亥仲春下澣，御題。）

拖尾：

（文徵明書韓愈畫記、錢汝誠識文、項元汴真賞識文略。）

著錄：《故宮書畫圖錄（十八）》頁 191～197。

題寫生卷

引首：

筆參造化。（乾隆御筆。）

畫心：

（畫二十四段，每段題句二、乾隆詩二十四首略。）

（畫末跋文略。）（弘治甲寅歲沈周跋。）

著錄：《故宮書畫圖錄（十八）》頁 201～207。

題雙松軸

堂下有松樹，參雲數百年。種松人未老，常作地行仙。（沈周。）

著錄：《故宮書畫圖錄（六）》頁 241。

題林亭山色軸

我有魚波簟，乘風問此亭。隔江山最好，影入枕前屏。（沈周。）

著錄：《故宮書畫圖錄（六）》頁 243。

題雪景軸

雪裏高蹤為探梅，獨騎瘦馬踏寒來。西湖第六橋頭路，撲鼻新香已試開。（沈周。）

我到西湖每遇梅，兩高峯送雨絲來。披圖如踏六橋雪，樹樹重看五出開。（辛亥春用沈周韻，御題。）

著錄：《故宮書畫圖錄（六）》頁 245。

題蕉石圖軸

綠暗山窗片雨餘，芳心逐一向人舒。老夫病齒撐頤坐，錯認尋詩葉上書。（沈周。）

著錄：《故宮書畫圖錄（六）》頁 247。

題松岩聽泉圖軸

占得此溪好，風光無別家。携筐來洗藥，跂石數流花。有月分清影，容漚割淺沙。我期聽嗽玉，竹外小橋斜。（沈周。）

迸出松根白，流來石澗清。盤回皆篆法，冷淡不塵纓。坐聽夢初醒，吟觀詩易成。幽人住泉上，得此一溪名。（桐邨。）

獨坐 ?? 上，知他何處家。蔭松諼秋籟，聽瀑落泉花。豎勢分雄碉，平紋漾淺沙。興闌歸草舍，應步曲橋斜。（丁未孟冬上澣用沈周韻，御題。）

著錄：《故宮書畫圖錄（六）》頁 249。

題參天特秀軸

我聞東海嶨巫閭，山中有樹青瑤株，參天直上有奇氣，文章滿身雲霧俱，無雙自以國士許，況是昔時稱大夫，人間草木各適用，大材必待明堂須。嗚呼！大材必待明堂須，不與樆桸論區區。（獻之劉先生，遼陽材士，來吳，予與識于姑蘇臺，因寫參天特秀圖，侑詩贈之。己亥沈周。）

予作是障子於己亥，迨今乙巳，凡七寒暑，蓋以松為材木，以其材擬獻之之材也，獻之謙不自擬，而轉贈陳君鳳翔，鳳翔常熟材士，為士林之喬木，則予之誦於松者，前言盡之已，茲不復贅。（長至日，長洲沈周重題。）

著錄：《故宮書畫圖錄（六）》頁 195。

題秋林讀書軸

山迥煙雲重，門閑草木深。讀書不出戶，誰識道人心。（辛亥孟秋廿

日，沈周寓雙峨僧舍畫并題。）

著錄：《故宮書畫圖錄（六）》頁 205。

題溪橋訪友軸

白下長洲不相及，詩篇往往動潛夫。暑街臺笠他年約，借看高軒臥雪圖。（豫齋中舍道及子昂臥雪圖，故云。知問學之譽久矣，因立夫先生所附問訊，貞父必有教也。沈周。）

疊橋蘢蔥山岌嶪，幽人家在白雲窠。不因世外烟露契，誰復溪橋策杖過。（己丑仲春月，御題。）

著錄：《故宮書畫圖錄（六）》頁 253。

題汲泉煮茗圖軸

夜扣僧房覓澗腴，山童道我吝村沽。未傳盧氏煎茶法，先執蘇公調水符。石鼎沸風憐碧縐，瓷甌盛月看金鋪。細吟滿啜長松下，若使無詩味亦枯。（去歲泊虎丘，汲三泉煮茗，因有是詩，爲惟德作圖，錄一過，惟德有暇，能與重遊，以實故事何如。沈周。）

著錄：《故宮書畫圖錄（六）》頁 257。

題待琴圖軸

松蓋梧陰結夏涼，白雲青嶂碧江長。何人報抱膝吟梁甫，世事不驚雙鬢蒼。（沈周。）

著錄：《故宮書畫圖錄（六）》頁 259。

題抱琴圖軸

川色巒光照客顏，柳風不動鬢絲閒。抱琴未必成三弄，趣在高山流水間。（沈周。）

阡壑幽人冰雪顏，橫琴膝上坐蕭閒。應須撫作水仙操，調在清泉白石間。（丁亥春，御題。）

著錄：《故宮書畫圖錄（六）》頁 261。

題山水軸

塵慮了不及，書聲散曉烟。鬢絲長百尺，時颺煮茶前。（周。）

著錄：《故宮書畫圖錄（六）》頁 263。

題尋梅圖軸

西湖昨夜二尺雪，曳屐扶筇有底忙。借問寒梅著花未，公然一白但聞香。（沈周。）

著錄：《故宮書畫圖錄（六）》頁 265。

題春水新鵝軸

春水綠於苔，新鵝黃似酒。獨立在溪邊，負卻山陰友。（沈周。）

著錄：《故宮書畫圖錄（六）》頁 267。

題秋塘野鶩軸

甫里先生愛，吾今亦愛之。傳神聊一過，如在碧闌時。（沈周。）

著錄：《故宮書畫圖錄（六）》頁 269。

題雙烏在樹圖軸

陸郎無母不懷橘，見畫慈烏雙淚滴，棗林夜寒霜色白，有烏哺母方垂翼，鳴聲啞啞故巢側，孝子在下烏在樹，觸目觸心當不得，何須古木世動人，陸郎為烏悲所親。（甲子冬十月。長洲沈周。）

著錄：《故宮書畫圖錄（六）》頁 209。

題花下睡鵝軸

磊落東陽筆下姿，風流崔白未成詩。鵝羣本是王家帖，傳過羲之又獻之。（石田老迂沈周畫。）

湖峯曉雨濕蒼青，興慶池頭見雪翎。五十萬錢原有價，笑人輕易換黃庭。（隆池山樵彭年。）

石有丰棱花有姿，睡鵝宜畫又宜詩。南華經傳石田注，才不寸間酌取之。　畫頃傷眠夢學青，那敵事如喫霜翎，分明道德經相換，太白詩中誤逐庭。（癸未春日，御題。）

著錄：《故宮書畫圖錄（六）》頁 271。

題白頭長春圖軸

堂前種此靈椿樹，滿地碧雲宜白頭。壽到八千還健在，人間又見一莊

周。（沈周爲宗瑞寫壽。鄧宗盛八十，宗瑞蓋其婿，能勤敬如此，可謂半子矣。）

白頭偏喜說椿年，八十從今到八千。不向明堂作梁棟，深山貞節老彌堅。（吳瑞。）

摩挲老樹千年物，廕我百年雙白頭。左右瑟琴忘把弄，四時花草度春秋。（浦應祥。）

霜皮溜雨色參天，閱到春秋已八千。玉潤冰清相照映，新圖聊祝壽彌堅。（沈誠。）

八十詩翁隱者流，手栽椿樹破青丘。而今枝幹大於斗，下有長春上白頭。（唐寅。）

著錄：《故宮書畫圖錄（六）》頁 273。

題芝鶴圖軸

已知仁術壽生涯，翳國高垣槩太霞。小住人間一千歲，青精爲飯酒松花。（鄉生沈周，奉壽璞庵先生金石之算。）

著錄：《故宮書畫圖錄（六）》頁 275。

題金粟晚香圖軸

一樹黃金粟，秋風吹晚香。姮娥親折得，贈與少年郎。（沈周。）

著錄：《故宮書畫圖錄（六）》頁 277。

題枇杷軸

有果產西蜀，作花凌早寒。樹繁碧玉葉，柯疊黃金丸。（沈周。）

著錄：《故宮書畫圖錄（六）》頁 279。

題畫雞軸

昨夜客窗下，三聲曉夢驚。不眠思早起，布被覺霜清。（弘治改元清和月。沈周。）

著錄：《故宮書畫圖錄（六）》頁 199。

題畫雞軸

絳冠高幘不須裁，一身潔白□（脫一字）中來。平生不解多言語，一

叫千門萬戶開。（沈周。）

著錄：《故宮書畫圖錄（六）》頁281。

題溪山行樂卷

引首：

石田眞蹟（篆書）。（穀祥。）

拖尾：

前山欲飛後山立，碧溪一道奔湍急。隱君舊隱溪山間，草堂不放紅塵入。荷巾蘭佩芙蓉裳，勝日往往軏徜徉。隱君東山逸遠駕，處士西湖幽興長。踏春 ? 迤溪之曲，屐滑金沙嵐湧谷。溪廻路轉遍桃花，戲跨銜花雪毛鹿。有時絕頂扣丹房，岫幌蘿陰懸夏涼。青童倒持紫鸞尾，階前掃破苔痕荒。有時澗雲留獨倚，風挾松聲觸秋起。翠虹掀落銀灣濤，一菊曾將雙洗耳。爾來歲暮冰在川，短篷載酒梅花邊。酒酣呼鶴動瞑色，纖月正吐玻瓈烟。溪山樂事余所慕，欲往從之豈余阻。坡笋抽雷或可鑱，淵魚喚雨應堪苦。君能訂約同盤礴，弄月吟風樂吾樂。

（辛酉秋望，余終日軏遊於山林，戲作溪山行樂圖并句書此。長洲沈周。）

（李石曾跋文，無圖版略。）

著錄：《李石曾先生遺贈書畫目錄》頁50～51。

題臨梅道人溪山圖卷

拖尾：

雲壑風泉處處宜，詩囊酒榼大家嬉。人來人往春無主，日短日長天有時。墮蘝林亭看蟻競，插花山轎愛蜂隨。野僧未識登臨樂，靜自關門笑客癡。（壬子歲秋九月廿日，有客攜梅花道（此處漏人字）溪山圖，其筆法遒勁，甚得董巨意，漫興臨此，愧不自知醜也，見者勿以畫視之。沈周。）

（嘉慶庚辰孫原湘跋文略。咸豐元年李佐賢題觀。略。）

著錄：《王雪艇先生續存文物圖錄》圖33，頁62～65。

題秋葵圖軸

閒庭無別草，一例蒔秋葵。蜜色輕羅袂，臨風欲舞時。（沈周。）

著錄：《王雪艇先生續存文物圖錄》圖 35，頁 68。

題雪景山水軸

策蹇緣山踏雪行，林空吹玉万梢鳴。若非詩骨禁寒得，粧點難成此段
清。（長洲沈周。）

著錄：《王雪艇先生續存文物圖錄》，圖 36，頁 69。

題仿房山山水軸

青山出氣卻成雲，漠漠雲山兩不分。試待雲開山出色，芙蓉洗眼照秋
曛。（弘治壬戌春三月二日，偶過西山僧樓信宿，時雨初霽，見雲山
吞吐，若有房山筆意，因得佳紙，遂潑墨信手圖此以紀興云耳。長洲
沈周。）

著錄：《王雪艇先生續存文物圖錄》圖 37，頁 70。

沈周畫題畫詩（大陸藏畫）

題萱花秋葵圖卷

我母愛萱草，堂前千本花。贈人推此意，磨墨點春華。（沈周。）

白衣吾老矣，養我敢忘君。常寫葵千本，逢人便可分。（沈周。）

著錄：《中國古代書畫圖目一》頁 38。

題迴磎試杖圖軸

迴磎秋水潤，過雨洗山明。⬚⬚生毛髮，⬚⬚⬚杖行。（沈周。）（圖版過小，字跡難辨）

著錄：《中國古代書畫圖目一》頁 38。

題秋林小集圖軸

⬚⬚坐⬚古道荒，世情風雨屬炎涼。酒杯對面常肝膽，⬚⬚⬚人卒在亡。⬚腐鳶飢⬚得得，蟬⬚蛇點苦忙忙。與君俱臥茅簷下，九仞高雲看鳳皇。（弘治甲子仲□念三日七夕，與秋林秋先生、西川孫在，燈下小聚，因感夫世態之數，更人情之不古，遂成此律，惟可與二公發嘆而已，更莫拈出取憎于時也。沈周。）（圖版過小，字跡不易辨認。）

著錄：《中國古代書畫圖目一》頁 176。

題桐陰濯足圖軸（此畫真偽存疑）

河水清且漣，可以長泳游。虛襟抱靈素，凝然坐中洲。雙足破万頃，一石輕九州。人生在適意，此外非所求。（沈周。）

著錄：《中國古代書畫圖目一》頁 277。《沈周精品集》圖 20，畫名「陰」作「蔭」。

題仿倪雲林山水軸

清泚浸白石，蒼林疎且長。扁舟南浦來，失道烟茫茫。浩歌待明月，按節自鳴榔。（沈周。）

寒岑澹無姿，疎林有空響。佳興偶然窮，歸航坐蕭爽。（玉夫。）

著錄：《中國古代書畫圖目一》頁 277。《沈周精品集》圖 51，畫名作「山水」。

題仿倪山水軸

□氣散平野，微風汎高柯。停舟古岸側，漱盥臨清波。嗒然弄筆餘，所得良自多。（舟泊城陰，爲紹宗圖而詩之。癸巳五月既望。沈周。）

著錄：《中國古代書畫圖目二》頁 172。

題秋軒晤舊圖軸

策策西風吹布裏，東林濁酒爲君籌。十年掃地逢黃葉，半夜挑燈話白頭。細酌漫領眞肺腑，新知何似舊交游。金庭玉柱吾頻夢，亦欲相期共遺舟。（雪崖陳君世則爲吾醒庵☐夫子之主器，篤厚博學，周之所敬重者，頻年愛包山越湖☐登山中，故舊因其遊，每有如月之西☐，周不獲相見，累經歲年，然其訑如日接者，蓋自卯角迄白首，未始有少趨非汎汎☐杯酒暮☐☐者之比也。甲辰十一月十九日，來顧秋軒圖記此詩，雖寫圖系書之，☐☐後會話始出。沈周識。）（圖版字跡不清。）

著錄：《中國古代書畫圖目二》頁 171。

題仿倪山水軸

慶雲☐名☐，城陰倚金碧。迴塘抱高木，波影蕩虛壁。闍扉自禪誦，白石與心寂。不遊欻逾年，若忘故所歷。訪晨雨迹斷，始喜一駐屐。孤花綠陰底，好鳥茗杯側。老僧道藝潤，挽鬚厭多白。（乙巳暮夏十日，訪天泉師，因詩畫志別。沈周。）

著錄：《中國古代書畫圖目二》頁 172。

題杏花書屋圖軸（此畫鑑定：徐：舊臨本。）

舊有讀書處，杏花深雨中。人歸髮未白，☐☐樹仍紅。富貴☐生外，☐☐吾道同。眼對☐☐☐，屋下雨☐☐。（奉☐賢昆玉高尚☐☐☐舊☐☐圖，合而題之。丙午，長洲沈周。）（圖版字跡過小，模糊難辨。）

著錄：《中國古代書畫圖目二》頁 172。

題水村山塢圖卷

拖尾：

右畫一卷水村山塢人家，（後略）。（弘治紀元八月望日，長洲沈周書于雙娥峰之僧寓。）

雲石江清水暎霞，夕陽欄檻見天涯。亂帆西去浮空下，蒼島東來抱閣斜。萬頃胷中雲夢澤，一痕掌上海安沙。扁舟便儗尋眞去，春淺桃源未有花。（微明。）

著錄：《中國古代書畫圖目二》頁 173～174。

題山水花鳥冊（此畫鑑定：傅：畫明人舊仿，沈周、祝允明題眞。）

明日片帆江上歸，故人回首思依依。蘪蕪本是王孫草，綠染平涯遊子衣。（老舫七十九矣，尚學童稚時態。）

（冊末：沈周、祝允明跋文略。）

著錄：《中國古代書畫圖目二》頁 174～176。

題天平山圖卷

引首：

不減臥遊。（王弇州先生……黃冲凌書。）

拖尾：

登支硎山

千載支郎此說經，寒泉石澗尙縱橫。鶯花浪示春消息，水月猶通佛性情。嵌石平龕苔寄迹，空亭一箇鶴留名。許詢同化不同調，唯有溪山照眼明。

天平山

天平合在名山志，山下祠堂更有名。何地定藏司馬史，此胸誰負范公兵。高平落日雲霞亂，雜樹交花鳥雀爭。要上龍門發長嘯，世人無耳著鶯聲。

八月十四夜同浦舒庵諸友賞月

少年漫見中秋月，視與常時無各別。（後略）

農屋賞秋開小宴，蟹螯魚尾薦溪新。十分好是青天月，五老都為白髮人。杯酒交遊多日是，笑談鄉曲見情真。不成爛醉不歸去，風露來須頭上巾。

拔劍斫瓦，瓦碎何用。斫碎于瞞，莫為輕重。不如掣取太史筆，青竹中間削其統。（後略）

（草窗劉先生嘗賦銅雀歌有云呼，見開取長劍，斫碎慎勿留。蹤讀之知先生疾操之心，蘊之于氣，發之于言，若是之勁且烈也。周懦夫也，不能不先聲於破缶，故作此詩解其怒，而願有所存焉耳。時弘治己酉秋日，沈周書舊作于原巳太醫先生半舫齋中。）

著錄：《中國古代書畫圖目二》頁176。「登支硎山」收入《石田先生集》七言律，詩題作「支遁菴」，頁528，字句略有差異。「天平山」收入《石田先生集》七言律，頁517。「八月十四夜同浦舒庵諸友賞月」收入《石田先生集》七言古，詩題作「中秋賞月與浦汝正諸君同賦」，頁243～244，字句略有差異。「農屋賞秋開小宴」句，此詩集中未收。「拔劍斫危」句乃「莫斫銅雀硯歌有序」，收入《石田先生集》七言古，頁253～254，字句略有差異。

題楊花圖卷（此畫鑑定：徐：存疑。）

畫心：

傍朱簾垂垂欲下，依前被風扶起。此張小山咏楊花詞之警語，按節而歌，人情物意，曲相脗合，殆非食烟火人可道，因戲作此，摘是語以表之，尚有工律，錄於別翻云。（沈周。）

撲面吹衣雪點晴，白漫漫地認春營。借風為力終無賴，與水何緣卻托生。雀觜啄金新蕊破，蜂鬚撩玉小團輕。踏歌女子空連臂，喚不歸來信薄情。（右咏柳花，蓋與野航同見于漁子沙上，且約同咏，野航以余長年推先，而後竟不復媿白肯作，遂浮白一觥以自罰云。庚戌四月八日。沈周。）

恃何顏色謾狂顛，雖取花名未取憐。寒士衣裳空待絮，相公簪幘欲漫

天。吹噓不起春泥上，撩亂無端老鬢邊。一種當門小兒子，傍風因日弄輕圓。（是日餘興復製此篇，終不能盡物情，正謂雖多奚爲也。周再題。）

拖尾：

點撲紛忙巧占晴，欲垂還起竟飄零。眼前寸思漫天雪，身後功名貼水萍。何更池塘風淡淡，一番春事柳青青。江南人遠柔腸損，惟有多情最繞庭。（衡山文璧。）

微風吹絮弄春晴，燕子新巢帶爾營。著地滾來無定力，向天飛去託浮生。禪心作觀沾泥重，騷客成嘲落硯輕。五柳閉門人迹少，紛紛擾擾不關情。

飄飄如雪逐風顛，爲是多狂未是憐。濡滯一番微雨地，催殘三月好花天。生憎綿白唐人句，錯妬梅嬌漢額邊。爲爾寫眞誰絕妙，休文輕綴墨珠圓。（陳琦和。）

細雨庭除復送春，倦游肌骨對佳人。瓶中芍藥如歸客，鏡裏年華屬妄塵。夜與寸心爭蠟燭，淚時殘酒共羅巾。石州詞調楊州夢，收拾東風又一巡。（右送春一律，野航命錄楊花卷後，蓋以其慨傷相對故也。吳趨唐寅。）

格律新成弘治年，一家高古柳花篇。諸公著眼宜評取，莫以今人看石田。（南濠楊循吉題。）

詠楊華寄水龍吟。（章質夫。）

燕忙鶯懶芳殘，（後略）

次韻。（蘇子瞻。）

似華還似非花，（詞，後略）

次韻

九十韶華。（詞，後略）（後學陸治。）

魚子沙頭春晝長，楊花撩亂漫飛揚。吳中諸老存遺跡，詩畫流傳翰墨香。（石翁柳花詩畫以贈野航者。野航名存理，以博學善詩遊諸公間，當時萬南峰、六如及先君相與俱厚，或題或詠，各盡所長，皆一時名

筆也，☐☐萬景山先生所得，命余題其後，因書，時萬曆丙子八月九日，後學文嘉。）

枝嫋晴空送落梅，長條垂白帶煙開。綿浮弱縷鶯起呼，粉聚輕毬風滾來。陌上紛紛霏玉屑，水濱點點結萍胎，飄搖芳徑原無定，度岫穿籬去復回。（曲阿姜紹書題。）

☐☐題。旴江涂酉。☐☐吳山濤。汪琪宸玉。（四人題詩略）

著錄：《中國古代書畫圖目二》頁 177。

題花果雜品二十種卷（此畫鑑定：徐：偽。楊、傅：舊摹本。）

老夫弄墨墨不知，隨物造形何不宜。山林終日無所作，流觀品彙開天奇。明窗雨過眼如月，自我心生物皆活。傍人謂是造化迹，我笑其言大迂濶。（玉溪藏史，淳雅可重，因作戲墨雜品二十種移之。弘治甲寅季春，沈周。）

著錄：《中國古代書畫圖目二》頁 178～179。

題花果卷（此畫鑑定：徐、傅：明人作，似陳淳中年筆。）

老子心無事，隨芳學化工。滿園紅與白，多在墨痕中。（弘治乙卯春雨決旬，過客甚稀，檢籃中得此紙，漫作墨花數種，以見閒居多暇，不敢自逸也。石田老人周。）

著錄：《中國古代書畫圖目二》頁 179～180。

題泛舟訪友圖卷

畫末：

詩書禮樂賢關長，貧賤農桑老境人。久荷清篇留卷軸，又驚高誼動車輪。梅花懽喜當簷笑，柳色殷勤滿眼春。雞黍不嫌隨草具，斯文一味覺情真。（弘治丁巳正月二十二日大司成李先生泊，顧君應和見過先生有詩見贈，余故奉答此篇，顧君出紙索圖仙舟故事，復索寫前篇，蓋欲牽連以見同行之意云。沈周。）

拖尾：

暮投有竹居，蘿逕漸昏黑。主人情甚真，傾蓋已☐逆。繞燈列華筵，

開卷看遺墨。兩翁天下士，渴欲見顏色。寶迹人當遙，其如風雨隔。

（予偕顧君應和訪石田沈先生，值風雨交作，未至里許，舟不能前，先生長器[?]時，邀[?]於別墅，所謂有竹居者，爰書此以贈。）

一別石田老，于今六載餘。遙乘[?]溪棹，來訪杜陵居。王宰偏能畫，鄭虔兼善書。風流邁前輩，吳下有誰如。（右和徐武功先生韻，應和既得石田詩畫以歸，乞予附錄此二詩，故爲書之。李[?]。）

著錄：《中國古代書畫圖目二》頁181～182。

題草庵圖卷

引首：

曲徑通幽。（徵明。）

拖尾：

草菴紀遊詩引

弘治十年八月十七日，余有役于城，來寓草庵爲始遊也，庵名本大雲，前有吉草庵者居之，吳人譌爲結草庵，遂使大雲之名掩而莫彰。庵近南城，竹樹叢邃，極類村落間，而謂城市山林也，隔岸望之，地浸一水中，其水從荇溪而西，過長洲縣治，由支港稍南，折而東，復南衍至庵左流入，環後如帶，滙前爲池，……（後略）是夕宿西小寮，低窗月色，耿耿無寐，因得五字律一首，聞之茂公曰，詩狀小處將無遺，尚須一圖，使畫中更見詩可也。余笑而領之，又引此數語系詩錄于圖左。詩云：

塵海嵌佛地，迴塘獨木梁。不容人跬步，宛在水中央。僧定几蒲座，鳥啼空竹房。喬然雙石塔，和月浸滄浪。（長洲沈周。）

（七十七翁趙同魯。癸亥九月十四日[?]南書。城西楊循吉。祝允明。沈朴。岳陵周塤。弘治十一年……長洲沈杰書。諸家跋詩文，略。）

著錄：《中國古代書畫圖目二》頁182～183。

題吳中山水卷（此畫鑑定：徐、傅：存疑。楊：可研究。）

拖尾：

吳之為國水所涵，有山平衍無巉岩。我家多水少山處，悵望翠微心所貪。時能借墨補不足，數峚連絡長番粘。峯巒重複間溪潋，雜樹列布多楓枏。或開大壑浸山足，其樹半為浮雲含。僧廬隱映遠木杪，平坦道谷出水南。東村西落互親友，畊田鑿井同丁男。便須芒履與藤杖，聽泉採藥我亦堪。陽岡亭館誰擇勝，雅許酒會并棊談。嘗聞巴蜀天下險，未可一往尋嵬巊。子長之興浩不淺，感此老鬢霜鬖鬖。聊因此圖識所見，臥遊一生還自甘。（弘治己未秋日，沈周。）

著錄：《中國古代書畫圖目二》頁182～183。

題西山雲靄圖卷（此畫鑑定：徐、傅：存疑，書、畫不佳。楊：待研究。）

引首：

溪山雲靄。（華亭孫克弘書。）

拖尾：

閒來得得試青筇，醉宿茅山第幾峰。木末碧樓春雨後，白雲半露紫芙蓉。（弘治壬戌春三月二日，偶過西山，信宿僧樓，時雨初霽，見雲山吞吐，若有房山筆意，潑墨漫興，信手作此長卷以貽主僧。沈周。）

著錄：《中國古代書畫圖目二》頁186～188。

題匡山秋霽圖軸

吳人沈周作匡山秋霽用巨然墨法。

⬚墨⬚⬚事山川，……（圖版字跡過小，難以辨識）（弘治乙丑⬚⬚八日，沈周重題。）

著錄：《中國古代書畫圖目二》頁191。

題苔石圖軸

苔石新編僅拾遺，絕勝楓落一窮辭。我從南渡識此沤，誰謂澄江真少詩。藥物生涯老堪倚，梅花影子自相知。先生有病猶有藥扶持，老自讚云：水月光中、梅花弄影之語。于今地下尋潘閬，偶雨訕風兩得宜。（余幼時於他人鈔本中，見苔石翁：「門當車馬道，簾隔利名心。」之摘警語，

心雖驚悚其超妙，而昧其爲人。今年及八十，始獲見其遺稿，妄贅拙語以致景仰云。正德改元十月望，後學長洲沈周敬題。）

沈周咏之不足，復爲苔石圖以致餘仰爲其孫復端贈。

著錄：《中國古代書畫圖目二》頁 191。

題寺隱巍峰圖軸

寺隱巍峰紫翠交，北□□□力□曹遨。行人但厭石盤遠，僧住不知山勢高。龍塢東來林烟樹，太湖前望渺雲濤。如□休老逍遙地，迹亦如陶詩亦陶。

如□張□斂掛冠後，逍遙山水，留題迨遍，巍峯爲雲谷□□，作小景系詩，蓋可見其□□，余爲和韻及圖，□□詩漫入巍峯□中，書次重讀如□題語，始知爲金山□□者，老年指力筆□，於此□□，因復用韻一首，以證不誤云。

雲谷古□皆舊交，巍峯金山皆□□。詩題偈錯我神慴，彼此互留僧義高。門外別幢還□竹，雨中合礧謹圓濤。老□□□不流靦，眞僞未分天作陶。（八十翁沈周。正德改元六月□□。）（圖版字跡模糊不易辨認。）

著錄：《中國古代書畫圖目二》頁 192。

題京口送別圖卷

畫心：

畫鷁翩翩過晉陵，布帆追送有風乘。重逢日遠知年老，戀別情長與路增。德業並高心愈下，詩篇深慰我何勝。客邊櫻筍猶鄉味，一夕清談酒漫憑。（辱以妙句見贈，慰老念舊，藹然至情，佩感之餘，敬和高韻請教。友生沈周再拜鮑庵少宰先生閣下。）

拖尾：

奉和宿呂城韻錄呈伺教

泊舟閘口暮潮平，津吏相迎記過城。雨腳稀疎人已靜，詩辭淳熟意都生。聊從夜坐延深酌，亦爲鄉懷緩去程。明日過江帆影遠，不勝翹首

眼還明。(沈周再拜飽庵少宰先生閣下。)

行經錫谷又昆陵，豈是山陰興可乘。千里綠波隨客去，中宵白髮向人增。老年敢祝唯留愛，厚祿深懇自不勝。杖履相從須有日，臨酬詩卷最堪憑。

連朝懷抱不能平，又記南來宿呂城。酒散長亭驚雨至，棹依高岸識潮生。麥秋未到猶三月，步瓜將臨只一程。賴有故人同夜坐，白頭相對燭花明。(丁巳北上，承石田先生送至京口，途中和余二詩，并寫圖爲贈，久恐遺落，裱飾成卷，因錄原倡于後。弘治甲子閏月廿七日，以病在告書，飽翁。)

賢往愚存事未平，芙蓉何處是仙城。兩詩在世留離別，一夢驚心異死生。化鶴歸來待華表，飜鴉宿地記郵程。夜燈惆悵重披卷，清淚潛潛坐到明。

宋武無慚繼少陵，詩書家學喜眞乘。前人已往風流在，後輩相通事好增。再讀卷詩嗟莫贖，尚存微墨倖何勝。一端離合今翻覆，万事茫茫總未憑。(丁巳與友生公別，因有倡和，今重閱於公薨後，不勝感慨，復用韻二首，一訴離別死生之迹，一重令副中舍，若能愛存前好而已。正德丁卯七夕，沈周題。)

著錄:《中國古代書畫圖目二》頁 192。《沈周精品集》圖 42，畫名「別」作「行」。《明四家畫集》圖 22，畫名「別」作「行」。

題兩江名勝圖冊（此畫鑑定：徐：疑。傅：是沈周題他人畫，後人指爲自對題。）

沈石田兩江名勝圖。(何紹基題。)

（一開）

范公存廟貌，山氣亦增高。後樂先憂事，拜公天下豪。(沈周。)

（ ? 文、文嘉、穉登、殷都、世貞題詩略）

（二開）

薹姦害忠義，三字是非間。生氣南枝樹，孤墳萬古山。(沈周。)

（文嘉、穉登、明臣、殷都、世貞題詩略）

（三開）

湖灠渺初程，春波指晚城。珠光送明月，特地照前旌。（沈周。）

（文嘉、稺登、沈明臣、殷都、世貞題詩略）

（四開）

聞說揚州好，風光記昔年。瓊花已天上，買鶴解腰纏。（沈周。）

（文嘉、稺登、明臣、殷都、世貞題詩略）

（五開）

清飆臨泉窟，跳珠應梵聲。須⬚還鏡淨，鬚鬢映人清。（沈周。）

（文嘉、稺登、明臣、殷都、世貞題詩略）

（六開）

昆阜產靈玉，玲瓏雲朵奇。雲根從笑拔，山鬼不能知。（沈周。）

（文嘉、稺登、明臣、殷都、世貞題詩略）

（七開）

長虹引南北，橫截太湖流。步月金鰲背，嘯歌天地秋。（沈周。）

（⬚文、文嘉、稺登、殷都、世貞題詩略）

（八開）

千古棲神地，三峯相弟兄。斗壇秋設醮，風送步虛聲。（沈周。）

（⬚文、文嘉、稺登、殷都、世貞題詩略）

（九開）

江淮總形勝，晚步聚沙洲。拄杖開揚子，風帆拂索秋。（沈周。）

（⬚文、文嘉、稺登、殷都、世貞題詩略）

（十開）

淮水通南北，揚帆初過江。故人將別酒，沙上玉罌雙。（沈周。）

（⬚文、文嘉、王稺登、殷都、世貞題詩略）

（⬚文，跋語略）

沈啓南先生畫十幀，幀係一絕句，爲楚州、爲高郵、爲廣陵、爲揚子、
爲句曲、爲天平山、爲馬鞍山、爲垂虹橋、爲西湖之岳墳、爲下天竺
寺。江以北凡四皆無山，而江以南則山五而水一，眞清遠奇麗之觀也，

高齋展翫間，自謂不減少文以游，足以掩關無，十絕余皆有和，仍托諸君子鑑之。己卯積雨解悶，世貞。

（萬曆乙卯秋日沈明臣跋文略）

著錄：《中國古代書畫圖目二》頁 193～194。

題無聲之詩圖冊（此畫鑑定：徐、傅：存疑。楊：年份夠。）

無聲之詩。（沈周。）

（一開）

驅雲噴霧，倏哉神工。負山縮地，怪哉愚公。籠籠從從，開此華嵩。淋淋漓漓，元氣攸通。回視吾筆，眇在握中。（沈周。）

（二開）

魚鮮鶴影共清溪，細水桃花一樹低。聽鶴釣魚仙者事，儘將風致倩人題。（沈周。）

（三開）

山疊疊兮，雲深深，石磷砏兮，草木殞，秋汎扁舟兮，奚往，採芳芷兮，長洲，洲何長兮，不可即，聊短歌兮，薄唁我憂。（沈周。）

（四開）

黃鶴磯頭秋木落，故人驀地相逢著。十年短鬢話吳霜，是非不暇論城郭。楚江萍寶待誰嘗，老矣吾儂思故鄉。（沈周。）

（五開）

門前照溪影，牆後交竹枝。屋瓦多破碎，落葉相蔽虧。貧賤客不棄，堂中羅履綦。有酒願客醉，此外無所知。（沈周。）

（六開）

路迂境自僻，遂與塵世冥。迴溪帶門次，澄波含戶庭。縣厓別平坦，困以開新亭。叢蕉映人錄，竹吹亦泠泠。時復作孤往，先琴倩僮丁。終少何標榜，聊自安此生。（長洲沈周。）

（七開）

松陰蓋路日遲遲，一蹇馱詩獨去時。記得遊仙有潘閬，三峯回首畫中奇。（沈周。）

（八開）

溪深將謂，人靜携壺。問字恬恬，兩翁方揖。道上一叟，又過橋傍。

（沈周。）

（九開）

林木蕭條山水清，長灘淺瀨互縱橫。何人晏坐心無事，靜看秋雲隔嶠
生。（沈周。）

（十開）

流泉無停跡，靜者臨其傍。跳珠石觸起，霏花衣沁涼。靜聽入希聲，
再嗽空膏梁。淡然與心契，豈復嗟望洋。（沈周。）

（十一開）

扁舟繫纜清溪側，步入雲山路欲迷。林靜蹬然足音響，藤花零落竹鷄
啼。（沈周。）

（十二開）

白雲或改青山色，黃葉還驚碧樹秋。抱膝長吟人不識，夕陽西下水東
流。（沈周。）

萬曆丙辰孟秋之廿七日江寧顧起元書。己未三月董其昌題。東海老民
謝三賓題。雍正十有二年歲在甲寅春二月十有一日琅琊王瀚書。庚申
十月杪安吉吳昌碩時年七十又七。（五人跋文略）

著錄：《中國古代書畫圖目二》頁195～197。

題壑舟圖詠冊

壑舟。光祿大夫柱國少傅兼太子太傅戶部尚書武英殿大學士弟鑒題。

山合水乃滙，雲木交繁陰。爰處自得地，齋居樂幽深。雅搆僅欹舟，
非寓藏壑心。豈爲力者負，安棲人莫尋。白日自往誦，窗戶觸鳴禽。
斯時良有會，上若堯舜臨。（長洲沈周。）

一丘諒自足，陸處仍無家。古昔曾有云，此道久可嗟。洞庭有奇士，
搆室栖雲霞。窗榻顧畫舫，山水清且嘉。移者固爲愚，負者焉足誇。
智力措身外，諷詠日增加。春波動靜心，爲樂安有涯。（吳趨唐寅。）

（祝允明等八人題詩文略）

著錄：《中國古代書畫圖目二》頁 195～197。

題江南風景圖卷（此畫鑑定：傅：畫僞，吳寬題眞，疑是早年被抽換。）

引首：

天機流動。（顧仙。）

拖尾：

石田寄此卷來京師，遂忘塵埃之苦，江南風景常在夢寐，不知何日能與石田親履此景也。（匏翁記。）

橘社鱸庄舊往還，歸心日夕繞鄉關。三高亭下春流遠，認得支硎數尺山。匏翁題淺石翁圖，北客吟成寫得無。把見扁舟招隱主，風流二老寇東吳。（石田集有題江南景寄北客詩，與文完題語恰合，疑即此卷，畫無款識，或爲人割去。道光己丑小春，恭甫前輩命題。孫尔準。）

著錄：《中國古代書畫圖目二》頁 198～199。

題仿米雲山圖卷

墨渝紙弊兩模糊，欲看雲山在有無。捋仕精神元不沒，燈前呼出小於菟。（客有持小米雲山，而破碎若百衲衣也，強余臨此，觀者甚句哂，奈老眼昏花故耳，亦不自知其醜惡，呵呵。沈周。）

著錄：《中國古代書畫圖目二》頁 199。

題西山紀游圖卷

拖尾：

余生育吳會六十年矣，足跡自局，未能裹粮仗劍，以極天下山水之奇觀以自廣，時時棹酒船，放遊西山，尋詩採藥，留戀彌日，少厭平生好遊未足之心，歸而追尋其迹，輒放筆想像一林、一溪、一巒、一塢，留几格間自翫，所愧筆墨生澀，運置淺逼，無古人悠遠層疊之意，大方家當有誚也。（沈周題墨興齋中。）

天平峙其西，虎丘峙其北。太湖萬頃浮西南，日夜相涵天水白。吳中山水樂事多，采茶曾和吳儂歌。七十二峰誰指點，三百六寺俱經過。

對此蒼蒼但雲樹，爲問吾家在何處。郊原平遠風日晴，丘壑巃嵸烟雨暮。靈巖山下僧獨歸，明月灣前人半渡。石田弄筆聊爲爾，捲贈我君知有以。溪山魚鳥捴相識，它日桐鄉在乎此，我亦觀畫以悠哉，湖東有田歸去來。（震澤王鏊。）

著錄：《中國古代書畫圖目二》頁 200～202。《沈周精品集》圖 46。《明四家畫集》圖 39。

題有竹鄰居圖卷

水南水北曾稱隱，百里重湖今屬君。種樹遶家深蔽日，暑門無處総迷雲。魚塘花落閒供釣，鳧渚菰荒久待耘。我是西鄰不多遠，雞鳴犬吠或相聞。（鄰人沈周。）

著錄：《中國古代書畫圖目二》頁 203。

題芍藥圖卷

喧市紛聒耳，幽尋連城陰。誰料此城中，其境得山林。僧寮敝小構，據此西水潯。清流可俯掬，鬢眉亦堪臨。返照在東壁，水影浮虛金。人物相映瑩，寂靜宜道心。散木列左右，上下鳴春禽。踈竹不蔽墻，累累見遙岑。遊賞莫禁客，酒茗喜相尋。借問常來轍，記壁曾誰吟。筆硯我所事，漫以開煩襟。（過北寺慶公水閣，消遣一日，甚得清適，因留此詩，油器知之，悵不能追，乃錄寄出，以厭其好遊之心。沈周。）

著錄：《中國古代書畫圖目二》頁 203。

題耕讀圖卷（此畫鑑定：徐：存疑。）

拖尾：

兩角黃牛一卷書，樹根開讀晚耕餘。憑君莫話功名事，手掩殘篇賦子虛。（沈周。）

嘉靖戊子八月朔旦，穀祥題。萬曆丁丑九月既望，周天球書。（二人詩略）

著錄：《中國古代書畫圖目二》頁 203～204。

題野翁莊圖卷

引首前裱邊：

施野翁名廉，無錫人，築庄在惠山聽松荈右。野翁能詩善醫，宏治中徵詣京師，辭職歸築此莊，莊有野翁泉。廉號北野，爲碧山吟社十老之一。（阮元藏并識。）

引首：

野翁莊。（祝允明爲北野先生題。）

拖尾：

野翁未見見新莊，石子迴堦引石梁。高樹隔墙烟寺近，亂雲拖雨晚山長。自春載酒應無度，每日留詩定幾章。絕與輞川標致似，我爲裴迪亦何妨。（向歲雨中過野翁莊，北野固不在，余得逕造成題以歸，茲爲圖併錄前言，庸抵覿面云。沈周。）

（六人跋詩文略）

著錄：《中國古代書畫圖目二》頁 204～205。

題夢萱圖卷

拖尾：

母去萱獨在，兒常夢見之。北堂留故本，寸草系菩私。世絕返魂藥，花餘濺淚枝。深恩言不得，到處倩題詩。（沈周。）

吳興丘大梧。（詩略）

著錄：《中國古代書畫圖目二》頁 205。

題九月桃花圖軸

九月無霜信，桃枝見細英。向寒時正殺，得暖氣偏生。弱萼因風拆，微紅借露明。榮華雖頃覩，天地亦多情。（沈周。）

花發年年二三月，今年九月見芳英。一枝借得春消息，莫道東風不世情。（沈貞吉。）

惚恍君恩記未眞，苦風甘雨不勝春。綠紗輕搵燕脂頰，揮淚長門不見人。（張靈詠。）

著錄：《中國古代書畫圖目二》頁 205。

題石磯漁艇圖軸 （此畫鑑定：傅：明仿。楊：可研究。）

石磯漁艇江湖有，要自閒人管領之。釣月哦風一般趣，黃塵沒馬不同時。（沈周。）

著錄：《中國古代書畫圖目二》頁 205。

題曲江春色圖軸

此是曲江樹，花開新燕時。知君領春色，醉帽插高枝。（沈周。）

諺洗炊龔處，成功只一時。廣寒風力快，移到曲江枝。（無款，鈐印一，印文無法辨識）

江南花最富，正是茂春時。宴罷承恩去，君先授一枝。（陳鎰和。）

著錄：《中國古代書畫圖目二》頁 205。

題折桂圖軸

江東八月有秋風，舉子攀花望月中。此是詞林舊根柢，一枝新發狀元紅。（沈周。）

易學余甘立下風，風華名在夢書中。畫成桂樹留香里，何似高攀第一紅。（陳師尹將赴應天己酉鄉試，持石田墨桂請題，余次其詩，期師尹步蟾高攀在此一舉。姚綬。）

近來場屋看文章，語欲精醇氣欲長。莫學不才登十八，須題首卷易經房。（友人楊循吉。）

著錄：《中國古代書畫圖目二》頁 206。

題雨中話舊圖軸

用楊誠齋先生求和遇風韻，與朱性甫雨中話舊。

細論故舊對簷花，落落稀如并摘瓜。少去老來真轉燭，合難離易譬搏沙。風櫻墜地紅俱爛，兩笋過墻綠不斜。看取臨軒此杯酒，且將衰鬢照霜華。（沈周。）

著錄：《中國古代書畫圖目二》頁 206。

題松下停琴圖軸 （此畫鑑定：傅：明人仿本，顧題真。）

松風著人暑自掃，雲氣流山雨未成。個裏一襟清似水，橫琴不度聽泉

鳴。（沈周。）

（顧雲龍五古，字跡過小，略）

著錄：《中國古代書畫圖目二》頁 206。

題秋江垂釣圖軸（此畫鑑定：徐：待研究。）

釣竿青竹長，江淺幽思深。莫話朝與市，不能諧素心。（沈周。）

著錄：《中國古代書畫圖目二》頁 207。

題深山游屐圖軸（此畫鑑定：傅：明人仿本。劉：款識與畫非沈氏筆。）

瑣瑣磵花粘屐齒，沉沉嵐氣濕行衣。夕陰滿地松門寂，應是深山 ?? 歸。（沈周。）

著錄：《中國古代書畫圖目二》頁 207。

題雪樹雙鴉圖軸

君家好喬木，其上巢三烏。一烏衝雲去，兩烏亦不孤。出處各自保，友愛長于于。（沈周。）

著錄：《中國古代書畫圖目二》頁 207。

題湖舟落雁圖軸（此畫鑑定：劉、傅：偽。徐：同意。楊：沈氏細筆一路。）

縱目極遐曠，水嬉湖中央。青山載白波，上下相低昂。俯首愛雲霞，零亂隨蘭槳。悠悠遡空明，忽忽超景光。宛宛漢皐女，落雁懸微芒。可望不可接，相思如水長。（近自東崑還湖中，雜言錄似味雪親家，較其然不然也。沈周。）

著錄：《中國古代書畫圖目二》頁 208。

題雄鷄芙蓉圖軸（此畫鑑定：傅：疑。）

靈羽離披錦作冠，芙蓉秋露障清寒。數聲啼赴彤樓日，孝子忠臣寢不安。（沈周。）

著錄：《中國古代書畫圖目二》頁 208。

題喬木慈烏圖軸

慈烏所棲地，喬木孝義家。月明霜露下，夜半睡啞啞。（沈周。）

雲護龍腰幹，風生鶴膝枝。奇材梁棟器，珍重最昌時。（松厓生秦能少題。）

著錄：《中國古代書畫圖目二》頁209。

題策杖行吟圖軸（此畫鑑定：傅：疑。楊：可研究。）

林壑超世俗，靜疑日月遲。踈木無餘葉，迴湍清且漪。山圯振短策，行慣不知疲。欲覓同心友，道遠見無時。（沈周。）

著錄：《中國古代書畫圖目二》頁209。《明四家畫集》圖91。

題山水扇

水落溪橋家岸高，亂峯殘葉晚蕭騷。獨吟獨步夕陽在，一路秋風吹鬢毛。（沈周。）

著錄：《中國古代書畫圖目二》頁206。

題為吳寬作山水扇

白髮蕭蕭風滿船，空江落日水連天。碧雲千里人如玉，只咏金焦兩和篇。（承寄未和章，聊申懷仰而已。沈周上匏庵少宰先生。）

著錄：《中國古代書畫圖目二》頁206。

題夜游波靜圖扇

???花裏，閒?度滿田。山光偏愛月，水潤不分天。??初侵夜，星?半在船。白袍江海上，?散自年年。（孫一元。）

夜遊同白日，波靜似平田。撥槳水開路，洗杯江動天。誅求尋樂土，談笑有吾船。明月代秉燭，老懷追少年。（和孫先生夜汎韻，即書其扇。沈周。）

靜夜開杪檅，涼風滿葑田。漁家明隙火，宰木襯湖天。出語爭詩律，蟾光溢酒船。先生挾佳客，歡笑自年年。（唐寅追和。）

良宵學小泛，浩興發心田。高柳出新月，平湖連遠天。龜蒙笠澤景，李白夜郎船。惜眾不同事，內交才問年。（應祥。）

著錄：《中國古代書畫圖目二》頁207。

題看山聽水圖扇（此畫鑑定：傅：疑，朱存理題亦不似。楊：年份夠。）

秋風吹鬢雪斑斑，落日平沙鳥已還。二老相逢盡無語，一聽流水一看山。（沈周。）

溪上秋清解后時，雨松落落映高姿。白頭談塵無窮意，斜日孤煙且詠詩。（朱存理。）

著錄：《中國古代書畫圖目二》頁 208。

題倚杖尋幽圖扇

溪亭不到春將半，樹已飛花漫陰綠（應爲綠陰之誤寫）。怊得泉聲禽譜好，藤條著手費幽尋。（沈周。）

臨川山水密，花木弄昏陰。不見亭中主，杖藜何處尋。（吳鎮爲彥恕先生次。）

君家亭子臨河上，高樹長林一逕陰。追憶舊游今廿載，題詩何日許重尋。（許中爲彥恕兄次。）

著錄：《中國古代書畫圖目二》頁 208。

題綠陰亭子圖扇（此畫鑑定：傅：舊仿本，張袞題眞。楊：畫題俱眞。）

綠陰亭子不須風，十竹森然兩樹桐。地靜涼新詩夢薄，有人起坐鶴聲中。（沈周。）

娟娟翠篠靜含風，池上雲深長碧桐。有客草玄頭盡白，獨招孤鶴到亭中。（張袞。）

著錄：《中國古代書畫圖目二》頁 209。

題樹林小亭圖扇

樹杪一亭小，亭中天地寬。清風三万日，日日自平安。（沈周爲義林畫并題。）

深林叢薄裏，何處望平寬。十丈黃涯坂，茅亭此可安。（錢仁夫奉和。）

著錄：《中國古代書畫圖目二》頁 209。

題虎丘戀別圖軸

虎丘戀別酒淹明，迤日當陽是要津。宮柳吐青知去馬，野棠含笑認迴輪。山家拭月迎新客，洞府開門得異人。謁罷神仙回首處，白雲堆裏醉陽春。（送浦守庵茅山濟民。弘治甲寅三月，友生沈周。）

著錄：《中國古代書畫圖目六》頁 170。《中國民間秘藏繪畫珍品 2》頁 139。

題園樹復活圖軸（此畫鑑定：舊摹本。）

（沈周五絕一首，圖版字跡太小，模糊無法辨識。）

著錄：《中國古代書畫圖目六》頁 170。

題枯木鸜鵒圖軸

寒皋獨立處，細雨濕玄冠。故故作人語，難同凡鳥看。（沈周。）

著錄：《中國古代書畫圖目六》頁 241。《沈周精品集》圖 58，畫名作「枯樹鸜鵒圖」。

題疎林碧泉圖軸（此畫鑑定：劉：題眞、畫疑。）

疎林照白鬢，碧泉清我心。乾坤 ??? ，老大自山林。（沈周。）（圖版過小，字跡不清。）

著錄：《中國古代書畫圖目六》頁 311。

題落花詩書畫卷（此畫鑑定：傅：書畫均明人偽，張寰題眞。）

引首：

綠陰紅雨。（王鏊。）

畫心：

山空無人，水流花謝。（沈周。）

拖尾：

跋文。（略）（八十翁沈周。）

富逞穠華滿樹春（落花詩三十首略）

著錄：《中國古代書畫圖目七》頁 21～22。《石田先生集》七言律三・落花三十首，頁 629～643。

題山居讀書圖軸

樹裏□□久不來，舊時行迍□蒼苔。溪風四面凉如水，袖□葩□□漫開。（沈周。）

著錄：《中國古代書畫圖目七》頁 26。《沈周精品集》圖 53。《明四家畫集》圖 70。

題山谷雲吞圖扇

山被雲吞卻，芙蓉只半青。無人過橋去，流水倩誰聽。（沈周爲雲谷寫。）

著錄：《中國古代書畫圖目七》頁 23。《沈周精品集》圖 54。《明四家畫集》圖 97。

題溪橋過客圖軸

林綠惜無花，小溪穿樹斜，一杖□橋過，客問渠何往，□□未貢家。（正德戊辰長洲沈周造，時年八十有三。）（圖版字跡不清。）

著錄：《中國古代書畫圖目八》頁 111。

題瓶荷圖軸

荷花燕者，折荷插銅壺間，花葉交斜出六柄，而清芬溢席，席環列，壹置席之中，四面舉見花，甚可樂客，客亦爲之爲樂，迨暮始散。客爲趙君中美，自淮陽來，韓宿田，自城中來，黃德敦，自崑山來，三人皆非速而至者，皆嘉花非園植，風致不減池塘間，燕無絲竹而懽，度常情事出偶然，而爲難得，當不無紀也，請賦詩以紀之，賦不煩客，恐後其心思，其賦者皆予之昆弟子姪，在悅客，予尙作圖系詩云云。花供娟娟照玉卮，紅粧文字兩相宜。分香客座須風細，何羞林亭要日遲。仙子新開壺裏宅，佳人舊夢手中絲。便應此會同桃李，酒致頻教罰後詩。（此詩雖成而圖未旣，客各散去，寔乙巳夏五十八日也，今年爲丙午，適其月日，宿田亦來治予疾，蓋坐夢窓之悲情，信甚非昨所借樂之難得，雖偶而有數存焉，一樂一憾皆自有定，以今之憾而省昨者之樂，不能無感慨也，遂補其圖，重錄前作省爲故事云。沈周。）

著錄：《中國古代書畫圖目八》頁 173。

題拒霜白鵝圖軸

湖峯秋雨濕蒼青，興慶池頭見雪翎。五十萬錢原有價，笑人輕易撰黃庭。（長洲沈周。）

著錄：《中國古代書畫圖目八》頁 255。

題虎丘送客圖軸

虎丘送客地，設饌五臺杪。憑高睇往路，千里空簹篠。使君都水郎，德樸文思巧。鳴之則驚人，何異丹穴鳥。導泉有魯役，汶泗探歷杳。上下務通流，百雍成電掃。三年身始歸，山水苦纏繞。勸君爲泉記，先意說在草。人物要相當，非君殆誰造。此丘亦有泉，名賴陸羽好。飲君重鄉味，勿謂杯勺小。（水部徐君仲山，治泉魯中者幾三年，頃回尋行，因携酒餞別虎丘，水部即席有作，謾倚韻答之。庚子燈夕前三日，沈周識。）

徐子昔年官水部，疋馬東行歷齊魯。運河水滿万艘通，汶泗交流無壅土。歸來泉志手親編，好與河渠書並傳。不識當時陸鴻漸，齒牙空味虎丘泉。（仲山治泉，役滿考還朝，持啓南此圖相示，聊爲題此而歸之。吳寬。）

著錄：《中國古代書畫圖目九》頁 38。《沈周精品集》圖 6。《明四家畫集》圖 93。

題青山紅樹圖軸

千樹秋風万葉飛，林蹊苔徑步斜暉。屐聲歷落咏歌去，猶有餘紅點著衣。（沈周。）

著錄：《中國古代書畫圖目九》頁 38。《沈周精品集》圖 31。《明四家畫集》圖 94。

題壽陸母八十山水軸

八帙身加健，三春月倍明。母儀兼婦道，清世樂長生。績橘黃金顆，蟠桃赤玉英。採花浸壽酒，催進紫鸞笙。（沈周。）

陸母今年慶八旬，顏如丹渥尚精神。誰知膝下稱觴子，便是懷中奉橘人。萱草忘憂偏得意，桃花含笑不勝春。瑤池宴飲笙歌夜，應與麻姑作主賓。（成化壬寅三月望日，八十三翁沈貞吉。）

壺範峨峨冠德門，直從爲婦抱曾孫。百齡遐祉天應錫，四代芳名世所尊。不用含辛懷往事，祇將餘慶蔭諸昆。韋郎少小承殊眷，五十無聞負至恩。（戊辰龝有吳門之役，見此畫於閶門舟中，蓋毛中丞家物，筆法精妙，石田翁眞蹟也，因念後四年爲外母八衮壽期，若爲今日作之，物固有不偶然者，遂購之歸，復綴小詩一律，以申祝云。時隆慶辛未小春望日，婿華亭朱大韶頓首書。）

著錄：《中國古代書畫圖目九》頁38。《沈周精品集》圖9。《明四家畫集》圖95。《沈周精品集》、《明四家畫集》畫名皆作「祝壽圖」。

題灞橋風雪圖軸

灞上駄歸驢背垂，橋邊拾得醉時詩。銷金帳裏膏梁客，此味從來不得知。（沈周。）

著錄：《中國古代書畫圖目九》頁38。《沈周精品集》圖33。《明四家畫集》圖96。

題爲祝淇作山水軸

九十封君天下稀，耳聰目瞭步如飛。間生邦國稱人瑞，高隱山林與世違。燈火元宵開壽域，梅花初月照重闈。青雲令子榮歸早，甘旨登堂玉鱠肥。（長洲沈周爲夢窗祝先生壽并圖。）

詩塘：（詞略）（右調鵲橋僊，寄祝夢窗封君老先生。長洲文壁頓首。）

著錄：《中國古代書畫圖目十一》頁30。《沈周精品集》圖50。

題蕉鶴圖軸（此畫鑑定：劉、傅：舊僞。楊：存疑。）

雪中相見使人疑，輞口千年有此枝。雪亦未消蕉亦在，僅存方鶴兩相知。（弘治甲子冬日偶過玉汝齋中，見庭蕉帶雪，尚有嫩色，玉汝蓄一鶴幾十年，而頂紅如渥丹，眞奇觀也，遂作此圖并系一絕，聊紀一時之興云。沈周。）

著錄：《中國古代書畫圖目十二》頁 25。

題飛來峰圖軸（此畫鑑定：傅：舊偽。楊：畫優於字。）

湖上風光說靈隱，風光獨在冷泉間。酒隨遊客無虛日，雲伴詩僧住好山。松閣夜談燈火寂，竹床春臥鳥聲閒。佛前不作逃禪計，丘壑宜人久未還。（劉公僉憲、史君明古，偕余及紀南弟爲湖山之遊，至飛來峯，不廲去者，累日夜宿，詳上人具索紙墨以爲茲山寫眞，因系詩云。成化辛卯春仲望日，沈周。）

著錄：《中國古代書畫圖目十二》頁 127。

題雨中山圖軸

秋來好在溪樓上，筆墨勞勞意自閒。老眼看書全似霧，模糊只寫雨中山。（沈周。）

碧樹含風鳥亂啼，幾家茆屋崦東西。秋來水檻平添尺，知是前山雨漲溪。（曹時中。）

襯紙：

收拾人間無限好，模糊眼底不能開。應知雲海拏龍手，截取痴翁一角山。（石田翁山水神品 ? ? ? ? 麓臺定詳。壬辰七月吳湖帆復觀戲次。）

著錄：《中國古代書畫圖目十二》頁 127。

題溪橋拄杖圖軸（此畫鑑定：傅：疑。）

野水溪橋外，溪山遠樹頭。何人閒拄杖，獨自作清遊。（沈周。）

著錄：《中國古代書畫圖目十二》頁 127。

題聚塢楊梅圖軸

饞饕聚塢楊家果，慳奈詩人食祿何。千樹已空嗟太晚，一丸聊足記曾過。屬厭往腹宜爲少，適可濡唇不在多。亦勝矯同文仲子，忌沾滋味似哇鵝。（堯鄉薛君嗜食楊梅，署中輟農功，駕舟特往，時採摘殆盡，僅獲一丸紫而大者啖之，且云一不爲少，卻邀余作圖與詩識其事末，語及徵明，以素不喜食者，亦發徵明一笑。弘治壬戌夏五下浣，沈周。）

著錄：《中國古代書畫圖目十二》頁 180。

題正軒圖軸

□□在何所，安居山水間。床頭□曲□，門臨當面山。亦無偏敧樹，繞屋直迴環。端坐讀古書，其心休且閒。（繆君復端，別號正軒，長洲沈周作圖并詩以贈。）

著錄：《中國古代書畫圖目十二》頁180。《四味書屋珍藏書畫集》頁5，畫名作「秋林溪隱圖」。

題桐蔭樂志圖軸

釣竿不是功名具，入手都將万事輕。若使手閒心不及，五湖風月負虛名。（沈周。）

著錄：《中國古代書畫圖目十二》頁180。《四味書屋珍藏書畫集》頁4，畫名作「桐陰垂釣圖」。

題椿萱圖軸

靈椿壽及八千歲，萱草同生壽亦同。白髮高堂進春酒，鳳皇飛下采雲中。（沈周。）

椿萱天地長生物，白髮嚴慈八十同。此日高堂稱壽處，華封三祝一盃中。（長洲袁耿和。）

關西孫一元。（詩略）

著錄：《中國古代書畫圖目十二》頁181。

題天寒道遠圖軸（此畫鑑定：傳：仿本。）

天寒遠道及西風，林木蕭蕭葉欲空。孤鞭行來不得去，玉關還在萬山東。（沈周。）

著錄：《中國古代書畫圖目十三》頁28。《沈周精品集》圖56。

題青山暮雲圖軸

秋堂傳到殷勤語，珍重江湖念達人。欲寫溪山寄君去，愁心千疊與誰論。（近因起東回，道及軫念，聊此奉答。沈周寄上。）

萬疊青山遮不斷，暮雲還憶室中人。獨留斗酒床頭下，何日相逢與共論。（□??□鄭時次。）

著錄：《中國古代書畫圖目十三》頁 28。《沈周精品集》圖 55。

題荔枝白鵝圖軸

佳實 ? ? ? 野芳，紛紛生意 ? 橫塘。時汲 ? 罷 ? ? ?，舉得山陰墨雨香。（秋山。）（圖版字跡不清。）

臨清 ? ? 塚 ? 茫，野史 ? 然爲紀詳。羽族尙 ? ? ? ?，? 人何 ? 負綱常。（浮玉山樵。）（圖版字跡不清。）

踏浪翻洋玉常新，雪翎堪復受緇塵。當時興慶池頭物，流落江南野水濱。（瘦 ? 善維。）

著錄：《中國古代書畫圖目十三》頁 28。《沈周精品集》圖 25，畫名作「荔枝蒼鵝圖」。

題吳門十二景冊

（一開）

虎阜山形勝，吳人四季遊。風生鈴語亂，地淨劍光浮。（右虎丘山。沈周。）

（二開）

玄墓山中寺，天開圖畫中。憑闌聊極目，心境覺須空。（右玄墓山。沈周。）

（三開）

天地開奇觀，湖山雪月宵。此時誰領略，人在虎山橋。（右虎山橋。沈周。）

（四開）

南峰古禪居，萬竹晴更好。日晏始開門，白雲僧自掃。（右南峰。沈周。）

（五開）

詰曲橫塘路，微茫有幾家。春風餘二月，花映酒帘斜。（右橫塘。沈周。）

（六開）

鄧尉山中好，幽尋可杖藜。風光宜五月，處處熟楊梅。（右光福山。
沈周。）

（七開）

天池插天際，石壁（此漏一字）翠寒。仰面看雲出，掀髯欲墮冠。（右
天池山。沈周。）

（八開）

野橋靄晴暉，山光落杯酒。昔日吳王來，于茲賀重九。（右賀九嶺。
沈周。）

（九開）

覺海清幽甚，僧居不可尋。虛堂秋月白，曾此臥雲深。（右覺海寺。
沈周。）

（十開）

石徑無塵到，松窗有夢關。遐思清絕處，僧在上方山。（右上方山。
沈周。）

著錄：《中國古代書畫圖目十四》頁15～16。

題雲山圖軸（此畫鑑定：傅、劉：明人仿本。）

獨坐獨吟誰得知，綠陰如幄晝遲遲。道人兀在碧溪右，心自閑隨造物
嬉。（沈周。）

著錄：《中國古代書畫圖目十四》頁17。

題複崦清溪圖軸

複崦清溪落葉重，地深猶有客相逢。因君借問城中事，果有寒山半夜
鐘。（沈周。）

著錄：《中國古代書畫圖目十四》頁17。

題百合花圖扇

百合初開日，黃梅雨正時。乍看珠籬外，疑似捧瑤卮。（沈周。）

著錄：《中國古代書畫圖目十四》頁18。

題仿倪瓚山水軸

迂倪戲於畫，簡到更清臞。名家百餘☐，所惜繼者無。況有冲淡篇，
數語弁小圖。吳人助清玩，重價爭沽諸。後雖多學人，紛紛復繁蕪。
崔子強我能，鋏樣求胡盧。墨溫不成逕，林悉澗與俱。何敢希典刑，
虎賁實區區。☐☐正欲裂，捧☐不須臾。今夕秋燭下，載見眼模糊。
妄意加潤色，泥塗還附塗。在子豈不鑒，愛及屋上烏。（成化庚子過
水南小隱避暑，因潤色舊跡雲林小景漫賦。沈周。）
著錄：《中國古代書畫圖目十四》頁 189。

題為竹西作山水軸

陸機莫話東頭竹，君子于今在竹西。斗酒有詩三百首，琅玕高處自留
題。（成化癸卯歲孟秋百因趙君☐美求贈竹西桂史☐蘇。沈周上。）

（五人題詩，圖版過小，字跡漫漶，略）

著錄：《中國古代書畫圖目十四》頁 193。

題魏園雅集圖軸

青山歸舊隱，白首愛吾廬。花落晚風外，鳥啼春雨餘。懶添中後酒，
倦掩讀殘書。門徑無塵俗，時來長者車。（練川陳述爲公美賢契題。）
故人栖息處，花裏一茅廬。地僻塵無到，耳閒樂有餘。芙蓉池上石，
蝌蚪壁間書。我爲耽幽賞，時來駐小車。（彭城劉熀。）
擾擾城中地，何妨自結廬。安居三世遠，開圃百弓餘。僧授煎茶法，
兌鈔種樹書。尋幽知小出，過市印巾車。（沈周。）
魏氏園池上，重來非舊廬。松添五尺許，堂構十年餘。不貴連成璧，
惟耽滿架書。諸公皆駟馬，老我一柴車。（桐邨老板周鼎。）
解逅集群彥，衣冠充弊廬。青山供眺外，白雪倡酹餘。興發空尊酒，
時來閱架書。出門成醉別，不記送高車。（成化己丑冬季月十日，完
菴劉僉憲、石田沈啓南過予，適侗軒祝公、靜軒陳公二參政，嘉禾周
疑舫繼至，相與會酌，酒酣興發，靜軒首賦一章，諸公和之。石田又
作圖寫詩其上，蓬蓽之間，爛然有輝矣。不揣亦續貂其後，傳之子孫，
俾不忘諸公之雅意云。吳門魏昌。）

城市多喧隘，幽人自結廬。行藏循四勿，事業藉三餘。留客藏新釀，呼孫倍舊書。悠悠清世裏，何必上公車。（祝顥。）

抗俗寧忘世，容身且弊廬。聲名出吳下，風物似秦餘。畫壁東林贈，銘堂太史書。雅懷能解榻，緩步即安車。（伺軒丈命應禎寫高作，公美強予填空。）

著錄：《中國古代書畫圖目十五》頁 77。《沈周精品集》圖 2。《明四家畫集》圖 1。《遼寧省博物館藏書畫著錄繪畫卷》頁 288～290。

題千人石夜遊圖卷

拖尾：

千人石夜遊。（沈周。）

一山有此座，勝處無勝此。群類盡礦出，夷曠特如砥。其腳插靈湫，敷霞面深紫。我謂瑪瑙坡，但是名差美。城中士與女，數到不知幾。列酒即為席，歌舞日喧市。今我作夜遊，千載當愧始。澄懷示清逸，瓶罍真足恥。亦莫費秉燭，步月良可喜。月皎光潑地，措足畏踏水。所廣無百步，旋繞千步起。一步照一影，千影千人比。一我欲該千，其意亦妄矣。譬佛現千界，出自一毫耳。及愛林木杪，玲瓏殿閣倚。僧窗或映火，總在珠網裏。閴閴萬響滅，獨度跫然履。恐有竊觀人，明朝以仙擬。

吾想混沌初，此石便如此。神功厭雕鏤，飜奇出平砥。年深積秀氣，白色變為紫。所恨削未盡，巉巖更遭美。傳聞坐千人，不審誠坐幾。嗟嗟來遊客，有朝亦有市。請從今日前，追數到古始。喧呼吐酒肉，坐有為石恥。沈吟發詩篇，坐有為石喜。劍池即在傍，無人滌之水。夜遊月中行，自我石翁始。形影得妙悟，千一何善比。我千舉千遊，翁千一身矣。惟翁千人人，瓶缶亦有耳。不為玉堂直，乃作厓樹倚。宰相非不知，忍棄山谷裡。白頭戴月色，想像吟且履。人品自石翁，前人不須擬。（楊循吉和。）

狹徑穿山腹，盤盤雄歷此。吳王三千劍，意以是為砥。鐵髓積廣面，歲久色尚紫。石槩奇欻窳，此以平為美。坐閱今古人，當不知千幾。

集坐畢一時，儔儔嫌如市。況及實不及，千名何以始。準彼釋氏誕，萬億未爲恥。俗驚少攝多，走觀信而喜。我登紀夜吟，其面月如水。楊子時莫偕，清篇觸倡起。歷歷到以意，不遊與遊比。語語盡括石，石舉在詩矣。使石尙化玉，倏忽鬼入耳。玩云靈光生，夐之雅音倚。氣復蒸春雲，詩又在石裡。瑟縮愧我詞，荊棘礙步履。自笑邯鄲人，胡爲強追擬。（周再和。）

有石難名言，若吻同彼此。從來坦蕩蕩，君子道如砥。（後略）（循吉再和。）

于才五色石，補天曾以此。餘才散爲詩，或突或如砥。（後略）

往年月夜賦此長語，因紀所遊耳，楊儀部謬愛，兩致和篇，余詩逐連聞于吳中，以爲盛事。此卷因病起，僅能書其倡，而手力告乏，幸江東徐子仁代之，又增賈多矣，然千人石蓋吳中勝處，人皆遊得，皆得咏，咏而成卷，人皆得藏，余故不吝屢爲人錄，此其一也。（弘治癸丑歲夏五梅雨中，沈周。）

著錄：《中國古代書畫圖目十五》頁 78。《沈周精品集》圖 36。《明四家畫集》圖 17。

題盆菊幽賞圖卷

畫心：

盆菊幾時開，須憑造化催。調元人在座，對景酒盈盃。滲水勞童灌，含英遣客猜。西風肅霜信，先覺有香來。（長洲沈周次韻并圖。）

圖中生面開，秋意鎭相催。籬下香盈把，霜前酒當盃。畫詩皆可入，蜂蝶豈容猜。展卷清吟處，重陽得得來。（乾隆御題即用卷中原韻。）

拖尾：

佳會好懷開，無花羯皷催。憑欄聊遣興，對酒且銜杯。空傲風霜冷，還應賓主猜。數莖含笑意，不發待誰來。

百花多自開，汝獨費詩催。徙倚羞吹帽，徘徊謾舉杯。時清人共樂，歌沸鳥驚猜。爛熳知何日，徒勞此一來。（西郭侶鐘。）

九日小亭開，花遲待律催。臨風初試笛，倚座且停盃。隔舍人應訝，

窺簾鳥亦猜。欲知真節概，管取帶霜來。

蕭灑數枝開，常年不待催。花神今索價，酒聖浪傳盃。坐久吟初遍，看餘意轉猜。主人情更重，還約客重來。

滿意待時開，何須羯皷催。延齡看入藥，掇艷擬浮盃。氣候書難准，寒溫理莫猜。風霜嚴歲晚，定許見花來。（旴江張昇。）

九日菊須開，花神豈待催。買栽原為節，立候儘停盃。遲蚤真誰使，紅黃謾自猜。何時看爛熳，還約數公來。

亭上一尊開，尊前疊皷催。來參珠履客，喜為菊花盃。佳色寧教負，重期不用猜。抱琴知愜未，須挾小奚來。

花徑幾時開，花神好耐催。豈應遲暮色，卻避早時盃。地產元非別，天時豈合猜。酒闌花欲笑，殊覺晚香來。

此菊為誰開，詩神驀地催。未論高僅尺，還見大如盃。壽客行應到，靈源路莫猜。芬芳定明日，已喜蝶蜂來。（催菊之和，初止得一首，匏庵少之，用掇拾三疊如右，蓋卷長資以塞白則可。不然，不若少而精者佳也，呵呵。新喻傅瀚識。）

著錄：《中國古代書畫圖目十五》頁 78～79。《沈周精品集》圖 30，畫名作「盆菊圖」。《明四家畫集》圖 71，畫名作「盆菊圖」。《遼寧省博物館藏書畫著錄繪畫卷》頁 284～287，畫名作「催菊圖」。

題秋泛圖軸

秋水浮空天影長，歸來江上自鳴榔。白鷗飛過攙紅葉，不覺微風阞薦涼。（沈周。）

著錄：《中國古代書畫圖目十五》頁 219。

題梧桐泉石圖軸

峰山移此青桐樹，厚土栽梧歲月長。樹大種人猶未老，更看欲上舞鸞凰。（沈周。）

著錄：《中國古代書畫圖目十五》頁 219。

題障門雜樹圖卷

畫心：

（沈周。）

拖尾：

曠哉爽塏地，非比背郭堂。亦無山障門，雜樹惟兩傍。草木得先氣，
禽鳥鳴初陽。攤書就前榮，薰風穆而涼。曝背悅溫燠，思以獻吾皇。
況有賢子孫，教之趨明光。暮茲寔樂土，更適無他方。（長洲沈周。）
著錄：《中國古代書畫圖目十五》頁 219。

題青園圖卷

引首：

青園。（雪林。）

拖尾：

脩身以立世，脩德以潤身。左右不違矩，謙恭肯逢人。擇交求益己，
致養務豐親。鄉里推高譽，蘭馨逼四隣。（長洲沈周。）
著錄：《中國古代書畫圖目十六》頁 31。

題西山秋色圖卷（此畫鑑定：成化無庚戌。劉：誤書。）

拖尾：

尺楮伊誰塗水墨，滿堂更起江山色。不假丹青意自足，塵煤暗淡前朝
迹。撐空卓立高遠處，欲騎黃鶴尋僞去。看山要識山形似，或如遊龍
或虎踞。籬落見煙村，參差認江樹。谿橋平帶縈迴路，紫騮詩人自成
趣。恨不追隨躡芒履，水邊茅屋重復重。近可狎飛鷗，遠可招冥鴻。
嗚吁長安道上赫，赤日裏走何不來。此搖羽扇眠清風，嗟我胡爲乎塵
中。何時歸去洗塵容。西山之陽，豈無三間。袁安臥雪屋千尺，李白
巢雲松。嗟我胡爲乎塵中。（成化庚戌八月三日，西山之行，穮色滿
林可愛，返歸追想，漫興作此圖系書云。長洲沈周。）
著錄：《中國古代書畫圖目十六》頁 97～98。

題林壑幽深圖卷

拖尾：

疎林葉盡秋日晴，與子把手林中行。蕭條此地不足枉，賁我一來林壑榮。君今文名時蓋代，跡踪所至人爭迎。青袍獵獵風滿袖，知者重者無公卿。老夫朽懡人所棄，子謂差長加其情。臨分日落渺野水，扁舟南鶩迷孤城。（弘治甲寅十月廿四日，希哲冒寒過訪申謝，此卷不足罄懷。沈周。）

著錄：《中國古代書畫圖目十六》頁98～99。

題松石圖卷

拖尾：

豪來畫松作長卷，揮洒雲烟未乾。座客滿堂稱絕妙，老夫今日發奇觀。忽驚風雨虬枝亂，欲動龍蛇翠影寒。移得徂徠三百樹，世間今作畫圖看。（沈周。）

著錄：《中國古代書畫圖目十六》頁99～100。

題枇杷軸

晚翠枝頭果，黃金鑄彈丸。南風當五月，沁齒蜜漿寒。（沈周。）

著錄：《中國古代書畫圖目十六》頁100。

題雲山圖軸（此畫鑑定：劉：疑。）

白雲飛處疑山動，誰謂雲忙山自閒。卻笑老夫忙不了，朝來洗硯寫雲山。（長洲沈周。）

板橋橫塘溪亭子，策杖幽人意甚閒。欲擬破雲登峻閣，更從雲表望高山。（己丑仲春，御題。）

著錄：《中國古代書畫圖目十六》頁100。

題山水扇

西塞山前秋水清，漁舟日日趁溪橫。長竿短楫都無借，聊信清風自在行。（沈周。）

著錄：《中國古代書畫圖目十六》頁101。

題山水扇

春水綠添四五尺，晚山青出兩三峯。高人獨坐還獨嘯，白髮自知天地

容。（沈周。）

著錄：《中國古代書畫圖目十六》頁 101。

題荷花白鵝圖軸

江湖散性野雪姿，誤落羲之洗墨池。只爲愛蓮飛不去，春陵有個道人知。（長洲沈周畫并題。）

石田居士學凌波，净友相看發浩歌。 □□ 陸家池上鴨，秖留王氏筆頭鵞。（吳寬。）

（祝允明、楊循吉、錢福、七十九翁等四人題詩，字跡過小難辨，略）

著錄：《中國古代書畫圖目十六》頁 275。

題蕉石圖軸

春來疊疊小詩成，題向芭蕉不記名。醉倚石闌閒點筆，颯然風雨硯池生。（成化丙申八月既望寫於學古齋。沈周。）

芭蕉新葉綠過墻，影覆蘆櫳六月凉。好寫新詩寄 □ 彥，秋風莫待一林霜。（王穉登。）

著錄：《中國古代書畫圖目十六》頁 290。

題夜雪燕集圖卷

楊儀部君謙、趙憲副立夫，夜雪燕集聯句，此卷書贈座客陳景東者，景東是夕參遊其間，風致可想見，因索余圖于卷首，以成此勝迹云。

（沈周。）

拖尾：

雪中因趙憲副立夫過訪石田，夜集得聯句十五韻，書與景東評之。扁舟乘興去，望望剡谿長。楊。啓戶光凌亂，調窗散遠香。趙。題詩人入郢，作賦客如梁。沈。拂塵疑花落，停杯度月光。楊。瓊林堪對坐，玉樹儼成行。趙。規璧分銀界，方瑜映草堂。沈。水流一溪咽，風割半池凉。楊。密竹聲猶異，疎松色更芳。趙。撲衣留片片，點地只茫茫。沈。爲報梅初白，相看酒褪黃。楊。陽春回臘候，急菅應吹商。趙。柳絮閨中詠，峨眉天外粧。沈。簾前分積素，燈下薄瀟湘。

楊。不夜城邊坐，廣寒宮裏望。趙。不期朝旭轉，留醉白雲漿。沈。
（己酉仲冬廿八日，南濠楊循吉。）

啼飢兒女止連村，況有催租吏打門。一夜老夫眠未穩，起來尋紙賦梁
園。（雪夜燕集，君謙諸君已紀其勝，而沈啟南又系以圖，誠不減梁
園興味矣！予故賦之以詩若此。吳寬。）

松籌歸後又三年，憶否春 ? 未上前。珍重臨川書一卷，看人雪沍夜傍
舷。（吳艸盧儀禮逸，經傳舊寫本在君謙家，新安程篁墩艤舟吳門數
日，乃訪得之在成化甲辰春也。乾隆壬子上春十日，北平翁鎬。）

著錄：《中國古代書畫圖目十六》頁 336。

題仿倪雲林山水軸

江雨不知上，江田何憚煩。濕氣蒸枕衾，困頓不能存。鄉氓慫往患，
稍稍移故村。老矣守弊廬，滿壁滋漏痕。鳴蛙神獨王，終夜殊喧喧。
田穉沒及杪，焉得有生根。王子為我留，慰慰語時溫。但恐有歸楫，
怊悵莫成言。（理之梅雨中慰余洽旬，其意甚勤，殊移悶悶，因漫此
數語系于圖端贈之，且記時事也。壬子，沈周。）

著錄：《中國古代書畫圖目十六》頁 350。

題石榴圖扇

我寫君家多子榴，今年消息在枝頭。錦囊百寶一朝露，積善滾滾皆諸
侯。（沈周。）

著錄：《中國古代書畫圖目十七》頁 18。

題仿倪瓚山水軸

不見 ? 翁今幾年，欲 ? ? ? ? 依然。白頭 ? ? ? 知己，各向圖中 ?
染先。（右石田先生倣雲林筆意，偶無邊識，聊 ? 數語。徵明。）（圖
版過小，字跡不清。）

著錄：《中國古代書畫圖目十七》頁 129。

題吳城懷古詩畫軸

闔閭城西晚泊舟，旅懷都在夕陽樓。前朝往事惟青史，遠客新愁上白

頭。衰草漫隨陵谷變，寒江還繞郡城流。繁華回首今何在，惟有高臺記鹿游。（右吳城懷古。沈周。）

著錄：《中國古代書畫圖目十七》頁167。

題臨流宴坐圖軸

茫茫瀟陰密樹涼，⬚予地凈日還長。何人臨水作宴客，去此林泉便涉忙。（沈周。）

岩吹溪涼洒面顏，住教雙手弄潺湲。陰陰綠樹斜陽下，又了山中一日閒。（陳⬚。）

著錄：《中國古代書畫圖目十七》頁167。

題山水扇

杜甫騎驢三十年，詩窮只剩兩寒肩。歸來摸索奚囊裏，添得秋風破屋篇。（八十三翁沈周贈新安文輝。）

客塗風景自年年，作伴琴書只半肩。行到水奇山妙處，可無清思入金篇。（都穆。）

亢然詩胃疲峻嶺，驢背春寒凍欲香。忽被東風相引去，梅花村裏酒如澠。（孫一元。）

著錄：《中國古代書畫圖目十八》頁12。

題萱石靈芝圖軸

北堂萱草能宜母，更是能宜無少郎。待到誥封渾未曉，白頭還映此花黃。（長洲沈周。）

著錄：《中國古代書畫圖目十八》頁40。

題竹窗圖軸

□竹之家□□□，無人領□□難降。漁生卻暑風□□，碧扇推秋月一雙。□□籟聲方倚枕，酒參葉色漫開缸。知君神觀清於玉，獨自脩然詩滿腔。（竹窗圖，時弘治丙辰秋九月，爲明古老社兄寫。沈周。）

著錄：《中國古代書畫圖目十八》頁207。

題仿董巨山水軸

歲晚天寒日，柴門客到時。吾家原有好，尊甫舊惟私。酒盡雞鳴早，江空雁宿遲。明朝說歸去，點燭夜題詩。（癸巳仲冬五日，民度至竹居，欲觀予董巨墨法，民度少年博古，當所畏者，安能以不能辭，乃悋憚如此，復系詩一章，以爲祖席談柄，歸呈尊甫，必有以教之。沈周。）

著錄：《中國古代書畫圖目二十》頁 92。《沈周精品集》圖 3。《明四家畫集》圖 2。

題空林積雨圖頁

久雨陰連結，青天安在哉。大由雲所子，浩及水爲菑。彙葉無情盡，么花借濕開。寂然泥淖地，若憶舊人來。

茆簷何日霽，淄響謾沉沉。氣爵惟添睡，愁多亦怕吟。新塵沾臥榻，積潤變鳴琴。安得東軒月，皓然當我襟。（乙未九月積雨，作雨悶二首，復作此景書之，是日忽晴，吾意彼蒼亦聞顛崖赤子私諷之語而見憫耶？念七日，周。）

春來不獨東風顛，以陰以雨仍連連。豈惟元日到人日，又復上弦交下弦。甲子歲朝聞好語，東南民力待豐年。天時人事有如此，北望朔雲增嘅然。（過有竹居，維時出示乃翁小圖，有憫雨之意，爲書近作于上。戊戌歲二月十八日記，匏繫菴主。）

著錄：《中國古代書畫圖目二十》頁 92。《沈周精品集》圖 4。《明四家畫集》圖 4。

題仿倪瓚山水軸

□□□委圖山水，此與倪迂偶似之。似是而非俱莫論，□□落日樹離離。（予別梅谷老師幾二十年，未□□酬一面，今其孫月江來，致其祖之囑，欲以拙筆配舊有懸軸，其不以泖澱涉遠且淺，能爲片紙而役，所好可知，因漫興如此。己亥歲八月，沈周。）

湖山佳趣亭中景，寫入石田詩畫來。肯讓倪迂作前輩，古今何地不生才。鷲嶺適從天竺外，偶來飛墮菊亭前。山中宰相今誰是，玉洞桃華

第幾年。(迂牧重沈之畫，陶之能購藏也，屬賦二十八字，不盡意，
更爲賦之。(成)化癸卯中秋日，桐邨周鼎。)

著錄：《中國古代書畫圖目二十》頁 92。《沈周精品集》圖 5。《明四
家畫集》圖 5。

題荔柿圖軸

庚子元旦即興。

起問梅花整角巾，忻然草木已知春。白頭無恙人惟舊，黃曆多情歲又
新。行酒不妨從小子，耦耕還喜約比鄰。年年天肯賒強健，老爲朝廷
補一民。(右近作一首，侑以荔柿圖奉吾宿田老兄新春一笑。周再拜。)

著錄：《中國古代書畫圖目二十》頁 93。《沈周精品集》圖 8。《明四
家畫集》圖 7。

題松石圖軸

成化十六年四月七日，沈周寫。

從來松老方生子，老得兒郎必定賢。況是先生年未老，生兒當復見參
天。(春雨先生有佳子俟生久矣！斯松之圖所以祝也。楊循吉。)

著錄：《中國古代書畫圖目二十》頁 93。《沈周精品集》圖 7。《明四
家畫集》圖 6。

題古木寒泉圖軸

林壑少人事，此心閒似僧。袁安貧有節，石碏老無能。濕屋雨淋座，
破窓風颭燈。搜詩果何爲，痴坐只薯騰。(癸卯五月十三日，雨後燈
下作畫賦詩，極爲貧家樂事。沈周。)

著錄：《中國古代書畫圖目二十》頁 93。《沈周精品集》圖 10。《明四
家畫集》圖 8。

題溪山晚照圖軸

夕陽照溪柳，斜光散浮金。風從東面至，拎然當我襟。田稏頗長茂，
水渠尙清深。遊魚遡流波，什五相浮沉。倚杖甫觀物，適茲行樂心。
行樂不能已，逍遙成短吟。(文美趙君別一載，再會方暑，赫赫晚涼，

為作溪山晚照圖，仍即景成此詩，消遣半日之閒耳。乙巳歲六月五日，沈周。）

石翁胥次王摩詰，到處雲山放杖行。白髮門人今老矣，卻看遺墨感平生。（徵明奉題。）

著錄：《中國古代書畫圖目二十》頁93。

題仿黃公望富春山居圖卷

引首：

石田富春山圖。（徐世昌題。）

後紙：

大痴翁此段山水，殆天造地設，平生不見，多作作輟，凡三年始成，筆跡墨華當與巨然亂真，其自識亦甚惜。此卷嘗為余所藏，因請題于人，遂為其子乾沒，其子後不能有，出以售人，余貧又不能為直以復之，徒系於思耳，即其思之不忘，迺以意貌之，物遠失真，臨紙惘然。（成化丁未中秋日，長洲沈周識。）

拖尾：

溪山勝處圖歌。（後略）（成化丁未重九前一日，姚綬書。）

大痴道人唐鄭處，平生痴絕仍畫絕。長卷當年我亦觀，大略猶能為人說。山川歷歷百里開，彷彿扁舟適吳越。平橋曲沿客慣游，複嶂重湖天所設。漁工樵子互出沒，空有高人在巖穴。墨瀋淋漓拾未能，信得畫家山水訣。為人說此亦徒然，把筆安能指下傳。對本臨模未為苦，運思想象誰當專。晴窗淺色手自改，輸與吾鄉沈石田。（長洲吳寬。）

（文彭、周天球、董其昌、謝淞洲題跋，略。）

著錄：《中國古代書畫圖目二十》頁93～95。《沈周精品集》圖14。《明四家畫集》圖10。

題雜畫冊

（一開，仿米山水）

雲來山失色，雲去山依然。野老忘得喪，悠悠拄杖前。（沈周。）

（二開，秋山讀書）

高木西風落葉時，一襟蕭爽坐遲遲。閒披秋水未終卷，心與天遊誰得
知。（沈周。）

（三開，秋景山水）

淡墨疎烟處，微踪彷彿誰。梅花庵裏客，端的認吾師。（沈周。）

（四開，江山坐話）

江山作話柄，相對坐清秋。如此澄懷地，西湖憶舊遊。（沈周。）

（五開，秋江釣艇）

滿地綸竿處處緣，百人同業不同船。江風江水無憑準，相並相開總偶
然。（沈周。）

（六開，雪江漁夫）

千山一白照人頭，簑笠生涯此釣舟。不識江湖風雪裏，可能干得廟堂
憂。（沈周。）

（七開，仿雲林山水）

苦憶雲林子，風流不可追。時時一把筆，草樹各天涯。（沈周。）

（八開，秋柳鳴蟬）

秋已及一月，殘聲遶細枝。因聲追爾質，鄭重未忘詩。（沈周。）

（九開，鷄雛）

茸茸毛色半含黃，何獨啾啾去母傍。白日千年萬年事，待渠催曉日應
長。（沈周。）

（十開，平坡散牧）

春草平坡雨迹深，徐行斜日入桃林。童兒放手無拘束，調牧于今已得
心。（沈周。）

（十一開，杏花）

老眼于今已歛華，風流全與少年差。看書一向糢糊去，豈有心情及杏
花。（沈周。）

（十二開，石榴）

石榴誰擘破，羣琲露人看。不是無藏韞，平生想怕瞞。（沈周。）

（十三開，芙蓉）

芙蓉清骨出仙胎，赭玉玲瓏軋露開。天亦要粧秋富貴，錦江翻作楚江來。（沈周。）

（十四開，枇杷）

彈質圓充飣，蜜津涼沁唇。黃金作服食，天亦壽吳人。（沈周。）

（十五開，蜀葵）

秋色韞仙骨，淡姿風露中。衣裳不勝薄，倚向石闌東。（沈周。）

（十六開，菜花）

南畦多雨露，綠甲已抽新。切玉爛蒸去，自然便老人。（沈周。）

（十七開，梔子花）

花盡春歸厭日遲，玉葩撩興有新梔。淡香流韻，與風宜簾觸處，人在酒醒時。　生怕隔墻知，白頭痴，老子折斜枝，還愁零落不堪持，招魂去，一闋小山詞。（右詞寄小玉山。沈周。）

著錄：《中國古代書畫圖目二十》頁 98～100。《沈周精品集》圖 48。《明四家畫集》圖 72～88。《沈周精品集》、《明四家畫集》畫名皆作「臥游圖」。

題卜夜圖卷

看燈歲歲到城中，還向昌門約陸翁。夜靜禪房人迹少，蓮華砠處瓣能紅。（吳寬。）

著錄：《中國古代書畫圖目二十》頁 101。

題墨菜辛夷圖卷

（一段，墨菜）

翠玉曉蘢蓯，畦間足春雨。咬根莫棄葉，還可作羹煮。

（鈐「原博」印）

（二段，辛夷）

半含成木筆，本號是辛夷。一樹石庭下，故園增我思。

（鈐「延州來季子後」印）

著錄：《中國古代書畫圖目二十》頁 102。《沈周精品集》圖 22。《明四家畫集》圖 100。

題京江送別圖卷

引首：

名蹟貽徽。（後學王時敏題。）

畫心：

（沈周。）

拖尾：

送吳敘州之任序。（略）（弘治壬子三月初吉，長洲文林書。）

送敘州府太守吳公詩序。（略）（弘治五年三月十日，長洲祝允明序。）

雲司轉階例不卑，藩參臬副皆所宜。君今出守古樊國，過峽萬里天之涯。眾爲君憂君獨喜，負利要自盤根施。我知作郡得專政，豈是唯唯因人爲。敘封況聞廣九邑，其民既遠雜以夷。鑿牙穿耳頑固獷，撫之恩信當懷來。詩書更欲變呦咿，文翁之任非君誰。荔支初紅五馬到，江山亦爲人爭奇。山谷老人有筍賦，讀賦食筍君還知。苦而有味可喻大，歷難作事惟其時。（長洲沈周。）

（九人題跋略）

著錄：《中國古代書畫圖目二十》頁 102～103。《沈周精品集》圖 35，畫名「別」作「遠」。《明四家畫集》圖 15，畫名「別」作「遠」。

題東原圖卷

引首：

草堂餘韻。（魏之璜。）

畫心：

門人沈周補東原圖。

拖尾：

杜東原先生年譜。門人長洲沈周編次。（略）（東原先生入鄉賢祠，詩以頌之。）

節孝公然當祀典，千年香火見斯人。莫由貴子能爲地，須信窮儒自致身。標榜令名賢者位，追陪諸老德之隣。奉歌斐語林堂翮，再拜祇迎颯有神。（門人沈周百拜。）

著錄：《中國古代書畫圖目二十》頁103～104。《沈周精品集》圖28。

題芝田圖卷

畫心：

（沈周。）

拖尾：

董家報德人栽杏，天報君家芝滿田。借氣生成本無種，散人服食便長年。新松拔玉朝擎雨，高蓋敷春暖護烟。十畝霞腴不征稅，但聞寄籍與神仙。（長洲沈周。）

（另有九柏山人、陳鑑、錢福、姚綬、朱綬諸家題跋，無圖版，略）

著錄：《中國古代書畫圖目二十》頁104。《沈周精品集》圖16。《明四家畫集》圖67。

題南山祝語圖卷

拖尾：

雲裏作堂雲庇我，卻如浮世寄閒身。正嫌久住又行雨，只好自怡難借人。直與秋司共爲號，莫輕白屋便稱貧。無心結伴似有義，濟物事翳還得仁。（沈周。）

（另有湯夏民、王鏊等四家題記，無圖版，略）

著錄：《中國古代書畫圖目二十》頁105。《沈周精品集》圖17。《明四家畫集》圖65。

題滄洲趣圖卷

引首：

蒼洲趣。（柳楷。）

拖尾：

以水墨求山水形似，董巨尚矣，董巨於山水，若倉扁之用藥，蓋得其

性而後求其形，則無不易矣，今之人皆號曰我學董巨，是求董巨而遺山水，予此卷又非敢夢董巨者也。（後學沈周志。）

高山巨石當洪流，磵道轉入林塘幽。疎陰老枝 ? 滿地，忽指深叢出蒙翳。昔人閑在讀古書，苔徑亦極門無車。有人輕舸泛空漵，我泊鳴琴定相逐。此時此景誰獨知，石田能畫兼能詩。與言夢得董巨法，從此不受江山欺。世人論畫不論格，但解山青與江白。樂生心賞忙神多，猶 ? 相逢不相識。何年卻駕玉 ? 舟，無 ? 江聲寫山色。（西涯。）

著錄：《中國古代書畫圖目二十》頁 105～109。《沈周精品集》圖 47。《明四家畫集》圖 41。

題小亭落木圖軸

小亭崗上立，疎木落秋風。一段倪迂畫，依稀似雪中。（沈周。）

著錄：《中國古代書畫圖目二十》頁 111。

題牡丹軸

我昨南遊花半蕊，春淺風寒微露腮。歸來重看已如許，寶盤紅玉生樓臺。花能待我渾未落，我欲賞花花滿開。夕陽在樹容稍斂，更愛動纈風微來。燒燈照影對把酒，露香脉脉浮深杯。（東禪此花不及賞者已越六年，昨過松陵，來尋舊遊，時花始蕊。今還，正爛熳盈目，逼夜呼酒秉燭賞之，更留此作。三月六日，沈周。）

著錄：《中國古代書畫圖目二十》頁 111。《沈周精品集》圖 37。《明四家畫集》圖 98。

題枇杷軸

□此晚翠物，結實一可玩。山禽不敢啄，□此黃金彈。（沈周。）

筠籠曉云鮮，味短不解渴。何如山月中，開□和露掇。（錢福。）

看花欸玄冬，結子向朱夏。詩人細品評，不在江梅下。（陳章。）

著錄：《中國古代書畫圖目二十》頁 111。《沈周精品集》圖 24。《明四家畫集》圖 99。

題柳蔭垂釣圖軸

樹根容我坐，八座未云安。芒履春泥濕，荷衣曉露乾。（沈周。）

著錄：《中國古代書畫圖目二十》頁 112。《沈周精品集》圖 52。《明四家畫集》圖 92。

題紅杏圖軸

布甥簡靜好學，為完庵先生曾孫，人以科甲期之，壬戌科，果登第。嘗有桂枝賀其秋闈，茲復寫杏一本以寄，俾知完庵遺澤所致也。

與爾近居親亦近，今年喜爾掇科名。杏花舊是完庵種，又見春風屬後生。（沈周。）

著錄：《中國古代書畫圖目二十》頁 112。《沈周精品集》圖 41。《明四家畫集》圖 20。

題桂花書屋圖軸（此畫鑑定：徐：明人臨仿本。傅：舊仿。）

稅地幽然搆小堂，不栽春卉種秋芳。玉闌潤帶燕山雨，翠箔平分月殿涼。塵遠六街身世別，風清一枕夢魂香。傳家猶有吳剛斧，肯許傍人手浪揚。（沈周為惟謙親家作桂花書屋圖祝之，詩鄙意勤，將不裂矣。）

仙種分栽傍小堂，花時長自納清涼。枝橫月夜四簷影，簾捲秋風萬斛香。步繞綠雲蒼玉杖，酒浮金粟紫霞觴。子孫孫子能攀折，不讓燕山寶十郎。（延陵吳寬。）

幽人結屋桂花陰，葉葉綠瓊種穗金。彼自悠然無世念，小山動我白駒心。（丁丑春二月之望，御題。）

著錄：《中國古代書畫圖目二十》頁 112。《明四家畫集》圖 69。

題為惟德作山水軸

君出江城我入城，世間行路本無情。水雲如海秋潮大，惟有沙鷗作送迎。（惟德見過，予出不果迎，以此贖慢。沈周。）

把酒更題詩，臨流贈別離。不知重會面，又是幾何時。（沈雲。）

筆底青山寫罷時，送君歸去我題詩。松鄉莫道無秋色，也有黃花照酒巵。（沈卦。）

水鄉來問白鷗盟，夜國翻為客裏身。小弟臨池寫秋色，一重山水一重

情。（沈木。）

黃花浥露小春天，山靄嵐霏樹靄烟。記得曾來尋舊約，閶闔城畔鵲橋邊。（徐瑾。）

綠酒黃花敘舊知，臨岐話別意遲遲。百年東老風流在，題遍青山畫裏詩。（陳佃。）

菊有東籬酒有罍，詩成江上故人行。高堂明日披圖處，烟樹猶含送別情。（沈懷詩書爲惟德高尚贈別。）

著錄：《中國古代書畫圖目二十》頁 112。

題溪居圖軸

溪居久不到，落葉滿堦除。愛是高人坐，清風亂卷書。（沈周。）

著錄：《中國古代書畫圖目二十》頁 112。

題蠶桑圖軸

衣被深功藏蠢動，碧筐火暖起眠時。題詩勸爾加餐葉，二月吳民要賣絲。（沈周。）

著錄：《中國古代書畫圖目二十》頁 112。

題松陰對話圖屏

石磯平？石？深，高木如雲？翠陰。二叟相逢雅談處，只應山水？同心。（沈周。）（圖版字跡過小，不易辨識。）

著錄：《中國古代書畫圖目二十》頁 112。

題江亭避暑圖扇

江上一亭好，夕陽松影中。正無避暑地，認是水晶宮。（沈周。）

著錄：《中國古代書畫圖目二十》頁 113。《故宮博物院藏明清扇面書畫集》第一集。

題秋林獨行圖扇

兀兀小橋外，獨行人不知。秋風將落葉，故向鬢邊吹。（沈周。）

著錄：《中國古代書畫圖目二十》頁 113。《沈周精品集》圖 60，畫名作「江亭避暑圖」，應爲誤植。《宮藏扇畫選珍》頁 47。

題蠶桑圖扇

衣被深功藏蠢動，碧筐火暖起眠時。題詩勸爾加餐葉，二月吳民要賣絲。（沈周。）

著錄：《中國古代書畫圖目二十》頁113。《故宮博物院藏明清扇面書畫集》第三集。

題三檜圖卷

（虞山至道觀有所謂七星檜者，相傳為梁時物也，今僅存其三，餘則後人補植者，而三株中又有雷震風擘者，尤為詭異，真奇觀而未嘗見也。并寫歸途所得詩于後。）昭明臺下芒鞋緊，虞仲祠前石路迴。老去登臨誇健在，舊遊山水喜重來。雨乾草愛相將發，春淺梅嫌瑟縮開。傳取梁朝檜神去，袖中疑道有風雷。

（成化甲辰人日，沈周。）

著錄：《沈周精品集》圖11。

題春雲疊嶂圖軸

□□消閒障子成，看君堂上白雲生。有人若問誰持贈，萬疊千重是我情。（久美趙君，知余老抱拙靜，遠以漢鼎為贈，用助蕭齋日長，焚沉悅性，其惠多矣。久美讀書好古，於書畫尤萃意焉，因作春雲疊嶂報之，愧莫敵施也。弘治新元七夕日，沈周。）

著錄：《沈周精品集》圖15。《明四家畫集》圖12。

題桐蔭玩鶴圖軸

兩個梧桐儘有涼，自扶一杖立斜陽。何堪白鶴解人意，來伴蕭閒過石梁。（沈周。）

過乳喬梧林待洗，嘉陰高士立蒼苔。步橋羽客自成篆，不是鄰翁問字來。（辛丑閏夏，御題。）

綠櫛桐雲爽籟披，厓義字笻杖立移時。恰如處士孫山北，放去還應自款之。（壬寅季交月，御題。）

著錄：《沈周精品集》圖19。

題碧山吟社圖卷

招提卜築背崚嶒，靈竅中虛玉乳澂。十老高風餘古木，百年故蹟付溪藤。琳池聽講看魚慣，雲逕延賓記鶴能。阿那松庵依左側，所欣我亦品泉曾。（御題。）

著錄：《沈周精品集》圖 21。

題仿倪雲林山水卷

知迂的是荊關手，聊復從迂寫素秋。莫道西山無爽氣，我於東野合低頭。（長洲沈周畫并題。）

著錄：《沈周精品集》圖 27。

題仿倪山水圖軸（婁瑋：此畫偽。）

不見倪迂二百年，風流文雅至今傳。偶然把筆山窗下，古樹蒼烟在眼前。（弘治己酉秋日，寓吳門東禪信公房，寫此以寄匏翁老友，聊致久遠之懷。沈周。）

右山水小幅，余官京師時啓南所寄者，覽其圖，想其人，知非其匏山水之味者矣！寄之於吾，其亦寓招之之意，漫書而質之。（吳寬。）

著錄：《沈周精品集》圖 34。《明四家畫集》圖 3。婁瑋〈一件沈周畫作的辨偽〉（北京）《故宮博物院院刊》1998 年第 4 期，總期第 82 期，頁 54～59。

沈周畫題畫詩（海外藏畫）

題山水圖冊·杖藜遠眺

白雲如帶束山腰，石磴飛空細路遙。獨倚杖藜舒眺望，欲因鳴澗答吹簫。（沈周。）

著錄：《海外藏中國歷代名畫　第六卷》圖 4，頁 6。《海外遺珍繪畫（二）》圖 50（二），頁 86。《海外中國名畫精選　IV　明代》頁 46。

題山水圖冊·載鶴返湖

載鶴攜琴湖上歸，白雲紅葉互交飛。農家正在山深處，竹裡書聲半榻扉。（沈周。）

著錄：《海外遺珍繪畫（二）》圖 50（三），頁 87。

題山水圖冊·揚帆秋浦

浦樹生秋紅，山烟凝暮紫。可是蓴鱸人，歸來自千里。（沈周。）

著錄：《海外遺珍繪畫（二）》圖 50（四），頁 88。

題山水圖冊·曠野騎驢

碧樹沉沉綠未齊，釣舟閒倚雪川西。行人岸上空回首，各自車輪與馬蹄。（沈周。）

著錄：《海外藏中國歷代名畫　第六卷》圖 5，頁 7。《海外遺珍繪畫（二）》圖 50（五），頁 89。《海外中國名畫精選　IV　明代》頁 47。

題雪山圖卷

拖尾：

老夫作雪十年前，凍手尚耳成攣婼。卻憐此意何自苦，傍人刺眼誇山川。搓牙老樹風幹折，披蘆偃葦寒江邊。人家關門飛鳥絕，但有獨鶴鳴高天。崇岡把蓋發豪興，決眦眺遠吾其仙。秖今江東兩坐潦，雪不宜麥稻亦然。地皆不毛民絕粒，烟波浩浩空吳田。晴窗披卷若夢事，掩卷嘆息還高眠。故人安居在淮甸，金杯煎酒自管絃。（沈周。）

著錄：《海外藏中國歷代名畫　第六卷》圖 6，頁 8。

題蘇臺紀勝圖冊

侍郎不到十年餘，拉我松行且並輿。客子初疑穿虎豹，僧伽高住自鐘魚。龍蛇起陸香山近，鸚鵡摩空震澤虛。把酒直從峯絕處，眼空錯認是匡廬。（右與荊溪沈工侍登大潮山絕頂。沈周。）

著錄：《海外藏中國歷代名畫　第六卷》圖 8，頁 11。

題江村漁樂圖卷

沙水縈縈浪拍堤，蘆花楓葉路都迷。賣魚打皷晚風急，曬網繫船西日低。蓑草雨衣眠醉叟，竹枝江調和炊妻。人間此樂漁家得，我用租傭侉把犁。（沈周詩畫。）

著錄：《海外藏中國歷代名畫　第六卷》圖 11，頁 16～17。《海外遺珍繪畫（三）》圖 40，頁 94～98。《海外中國名畫精選　IV　明代》頁 44～45。

題承天寺夜遊詩圖軸

今夕承天寺，依依燈燭光。話驚風雨到，情覺弟兄長。氣暖冬猶電，年衰鬢及霜。仍愁此杯後，萍梗又茫茫。（育庵兄長及歲不相見，偶值承天僧寓，燈下引觴情話，因洗久渴，詩以識之并圖，永爲好也。弘治□（辛）酉季冬十日。沈周識。）

著錄：《海外藏中國歷代名畫　第六卷》圖 12，頁 20。

題夜雨止宿圖軸

古城東畔日斜時，燕子低飛水漫池。知是夜來春雨足，跳魚浴鴨總相宜。（丁酉春季念日，與惟德同客城東舟寓，雨後人境俱寂，爲圖與詩，頗得其趣。沈周。）

郭外青山過雨時，落花飛絮燕差池。一春詩意誰收得，艇子浜頭恐最宜。（予家有田舍在城東，舍外有浜艇子，石田嘗泊舟于此，所謂舟寓疑即其處，故及之。吳寬。）

著錄：《海外藏中國歷代名畫　第六卷》圖 13，頁 21。《大風堂名蹟第一集》圖 22，畫名作「舟寓圖」。

題山水圖扇

水次人家似瀼西，參差竹樹路俱迷。溪翁兀坐不出戶，日午飯香雞正啼。（沈周。）

著錄：《海外藏中國歷代名畫　第六卷》圖 16，頁 25。

題菊花文禽圖軸

文禽備五色，故佇菊花前。何似舜衣上，雲龍同煥然。（八十三翁寫與初齋，玩其文采也。正德己巳。沈周。）

著錄：《海外藏中國歷代名畫　第六卷》圖 17，頁 26。《明清近代名畫選集》圖 50，畫名作「菊」。

沈周畫題畫詩（民間藏畫）

題秋林靜釣軸

繫舟烟浪夕，笑語溢紫關。淡墨燈前畫，故情江上山。相交父子者，豈在酒林間。與君將白髮，共對釣絲閒。（予謬交志剛、彭君父子間幾三十年，志剛有古道，通予有年，非市郭拍肩執袂者比也，乙未長至後一日，志剛携酌至有竹居，秉燭寫此圖并題其上，聊寓感感而已，詩畫云乎哉。沈周。）

著錄：《大風堂名蹟第四集》圖21。

題雲石風泉軸

寫圖又是十年時，今日相看鬢有絲。雲石風泉皆可醜，徐凝慚愧重題詩。

此圖舊為惟允作者，不意裝潢如是，況以正於鹿冠老先生，是出予之醜多矣，茲又徵題其上，題之匪以自文，殊不知嫫母效顰，反累人笑，惟允若能相愛，委之墙角可也。壬辰沈周。（成化二年秋日沈周寫。）

著錄：《明代沈周文徵明唐寅仇英四大家書畫集》圖1，頁1。

題山水扇面

繞路尋詩句意新，涼風吹葉趁閒人。一般來往溪橋步，但涉忙緣便有塵。（沈周。）

木葉遙連夕照紅，一番涼雨洗晴空。尋詩閒步秋林外，薄袂清吹絕壑風。（桑悅。）

畫筆詩篇兩鬥新，胸中丘壑景中人。就中會得無塵意，屐齒何如自染塵。（文壁奉和。）

著錄：《明代沈周文徵明唐寅仇英四大家書畫集》圖3，頁2。

題山水妙品冊頁（三）

樹根穩坐似磐石，江送清波足下斜。靜倚釣竿看落鶩，不知天地有何涯。（周。）

著錄：《明代沈周文徵明唐寅仇英四大家書畫集》圖8，頁7。

題慈烏圖軸

風勁月滿地，林虛葉亦枯。君家有孝義，樹樹著慈烏。（沈周。）

著錄：《明代沈周文徵明唐寅仇英四大家書畫集》圖10，頁9。

題書畫冊頁（一）

看雨春山中，晴日未可及。巒華與嶺秀，濯濯翠流汁。水墨間奄畫，
屏風四圍立。褧花逗餘紅，雅興松共淫。低雲滿窗戶，似愛幽者入。
我初作靜觀，併喜得靜寂。習紛冶游子，此景不可給。有詩在此境，
佳句待人拾。詩腸倘乾燥，亦許借潤涹。持之報楊子，正可事笠屐。
（雨中看山寄楊儀部。沈周。）

著錄：《明代沈周文徵明唐寅仇英四大家書畫集》書畫冊頁（二），圖
11，頁11。

題書畫冊頁（三）

淫雲載春山，晴麗悵莫逢。朝來雙闕前，頓失千巄嵸。天地大藏疾，
何所不包容。峯巒皆養晦，草木未發蒙。芙蓉不敢巧，反樸鴻蒙中。
老眚頗辨物，存亡詰兒童。晝夜不分明，中恐移愚公。又慮九疑縮，
萬里來相通。爭高或不平，出氣盪其胸。水墨用吾事，丹青莫為工。
（右宿白馬澗。沈周。）

著錄：《明代沈周文徵明唐寅仇英四大家書畫集》書畫冊頁（四），圖
13，頁13。

題書畫冊頁（五）

長濠春來水如油，吳王昔日百花洲。水流花謝三千秋，古人行樂今人
愁。沉沉細雨停孤舟，岸上人家燈滿樓。紅簾火影照中流，還聞鼓吹
樓上頭。客夢不熟翻黃鈾，夜拂吳鈎賦遠遊。（右泊百花洲效岑參。
沈周。）

著錄：《明代沈周文徵明唐寅仇英四大家書畫集》書畫冊頁（六），圖
15，頁15。

題書畫冊頁（七）

月色風光知幾到，好奇今補雪中緣。急排岩樹開高閣，生怕溪山又少年。城郭萬家群玉府，塔簷千潛半空泉。茶香酒美殊酬酢，似此登臨亦可傳。（右雪中過虎丘。沈周。）

著錄：《明代沈周文徵明唐寅仇英四大家書畫集》書畫冊頁（八），圖17，頁17。

題書畫冊頁（九）

天平合在名山志，山下祠堂更有名。何地定藏司馬史，此腦誰負范公兵。高屏落日雲霞亂，襟樹交花鳥雀爭。要上龍門發長嘯，世人無耳著鸞聲。（右春日過天平山。沈周。）

著錄：《明代沈周文徵明唐寅仇英四大家書畫集》書畫冊頁（十），圖19，頁19。

題書畫冊頁（十一）

虞山我隣境，欲往路非遙。比來無好抱，風日虐春朝。茲藉佳友興，理舟訪客羲。漸喜蒼翠近，豁眼嵐霏消。上有古松杉，落落旌幢標。其下見行人，往來雜僧樵。我坐意亦馳，豈伺雙屐超。何異謝康樂，巫湖睡且遨。（右舟中望虞山與吳匏庵同賦。長洲沈周。）

著錄：《明代沈周文徵明唐寅仇英四大家書畫集》書畫冊頁（十二），圖21，頁21　。

題清溪訪友圖軸（傳）

山靜詩清松影交，詩情酒伴稱相邀。時聞擾園粟拋菓，緩步芒鞋踏鶴毛。（沈周。）

著錄：《中貿聖佳2001春季拍賣會　中國書畫（古代）》圖384。

題枯樹雙鴉軸

林烟漠漠夕陽斜，古木山中靜不譁。寄語兒童休挾彈，諸禽反哺是烏鴉。（弘治改元年冬日沈周。）

著錄：《朵雲軒'99春季藝術品拍賣會　古代字畫》圖869。

唐寅畫題畫詩（台灣藏畫）

題溪山漁隱卷

引首：

漁隱。（乾隆御筆。）

畫心：

茶竈魚竿養野心，水田漠漠樹陰陰。太平時節英雄懶，湖海無邊草澤深。（唐寅畫。）

或憩溪亭或漾舟，竿絲原不爲槎頭。底須姓氏詢張孟，總是人間第一流。（己卯夏御題。）

拖尾：

（王寵跋文，略）

溪亭四面山，楊柳半谿灣。蟬響蟷螂急，魚深翡翠閒。水寒留客醉，月上與僧還。猶戀蕭蕭竹，西齋未掩關。

暖枕眠溪柳，僧齋昨夜期。茶香秋夢後，松韻晚吟時。共戲魚翻藻，爭棲鳥墜枝。重陽應一醉，載菊助東籬。（太倉程大倫。）

（陸治跋文，略）

湖上即事

鏡裏南屏空翠流，雲中千樹隔清秋。長竿只博餘年景，不占人間特地愁。波翻晴日亂鷗飛，秋滿磯頭片石磯。不是畫閒人跡少，自無塵到白雲扉。閒理扁舟湖水頭，白雲遮盡碧山秋。臨風一醉無餘事，欲采蘋花不自由。門柳陰陰湖水平，扁舟來往短橈輕。自炊菰米青精飯，一飽簑衣待月明。（顧德育。）

染青烘翠濕未收，連山畫出石湖秋。船頭仰面吹橫篴，明月滿身如水流。吳市行歌懶負薪，扁舟原是五湖人。苧蘿女子曾遊地，到晚雲山也效顰。芙蓉樓在碧湖頭，高捲湘簾見水鷗。屈膝屏前峰數點，三湘烟樹九疑秋。吳王行處錦江山，賜劍人亡白日寒。試上拜郊臺上望，滿湖風雨一漁竿。白石灘邊雙鷺鷥，羽毛如雪立多時。船頭一縷青烟

起，正是天隨茶熟時。一卷魚經一釣竿，年年江渚傍風湍。酒酣月出披簑臥，雪滿千山生夜寒。（牧豕生，居節。）

著錄：《故宮書畫圖錄（十八）》頁 261～264。

題坐臨溪閣卷

引首：

六如墨妙。（徵明。）

畫心：

空山春盡落花深，雨過林陰綠玉新。自汲山泉烹鳳餅，坐臨溪閣待幽人。（輒作小絕并畫，以爲贈存道老兄，其儔昔之歡，并居處之勝焉。時弘治甲子四月上旬，吳趨唐寅。）

拖尾：

點逕沾籬已燦然，飛簾撲面更翩聯。紅吹晴雪風千片，錦蹙春雲浪一川。老惜鬢飄禪榻畔，醉看燕蹴舞筵前。無情剛恨通宵雨，斷送芳華又一年。

零落佳人意暗傷，爲誰憔悴減容光。將飛更舞迎風面，已褪猶嫣洗雨粧。芳草一年空路陌，綠陰明日自池塘。名園酒散春何處，惟有歸來屐齒香。

蜂撩褪粉偶粘衣，春減都消一片飛。蒂撓園風無那弱，影搖庭日已全稀。樽前漫有盈盈淚，陌上空歌緩緩歸。未便小齋渾寂寞，綠陰幽草勝芳菲。

恨人無奈曉風何，逐水紛紛不戀柯。春雨捲簾紅粉瘦，夜涼踏影月明多。章臺舊事愁邊路，金縷新聲夢裏歌。過眼莫言皆物幻，別收功實在蜂窠。（右落花詩四首。嘉靖戊申三月既望書。徵明。）

著錄：《故宮書畫圖錄（十八）》頁 239～241。《甫田集》〈和答石田先生落花十首〉，頁 104。

題山居圖卷

引首：

金昌秋色。（乾隆御筆。）

畫心：

霜前柿葉一林紅，樹裏溪流極望空。此景憑誰擬何處，金昌亭下暮烟中。

隱居深在碧山空，澗壑纔堪側步通。芋栗一園秋計足，僮奴百指治生同。短墻甃石牢牽荔，薄酒盈罇共轉箭。我欲相隨卜居去，此身一脫市塵紅。

幽人結茆處，愛在山水間。片雲出岫白，露葉當秋般。或望太白瀑，或泛顛翁船。源中俎豆古，池上雉大閒。三復仲長論，懷哉白駒篇。（乾隆丙寅，御題。）

我愛解元畫，蕭疎逸趣多。坐觀千尺瀑，閒泛一溪波。掩映柳依陌，檀欒竹蔭坡。心期招大隱，鼎鼐佐調和。（壬戌仲冬御筆。）

拖尾：

（陳定敬跋文，略）穎川陳定敬跋。

乾隆丙寅春正月，勅內廷諸臣同觀，竝題句。（梁詩正、汪由敦、勵宗萬、張若靄、裘曰修、陳邦彥、董邦達等七人題詩，略）

著錄：《故宮書畫圖錄（十八）》頁273～276。

題金閶別意卷

畫心：

別意江南柳，相思渭北天。一盃黃菊酒，五兩黑樓船。故舊情悽切，窮民淚泗漣。傾危望扶植，丹陛莫留連。（侍下唐寅詩畫，奉餞鄭儲豸大人先生朝覲之別。）

拖尾：

答陳貞父太守。（七律六首，略）

近作七言律詩六首，偶閱唐解元金閶別意，見其筆法縱放，意態橫絕，欣賞再三，因錄於後。王穉登。

寄題何震川侍郎園居（七律，略）

寄題王師竹太史園居（七律，略）

戚少保過山居夜話（七律二首，略）

吳下周天球。

著錄：《故宮書畫圖錄（十八）》頁279～281。

題守耕圖卷

引首：

守耕（隸書）。（徵明爲朝用書。）

畫心：

南山之麓上腴田，長守犁鋤業不遷。昨日三山降除目，長沮同拜地行
仙。（唐寅爲守耕賦。）

教民稼穡始后稷，辛勤畎畝勞農力。聖王愛育豈違時，納賦輸誠感君
德。東阡南陌荷鍤臨，長守勿使紅塵侵。順理行去不營役，茅簷幽寂
年華深。（庚申孟夏，御題。）（嘉慶）

拖尾：

守耕記（文略）。（雅宜山人王寵書。）

贈守耕陳君

負耒從吾事，東皋及早春。居常忘帝力，在野亦王臣。桑落懵開釀，
禾登喜薦新。悠然軒冕外，不對問津人。（華陽皇甫沖。）

野雲彌望日華開，春色平分散六垓。忽聽綠楊啼布穀，一犁帶雨破蒼
苔。裊裊垂楊生紫烟，向陽田地得春先。芝蘭且種三千畝，不作尋常
養鶴田。（萬谿俞國振。）

著錄：《故宮書畫圖錄（十八）》頁285～287。

題燒藥圖卷

人來種杏不虛尋，彷彿廬山小逕深。常向靜中參大道，不因忙裏廢清
吟。願隨雨化三春澤，未許雲閑一片心。老我近來多肺疾，好分紫雪
掃煩襟。（晉昌唐寅。）

拖尾：

醫師陸君約之仁軒銘（文略）。（貢士祝允明作。）

著錄：《故宮書畫圖錄（十八）》頁297～298。

題採蓮圖卷

畫心：

正德庚辰二月，晉昌唐寅。

採芳江國古來傳，不少妍舞與巨篇。欲問卷中結構者，可能知是傲漠蓮。（辛亥六月，御題。）

江鄉景稱採蓮圖，此事由來寒苑無。一著饒他八月杪，綠雲紅玉滿平湖。（己亥仲秋月，御題。）

天籟閣中四妙圖，山莊說項那宜無。我為意採非人採，葉嶼花潭任滿湖。（辛丑閏交疊舊心顏，御題。）

拖尾：

採蓮曲（草書，文略）。（己未正月廿又五日，三橋文彭。）

（乾隆御題文三則，略）

（項元汴墨畫並識，略）

著錄：《故宮書畫圖錄（十八）》頁269～271。

題暮春林壑軸

逶迤十里平溪路，滴瀝三重下瀨泉。為底時來策黎杖，春衣要試浴沂天。（唐寅畫并題。）

著錄：《故宮書畫圖錄（六）》頁349。

題山路松聲軸

女几山前野路橫，松聲偏解合泉聲。試從靜裏閑傾耳，便覺冲然道氣生。（治下唐寅畫呈李父母大人先生。）

著錄：《故宮書畫圖錄（六）》頁351。

題松溪獨釣圖軸

烟水孤蓬足寄居，日常能辦一餐魚。問渠勾當平生事，不弄輪竿便讀書。（唐寅。）

（詩塘：乾隆己未御題詩文，無圖版，略）

著錄：《故宮書畫圖錄（六）》頁 353。

題層巖策杖圖軸

拔嶂懸泉隔塵世，層臺曲閣倚雲霄。賞心會有東隣約，清曉來過獨木橋。（吳門唐寅。）

四望寒雲惟落木，百重青嶂欲凌霄。孤城流水行人盡，月過溪頭影在橋。（鄞陳沂次。）

峻嶺深中足佳致，惜惟隔斷以烟霄，支筇欲上層樓望，無礙凌溪躡野橋。（癸卯季夏上澣，御題。）

著錄：《故宮書畫圖錄（六）》頁 355。

題花溪漁隱圖軸

湖上桃花嶼，扁舟信往還。浦中浮乳鴨，木秒出平山。（晉昌唐寅。）

著錄：《故宮書畫圖錄（六）》頁 357。

題雙松飛瀑圖軸

吳郡唐寅畫。

玉虹千丈落潺湲，石壁巖巖翠掃烟。料得詩翁勞應接，耳中流水眼中山。（徵明。）

袖手坐盤陀，冥機俯湍瀨。靜聽與際觀，妙達心神泰。流音一何長，源在白雲外。（乾隆丙子春月，御題。）

著錄：《故宮書畫圖錄（六）》頁 359。

題空山觀瀑圖軸

飛瀑漱蒼崖，山空響逾遠。惟有洗心人，行來不辭晚。（晉昌唐寅。）

飛流落十尋，立聽老松陰。哽波延虛者，跫然喜足音。（癸未仲春，御題。）

著錄：《故宮書畫圖錄（七）》頁 1。

題函關雪霽軸

函關雪霽旅人稠，輕載驢騾重載牛。科斗店前山積鐵，蝦蟆陵下酒傾油。（晉昌唐寅作。）

著錄:《故宮書畫圖錄（七）》頁3。

題江南農事圖軸

四月江南農事興，漚麻浸穀有常程。莫言嬌細全無事，一夜繰車響到明。（唐寅畫。）

山邨水郭聽吳歌，最是江南佳勝多。不必樓臺煙雨裏，卻看葉柘晚春過。秧針插遍青千頃，蘭簇堆來白幾窠。吟罷七 ? 雙槳盪，同予樂處在人和。（乾隆御題。）

著錄:《故宮書畫圖錄（七）》頁5。

題震澤煙樹軸

大江之東水爲國，其間巨浸稱震澤。澤中有山七十二，夫椒最大居其一。夫椒山人耿敬齋，與我十年爲舊識。晝耕夜讀古人書，青天仰面無慙色。令我圖其所居景，煙樹茫茫渾水墨。我也奔馳名利人，老來靜掃塵埃跡。相期與君老湖上，香䭉魚羮首同白。（晉昌唐寅。）

（詩塘：乾隆甲辰御題詩文，無圖版，略）

著錄:《故宮書畫圖錄（七）》頁7。

題西洲話舊圖軸

醉舞狂歌五十年，花中行樂月中眠。漫勞海內傳名字，誰信腰間沒酒錢。書本自慙稱學者，眾人疑道是神仙。些須做得工夫處，不損胷前一片天。（與西洲別幾三十年，偶爾見過，因書鄙作并圖請教，病中殊無佳興，草草見意而已。友生唐寅。）

著錄:《故宮書畫圖錄（七）》頁9。

題觀瀑圖軸

一派銀河傾碧落，耳根於此洗塵囂。要知盡日支吾處，五老峯前三峽橋。（唐寅。）

吳中偶覓吳人畫，觀處有形聽有聲。千尺寒山雪已好，應須三峽寄逸情。（甲辰仲春月，御題。）

著錄:《故宮書畫圖錄（七）》頁11。

題山水軸

松濤謖謖響秋風，雲影巒光淨太空。何事幽人常獨立，秖緣詩意滿胸中。（辛巳九月畫。吳郡唐寅。）

著錄：《故宮書畫圖錄（六）》頁347。

題韓熙載夜宴圖軸

酒資長苦欠經營，預給餐錢費水衡。多少如花後屏女，燒金不學耿先生。（吳門唐寅畫并題。）

著錄：《故宮書畫圖錄（七）》頁13。

題陶穀贈詞圖軸

一宿姻緣逆旅中，短詞聊以識泥鴻。當時我作陶承旨，何必尊前面發紅。（唐寅。）

著錄：《故宮書畫圖錄（七）》頁15。

題倣唐人仕女軸

善和坊裏李端端，信是能行白牡丹。花月揚州金滿市，佳人價反屬窮酸。（唐寅。）

著錄：《故宮書畫圖錄（七）》頁17。

題班姬團扇軸

吳郡唐寅。

碧雲涼冷別宮苔，團扇徘徊句未裁。休說當年辭輦事，君王心在避風臺。（祝允明。）

落盡閒花日晷遲，薄羅輕汗暑侵肌。眉端心事無人會，獨許青團扇子知。（徵明。）

蟬鬢低垂螺黛殘，含顰睡起恨漫漫。長門七月渾無暑，翠袖玲瓏掩合歡。（王穀祥。）

著錄：《故宮書畫圖錄（七）》頁19。

題嫦娥奔月軸

月中玉兔搗靈丹，卻被神娥竊一丸。從此凡胎變仙骨，天風桂子跨青

鷥。（吳郡唐寅畫并題。）

著錄：《故宮書畫圖錄（七）》頁21。

題杏花軸

新霞蒸樹曉光濃，歲歲年年二月中。香雪一庭春夢短，天涯人遠意匆匆。（吳郡唐寅。）

著錄：《故宮書畫圖錄（七）》頁25。

題野芳介石冊

雜卉爛春色，孤峯積雨痕。譬若古貞士，終身伴荼根。（唐寅。）

著錄：《關於唐寅的研究》圖版貳肆B，頁195。《唐寅畫集》圖91，頁105，畫名作「雜卉爛春圖」。

題秋山冊

黃葉玲瓏暎落暉，秋風蕭瑟滿絺衣。看山多少悠然思，每欲攜琴入翠微。（晉昌唐寅畫并題。）

著錄：《關於唐寅的研究》圖版貳零，頁188。

題山水冊

盤空石壁雲難度，古木蒼藤不計年。最是道人孤坐處，一湖斜日破晴煙。（唐寅。）

著錄：《關於唐寅的研究》圖版貳柒　A，頁197。

題山水冊

獨把南華秋水篇，坐臨泉石意悠然。紅塵不向山中擾，醉墨能驅白晝眠。（唐寅。）

著錄：《關於唐寅的研究》圖版貳柒　B，頁198。

題白雲紅樹卷

紅樹中間飛白雲，黃茅檻底界斜暉。此中大有逍遙處，難說於君畫與君。（正德戊辰秋九月，倣李晞古筆意于學圃堂。晉昌唐寅。）

著錄：《故宮書畫圖錄（十八）》頁249。

題山水卷

引首：

弄璋之頌（隸書）。（丙戌秋日王穉登敬書。）

畫心：

落落喬松滿院陰，┃?┃怺章甫坐堂深。風帆遠浦何爲者，浮海饒他先獲心。（丙戌春日，御題。）

拖尾：

奉和武進大令明宇徐公生子序。（文略）（治民王穉登頓首謹序。）

著錄：《故宮書畫圖錄（十八）》頁315～317。

題山水卷

訪幽野艇泛清淳，水閣遙知待發硎。識得六如眞面目，石渠幸早弃蘭亭。（卷内無名而有六如居士圖記，圖記雖可膺鼎，而筆法與石渠寶笈所┃?┃唐寅蘭亭小卷氣韻無少差別，故知爲的係唐寅眞蹟云。庚辰春日，御題并識。）

著錄：《故宮書畫圖錄（十八）》頁321～322。

題對竹圖卷

拖尾：

簞瓢不厭久沈淪，投著虛懷好主人。榻上氈氈黃葉滿，清風日日坐陽春。此君少與契忘形，何獨相延厭客星。苔滿西石皆人跡斷，百年相對眼青青。（晉昌唐寅。）

我築小莊名有竹，君家多竹敬如賓。一般清味𪭭今俗，千丈高標逼古人。蕭蕭衣冠臨儼雅，年年雪月仰風神。尋常豈是輕桃李，不解經多祇歷春。（沈周。）

晉朝王猷成竹癖，不可一日無此君。此君林林總玉立，風節凜若凌蒼旻。顏君絕俗乃尚友，一瓢千古鼻祖貧。置像長哦伯夷頌，整冠日禮與可神。翻雲覆雨嚴謝絕，歷雪經霜晚更親。桃李場中不涉迹，虛堂安得容雜賓。（昆山黃雲。）

君子本無黨，畸人必有鄰。夷齊是賢王，徐穉固嘉賓。白雪聲相應，

清風座不塵。我來當迺造，亦可作三仁。（祝允明。）

挺蒼搖翠一蓁蓁，到處相看作主翁。未愧七賢來坐上，寒客千畝在胷中。捲簾暮對蕭蕭雨，攲枕秋吟籟籟風。不是王猷偏致意，平生氣味偶相同。（衡山文壁。）

脩竹當門立，對之心自清。雅持君子操，深結歲寒盟。白日惟端拱，長年免送迎。好風時拂灑，環珮一齊鳴。（都穆。）

著錄：《故宮書畫圖錄（十八）》頁 339～340。

題畫馬卷

畫心：

正德丙子春三月，吳郡唐寅。

拖尾：

六如先生稟異資，貌得驊騮種種奇。筋力追風烏鵲屬，精神噴霧蛟龍馳。憶昔愛馬千金貨，廄中騎出君前過。吁嗟此物竟何益，遺跡徒使丹青播。（王守。）

著錄：《故宮書畫圖錄（十八）》頁 255。

題折枝花卉圖卷

畫心：

寫罷花枝卻有神，十年磨脫筆頭塵。明朝雨露天恩降，不比繁華十樣春。（晉昌唐寅畫并題。）

花期恐落辛夷後，不待春光綠葉稠。何似漢宮明月下，玉盤擎露樹梢頭。（徵明。）

縹緲微風約珮環，楚江晴落硯鷹間。美人不見搖琴歇，一卷離騷對掩關。春風萬里到天涯，四月江城見落花。一種玉樓真國色，不須黃紫論名家。（徵明題。）

誰分異種來金谷，爛熳鶯花獨占芳。曉色盈盈含瑞露，青娥衣袂襲天香。新紅著雨臙脂濕，嫩綠迎風翠袖寒。卻是玉樓春宴罷，太真扶醉倚闌干。鏤玉雕冰簇作毬，團圞珠樹似璃樓。一枝折得春風裡，似近

君王最上頭。（繡球）

玉樓回望五雲中，馬踏紅香御苑東。雁塔題名新得意，曲江亭上醉春風。窈窕通幽一逕長，野人緣逕擷羣芳。不嫌朝露衣裳濕，自喜春風屐齒香。幽居荏苒得春饒，坐攬羣芳萬慮消。屋裡蘭荃青滿眼，不妨閒地種凌霄。曉來涼雨過堦前，向日紅葵映目鮮。每愛清香憑曲檻，更將奇品賦花箋。紅苞綠葉色相宜，花品還稱第一奇。昨夜畫欄微雨過，珊瑚照眼壓繁枝。清霜凌晚色，細雨過重陽。為愛陶彭澤，年年漫舉觴。（菊）

金鳳花開朵朵垂，美人相戲把青枝。深紅舊甲誇新色，不道名家出染絲。秋水西湖曲，輕風生暮寒。扁舟時載酒，花在醉中看。綠葉紅苞希雪嘉，半濃半淡兩三葩。歲寒與我長瀟灑，不比尋常桃杏花。偶過谿橋去，寒梅已著花。暗香雖未動，清影自橫斜。（梅）（微明題。）

前隔水：

藝苑高標最數誰，六如能畫又能詩。品畫二妙饒風韻，筆染羣芳帶露枝。蛺蝶窺窗將探際，美人臨鏡欲簪時。何須谷口尋春去，粉本天然奪女夷。（寶親王長春居士題。）

拖尾：

（王穀祥跋文，略。）（前文選員外郎王穀祥識。）

著錄：《故宮書畫圖錄（十八）》頁 343～344。

題蘆汀繫艇軸

插篙葦渚繫舴艋，三更月上當篙頂。老漁爛醉喚不醒，起來霜印簑衣影。（唐寅畫。）

涉水蘆汀泊舴艋，睡漁鬔鬆鬢禿頂。遠天月上自不知，付與清波照孤影。（丁亥仲春，御題。）

著錄：《故宮書畫圖錄（七）》頁 27。

題山靜日長圖軸

初夏山中日正長，竹梢脫粉午窗涼。幽情只許同麋鹿，自愛詩書靜裏

忙。（正德丁卯穀雨日。唐寅畫。）

（詩塘：祝允明界格小楷書，山靜日長記，略。乾隆甲寅御製詩，無圖版，略）

著錄：《故宮書畫圖錄（六）》頁343。

題山水軸

松間草閣倚巖開，巖下幽花遶露臺。誰扣柴扉驚鶴夢，月明千里故人來。（晉昌唐寅。）

雲低松暗影蒼蒼，對語幽人夜閣涼。抱膝奚僮檀假寐，黑甜鄉裏趣偏長。（庚寅仲春，御題。）

著錄：《故宮書畫圖錄（七）》頁31。

題品茶圖軸

買得青山只種茶，峯前峯後摘春芽。烹煎已得前人法，蟹眼松風候自嘉。（吳郡唐寅。）

就水性應事品茶，携來恰有雨前芽。解元 ? 像如相謂，石瀨松濤此處嘉。（乾隆癸酉十月題於田盤千尺雪，即用伯虎原韻，御筆。）

非關陸羽癖分茶， ? 試原欣沃道芽。瓷椀筠鑪值茲暇，田盤春色正和嘉。（甲戌二月重過千尺雪，疊前韻再題。）

慳張墨戲寫烹茶，汲雪因教試舞芽。正是盤中春好處，撫松生石意爲嘉。（乙亥仲春三疊原韻題，御筆。）

可笑瑯琊不識茶，餛奴將謂勝龍芽。六如解事留眞蹟，一再拈吟再致嘉。（戊寅冬四疊前韻題，御筆。）

千尺雪南安竹鑪，慳張伯虎品茶圖。卻似圖中人語我，亦須如此費工夫。（庚辰春駐盤山題，御筆。）

應須調水如烹茶，就近鉼罍煮貢芽。恰似去年畫泉上，聽松得句也清嘉。（癸未仲春五疊前韻題，御筆。）

伯虎品茶掛壁間，飄蕭鬚鬢道人顏。汲泉煮茗盡失笑，笑我安能似爾閒。（甲申小春再題。）

著錄：《故宮書畫圖錄（七）》頁 33。

題燈霄閨話軸

宮柳條長影可搓，金吾弛禁不相訶。內人爭唱橫□調，樂府新諧□鄧歌。戲局結團分鬥雀，燈輪自轉應鳴鼉。遺鈿墮珥知多少，帝里春宵奈爾何。（上元京城看鰲山燈。六如居士唐寅作併書。）

著錄：《故宮書畫圖錄（七）》頁 35。

題歲朝圖軸

擁爐團聚慶年華，稚子歡呼興不賒。雪裏梅開香獨冷，一番春信到人家。（正德戊辰元日，倣馬遠筆，并題。蘇臺唐寅。）

著錄：《故宮書畫圖錄（六）》頁 345。

題芙蕖軸

倚柱得瞻肩項處，推簾驚見靨權時。從人仔細都評泊，知似蓮花第幾枝。（唐寅。）

著錄：《故宮書畫圖錄（七）》頁 39。

題畫雞真蹟軸

血染紅冠錦繡翎，昂昂氣象自然清。大明門外朝天客，立馬先聽第一聲。（唐寅畫。）

著錄：《故宮書畫圖錄（七）》頁 41。

題溪閣閒凭卷

正德己卯歲，春三月，蘇臺唐寅。

水繞山圍依絕色，石墻茅屋足清娛。高人涯閣閒憑坐，羨彼心中一事無。（戊子新秋上澣，御題。）

著錄：《故宮書畫圖錄（十八）》頁 257～258。

題採菊圖軸

東籬寄趣，悠悠自然。鞠有黃花，仰見南山。好友我遺，清酒如泉。一舉如醉，物我忘言。夫斯民也，無懷葛天。（晉昌唐寅。）

著錄：《故宮書畫圖錄（七）》頁 43。

題煎茶圖軸

腥甌膩鼎原非器，曲几蒲團迥不塵。排過蜂衙窗日午，洗心閒試酪奴春。（吳門唐寅。）

著錄：《故宮書畫圖錄（七）》頁45。

題松風茅屋圖軸

彈琴茅屋中，客至還在坐。何處是知音，松風自相和。（吳趨唐寅。）

著錄：《王雪艇先生續存文物圖錄》圖40，頁73。

題夏日山居圖軸

長夏山村詩興幽，趁涼多在碧泉頭。松陰滿地凝空翠，肯逐朱門襪襪流。（唐寅。）

著錄：《王雪艇先生續存文物圖錄》圖41，頁74。《明代沈周文徵明唐寅仇英四大家書畫集》圖44，頁35。

題古木夕陽圖軸

古木蕭踈漏夕陽，濺濺寒玉漱迴塘。採薇獨向山深處，一路閒吟襟袖涼。（唐寅。）

著錄：《王雪艇先生續存文物圖錄》圖42，頁75。

題牧童與牛圖扇（鄭騫鑑定為偽作）

此啓南先生舊本，余造其廬，見之壁上，自題云：力大如牛服小童，見渠何敢逞英雄。從來萬物都有制，且自裝呆作耳聾。後待詔文先生題曰：此啓南幼時作也，家居相城，村野荒濱，人多橫逆，因作此自慰，歸而撫其意，形頗似之，寫於筆頭以待龐然者贈之，甚可。（時嘉靖二年四月也。晉昌唐寅。）

傳寫何如太逼真，筆精墨妙實堪珍。偶然醉寤朦朧覷，恍若桃花塢裡人。予與君三月未晤，昨自攜李歸，聞採薪已愈，心始慰也。今承贈佳搖，展玩難置，因浪占奉答，歸而藏之秘笥可也。（枝山。）

著錄：《關於唐寅的研究》圖版肆，頁164。《唐伯虎詩輯逸箋注》頁238〜239，標題作「題牧牛圖扇面」。

題松蔭高士扇

麋鹿魚蝦厚結緣，琴書甘分老林泉。日長獨醉騎驢酒，十畝松陰供醉眠。（唐寅。）

城中塵土三千丈，何事野翁麋鹿踪。隔浦晚山供一笑，離離白暎夕陽松。（徵明。）

著錄：《關於唐寅的研究》圖版陸貳，頁 254。《唐寅畫集》圖 96，頁 109，畫名「蔭」作「陰」。《唐伯虎詩輯逸箋注》頁 111，標題作「題松陰高士扇面」。

題入市歸來圖扇

入市歸來欲暮天，半林殘照一村煙。悠然濯足滄浪裏，怕帶紅塵上釣船。（唐寅。）

著錄：《關於唐寅的研究》圖版陸參，頁 255；頁 94 錄此詩，詩題作「題漁父」。

唐寅畫題畫詩（大陸藏畫）

題湖山一覽圖軸

紅霞瀲灩碧波平，晴色湖光盡不成。此際闌干能獨倚，分明身是試登瀛。（吳郡唐寅。）

輕帆風送遠湖平，騁望猶難目與成。識得倚欄人意矣，洗心聊且俯沿瀛。荒村寒樹野橋平，別有疎軒駕嶺成。自是遠離塵俗地，畫家何乃義登瀛。（己亥仲秋，御題。）

著錄：《中國古代書畫圖目一》頁 42。《唐寅畫集》圖 42，頁 44。

題柴門掩雪圖軸（此畫真偽存疑）

柴門深掩雪洋洋，榾柮爐頭煮酒香。最是詩人安穩處，一編文字一爐香。（唐寅。）

著錄：《中國古代書畫圖目一》頁 230。

題墨竹圖扇

唐寅戲筆。

夢見

抱枕無端夢踏春，覺來疑假又疑真。分明紅杏花稍上，墙上人看馬上人。

早起

獨立柴門倚瘦筇，葛襟涼沁豆花風。曙鴉無數盤旋處，綠樹稍頭一線紅。

看花

穀雨豪家賞麗春，塞街車馬漲天塵。金釵錦袖知多少，都是看花爛醉人。

南樓

數盡南樓百八鐘，殘燈猶掩小屏風。雞聲一片催春曉，都在紅霞綠樹

中。

酷熱

烈日燒雲雲迸開，森羅萬象盡成灰。只疑一隻筵盛火，天上筵將火下來。

詠雞

武距文冠五彩翎，一聲啼散滿天星。銅壺玉漏金門下，多少王侯勒馬聽。

所見

杏花蕭寺日斜時，瞥見娉婷軟玉枝。撮得繡鞋尖下土，搓成丸藥療相思。

牡丹

穀雨花開結綵鼇，牙盤排當各爭高。滿城借看挑燈去，從此青驄不上槽。

仕女

拂臉金霞解語花，花前行不動裙紗。香泥淺印鞋蓮樣，付與芭蕉綠影遮。

漁父

插篙蘆中繫孤艇，三更月上當篙頂。老漁爛醉喚不醒，覺來霜印簑衣影。

廬山

白酒沽來紅樹間，墮工斟勸就驢鞍。先傾一盞揩雙眼，要把廬山子細看。

墻花

墻上花枝墻下路，不容人折容人覷。風吹一片墮鞋前，便道如今不如故。

絕句十二首，皆張打油語也，予言乃謂其能道意中語，故錄似之。(時正德辛巳九月登高日書於學圖堂。晉昌唐寅。)

著錄：《中國古代書畫圖目二》頁334。

題黃茅小景圖卷

畫心：

吳趨唐寅作。

黃茅渚頭熨斗柄，唐子好奇曾屢游。太湖絕勝能有幾，還許我輩閒人收。(此子畏作西湖熨斗柄景也，暇日補題，殊愧籠陋。靈。)

拖尾：

右六如先生黃茅小景，寥寥數筆已具三萬六千頃之勢，(後略)

⬚⬚⬚⬚⬚重題。(圖版過小，字跡不易辨識)

震澤東南稱巨浸，吳郡繁華天下勝。衣食肉帛百萬戶，樵山汲水投其剩。我生何幸厠其間，短笠扁舟水共山。黃茅石壁一百丈，熨斗湖渚三十灣。北風烈烈耳欲墮，十里梅花雪如磨。地爐通紅瓶酒熱，日日蒲團對僧坐。四月清和雨乍晴，楊梅滿樹火珠明。岸巾高屐移小妓，低唱并州第四聲。人生誰得長如此，此味唯君曾染指。若還說與未游人，發盲卻把東西指。(吳趨唐寅為丘舜咨題。)

秋浸具⬚天地寒，老崖⬚⬚怒龍蟠。仙人出洞騎龍去，木客⬚窺古⬚丹。(枝山允明。)

斜日翻波山倒浸，晚晴幻出西南勝。絕島雙螺樹色浮，遙天一線鷗飛剩。誰剪吳淞尺紙間，唐君胷有洞庭山。古藤危磴黃茆渚，細艸荒宮消夏灣。我生無緣空夢墮，三十年來蟻旋磨。睡起窗前展畫看，慌然垂手磯頭坐。湖山宜雨亦宜晴，春色蘢葱秋月明。知君作畫不是畫，分明詩境但無聲。古稱詩畫無彼此，以口傳心還應指。從君欲下一轉語，何人會汲西江水。(董次唐君原韻，君尾句重押指字，輒為易之。衡山文壁徵明甫。)

太湖最佳處，人跡少經行。洲靜白鷗外，山高蒼樹橫。孤舟得奇勝，敝屣等功名。未夕便歸去，晚來多月明。(陸守。)

露著草花雙屐寒，月移松影萬蛟蟠。僊風吹滿桃源路，煉石應還九轉丹。（漕湖錢貴。）

具區古多勝，玩弄人多少。鴟夷路長逝，夫差事已藐。羊角陣陣生，波瀾浩茫渺，雲日相盪磨，乾坤溷昏曉。金遲弄玉柱，左右泊浮島。奇觀 ? 乍眼，殿閣廁林杪。放舟雖 ? ? ，所喜無市擾。櫓聲時咿軋， ? ? 觸蘋蓼。掀髯發吟嘯，目力送飛鳥。唐子值興豪，游戲極奇巧。指示未歷者，披圖盡了了。如從泰華遊，天下眼中小。（蔣塘。）

著錄：《中國古代書畫圖目二》頁 337。《唐寅畫集》圖 14，頁 14～15，畫名作「黃茅渚小景圖」。《明四家畫集》圖 173，畫名作「黃茅渚小景圖」。《唐伯虎詩輯逸箋注》頁 12～14，著錄張靈、唐寅、文徵明三人之詩，部份字句與此原件有出入，今從原件。《甫田集》卷一〈次韻題子畏所畫黃茆小景〉頁 91。

題雪霽看梅圖卷（此畫鑑定：徐、傅：僞。）

畫心：

梅花爛漫小軒前，鶴氅未看雪霽天。誰識一般清意味，江南今復有逋仙。（吳郡唐寅爲王君景熙作。）

拖尾：

（跋文，略。）（甲子三月十日書 ? 訒翁伯文詞伯。周天球 ? ? 。）

著錄：《中國古代書畫圖目二》頁 338。

題款鶴圖卷

畫心：

吳趨唐寅奉爲款鶴先生寫意。

拖尾：

遶屋先謀二頃田，野懷端爲蓄胎仙。九霄晴雪不飛去，一地嬾雲相對眠。種竹何須待凡鳥，茹芝還欲共長年。人家有此清事足，聲和讀書風朗然。（沈周。）

著錄：《中國古代書畫圖目二》頁 338。《唐寅畫集》圖 8，頁 8～9。

題古槎鸜鵒圖軸

山空夜靜人聲絕，棲鳥數聲春雨餘。（唐寅。）

一枝棲亦安，三山未應賨。誰云不逾濟，看取別別者。（乙亥春，御題。）

著錄：《中國古代書畫圖目二》頁 339。《唐寅畫集》圖 94，頁 108。

題杏花仙館圖軸

綠水紅橋夾杏花，數間茅屋是漁家。主人莫拒看花客，囊有青錢酒不賒。（唐寅。）

著錄：《中國古代書畫圖目二》頁 339。《唐寅畫集》圖 9，頁 10。

題牡丹仕女圖軸（此畫鑑定：徐：存疑。啓、傅：僞。）

牡丹庭院又春深，一寸光陰萬兩金。拂曙起來人不解，只緣難放惜花心。（唐寅。）

著錄：《中國古代書畫圖目二》頁 339。《唐寅畫集》圖 81，頁 94。

題東方朔像軸（此畫鑑定：徐：待研究。）

王母東鄰劣小兒，偷桃三度到瑤池。群仙無處追踪跡，卻自持來薦壽卮。（唐寅為守齋索奉馬守菴壽。）

著錄：《中國古代書畫圖目二》頁 339。《唐寅畫集》圖 85，頁 98。

題東籬賞菊圖軸

滿地風霜菊綻金，醉來還弄不絃琴。南山多少悠然趣，千載無人會此心。（唐寅。）

坐石高談利斷金，菊擎露盞潤調琴。重僮莫認陶彭澤，詩畫同斯別裁心。（乙酉秋日，御題。）

著錄：《中國古代書畫圖目二》頁 338。《唐寅畫集》圖 12，頁 13。

題春山伴侶圖軸

春山伴侶兩三人，擔酒尋花不厭頻。好是泉頭池上石，軟莎堪坐靜無塵。（唐寅。）

著錄：《中國古代書畫圖目二》頁 338。《唐寅畫集》圖 39，頁 41。《明

四家畫集》圖 191。

題春游女几山圖軸

女几山頭春雪消，路傍仙杏發柔條。心期此日同游賞，載酒携琴過野橋。（唐寅。）

著錄：《中國古代書畫圖目二》頁 340。《唐寅畫集》圖 1，頁 1。《明四家畫集》圖 185。

題柳橋賞春圖軸

平堤新柳板橋斜，路繞東西賣酒家。拚卻杖頭錢一串，時時來醉碧桃花。（唐寅。）

著錄：《中國古代書畫圖目二》頁 340。《唐寅畫集》圖 11，頁 12。

題茅屋風清圖軸（此畫鑑定：徐、傅：代筆。楊：眞。）

茅屋風清槐影高，白頭聯坐講離騷。懷賢欲皷猗蘭操，有客携琴過小橋。（唐寅。）

著錄：《中國古代書畫圖目二》頁 340。《唐寅畫集》圖 4，頁 4。

題秋山行旅圖軸（此畫鑑定：啓：僞。楊、傅：舊摹本。）

歸路逶迤入翠微，行人躍躍馬騑騑。一肩行李衝飛葉，塵滿征袍何處歸。（吳郡唐寅寫。）

著錄：《中國古代書畫圖目二》頁 340。

題秋風紈扇圖軸

秋來紈扇合收藏，何事佳人重感傷。請把世情詳細看，大都誰不逐炎涼。（晉昌唐寅。）

著錄：《中國古代書畫圖目二》頁 340。《唐寅畫集》圖 71，頁 80。《明四家畫集》圖 204。《明清名人中國畫題跋》頁 281，畫名作「紈扇圖」。

題高山奇樹圖軸（此畫鑑定：徐、傅：代筆。楊：眞。）

高山奇樹似城南，兀坐聯詩興不猒。一自孟韓歸去後，誰人敢托兔毫拈。（唐寅。）

著錄：《中國古代書畫圖目二》頁 341。《唐寅畫集》圖 5，頁 5。

題雪山行旅圖軸（此畫鑑定：徐、傅：代筆。楊：眞。）

寒雪朝來戰朔風，萬山開遍玉芙蓉。酒深尙覺冰生腳，何事溪橋有客
踪。（唐寅。）

著錄：《中國古代書畫圖目二》頁341。《唐寅畫集》圖6，頁6。

題雪山會琴圖軸（此畫鑑定：徐：舊僞。楊：待研究。）

雪滿空山曉會琴，聳肩驢背自長吟。乾坤千古興亡跡，公是公非摠陸
沉。（唐寅。）

著錄：《中國古代書畫圖目二》頁341。

題陶潛賞菊圖軸（此畫鑑定：徐、傅：代筆。楊：眞。）

滿地風霜菊綻金，醉來還弄不絃琴。南山多少悠然意，千載無人會此
心。（唐寅。）

著錄：《中國古代書畫圖目二》頁341。《唐寅畫集》圖7，頁7。

題渡頭帘影圖軸

枯木斜陽古渡頭，解包席地待魚舟。隔林遙見青帘影，釀取青錢買酒
甌。（蘇臺唐寅。）

著錄：《中國古代書畫圖目二》頁343。《唐寅畫集》圖30，頁32。

題虛閣晚涼圖軸

虛閣臨溪野晚涼，檻前千斛藕花香。蔗漿滿貯金甌冷，復有新蒸薄芋
霜。（唐寅畫。）

著錄：《中國古代書畫圖目二》頁343。《唐寅畫集》圖3，頁3。

題落霞孤鶩圖軸

畫棟珠簾煙水中，落霞孤鶩渺無踪。千年想見王南海，曾借龍王一陣
風。（晉昌唐寅爲德輔契兄先生作詩意圖。）

著錄：《中國古代書畫圖目二》頁342。《唐寅畫集》圖31，頁33。《明
四家畫集》圖188。

題莏田行犢圖軸

騎犢歸來繞莏田，角端輕掛漢編年。無人解得悠悠意，行過松陰懶看

鞭。（唐寅畫。）

牽牛從未敢蹂田，南畝躬耕□有年。手捉□□包氏靷，心空那憶祖生鞭。（乾隆丙子春，御題。）

著錄：《中國古代書畫圖目二》頁 343。《唐寅畫集》圖 2，頁 2。

題騎驢歸思圖軸

乞求無得束書歸，依舊騎驢向翠微。滿面風霜塵土氣，山妻相對有牛衣。（吳郡唐寅詩意圖。）

喜聞天子駕新歸，欲控應慚一□微。誤入雲龍山下路，杏花妍映綠羅衣。（玉洵朱曜次韻。）

著錄：《中國古代書畫圖目二》頁 342。《唐寅畫集》圖 10，頁 11。

題山居圖扇

紅樹黃茅野老家，日高山犬吠籬笆。合村會議無他事，定是人來借看花。（唐寅。）

著錄：《中國古代書畫圖目二》頁 342。《唐寅畫集》圖 95，頁 109。

題牡丹圖扇

倚檻嬌無力，隔風香自生。舊時姚魏種，高壓洛陽城。（唐寅。）

著錄：《中國古代書畫圖目二》頁 344。

題南湖春水圖扇

昨夜南湖春水生，遙看天與水痕平。蘆中狎鳥群相喚，樹裏晴山一片橫。（唐寅寫贈景瞳。）

著錄：《中國古代書畫圖目二》頁 344。《唐寅畫集》圖 101，頁 112。

題後溪圖扇

後溪圖。（唐寅。）

數樣憑玉几，一泓遶松蘿。每憶山泉病，何人送藥過。（乙酉濠上欽遵。）

（草書題句數十字無法辨識，略）

著錄：《中國古代書畫圖目二》頁 344。《唐寅畫集》圖 102，頁 112。

題蜀葵圖扇

端楊風物最清嘉，猩色戎葵亂著花。雄黃更擾菖蒲酒，盃裏分明一片霞。（晉昌唐寅。）

著錄：《中國古代書畫圖目二》頁 344。《唐寅畫集》圖 107，頁 115。

題墨竹圖扇

醉筆淋漓寫竹枝，分明風雨滿天時。此中意恐無人會，更向期間賦小詩。（晉昌唐寅。）

著錄：《中國古代書畫圖目二》頁 344。《唐寅畫集》圖 106，頁 114，畫名作「雨竹圖」。

題農訓圖軸 （此畫鑑定：劉、傅：疑。）

白衣村老鬢蕭蕭，誇說 ?? 降教條。 ? 裏不容詞 ? 入，萬家都欲插青苗。（蘇臺唐寅奉為繼庵尹老大人寫。）（圖版過小，字跡不易辨識。）

著錄：《中國古代書畫圖目六》頁 34。

題椿樹雙雀圖軸

頭如蒜顆眼如椒，雄逐雌飛向葦蕭。莫趂螳蜋失巢穴，有人拈彈不相饒。（唐寅。）

著錄：《中國古代書畫圖目六》頁 167。

題懷樓圖軸

百尺高樓寄所懷，暮 ? 如絮接天涯。望時多少思親念，雙眼迷茫手自揩。（懷樓圖，唐寅為鳴遠蔣鄉兄寫。）（缺字乃圖版字跡不清無法辨識。）

著錄：《中國古代書畫圖目六》頁 262。

題李端端圖軸

善和坊裏李端端，信是能行白牡丹。誰信揚州金滿市，臙脂價到屬窮酸。（唐寅畫并題。）

著錄：《中國古代書書圖目七》頁 37。《唐寅畫集》圖 86，頁 99。《明四家畫集》圖 202。畫名一作「李端端落籍圖」。

題看泉聽風圖軸

俯看流泉仰聽風，泉聲風韻合笙鏞。如何不把瑤琴寫，爲是無人姓是鍾。（唐寅。）

著錄：《中國古代書畫圖目七》頁 37。《唐寅畫集》圖 34，頁 36。《明四家畫集》圖 189。《唐寅畫集》、《明四家畫集》畫名皆作「春泉聽風圖」。

題菊花圖軸

彭澤先生懶折腰，葛巾歸去意蕭蕭。東籬多少南山影，挹取荷花入酒瓢。（唐寅。）

著錄：《中國古代書畫圖目九》頁 77。《唐寅畫集》圖 93，頁 107。《明四家畫集》圖 205。

題匡廬圖軸

匡廬山前三峽橋，懸流濺撲魚龍跳。羸驂強策不肯度，古木慘淡風蕭蕭。（唐寅子畏。）

著錄：《中國古代書畫圖目十二》頁 184。《唐寅畫集》圖 46，頁 48。

題空山長嘯圖卷

清時有隱倫，衣冠阿誰肖。幽澗納飛流，空山答長嘯。（唐寅。）

著錄：《中國古代書畫圖目十三》頁 58。《唐寅畫集》圖 52，頁 55。

題清溪松蔭圖軸

長松百尺蔭清溪，倒影波間勢轉低。恰似春雷未驚蟄，髯龍頭角暫蟠泥。（唐寅。）

著錄：《中國古代書畫圖目十三》頁 58。《唐寅畫集》圖 16，頁 17。

題雪林尋詩圖軸

蹇驢寒顫不勝騎，雪滿高松壓折枝。萬嶺千山鳥飛絕，氅衣逋客獨尋詩。（吳郡唐寅。）

著錄：《中國古代書畫圖目十三》頁 58。《唐寅畫集》圖 15，頁 16。

題楸枰一局圖軸

樹合兩頭圍綠蔭，屋橫磡上結黃茅。日長別有消閒興，一局楸枰對手敲。（吳郡唐寅。）

著錄：《中國古代書畫圖目十三》頁 58。《唐寅畫集》圖 19，頁 20。

題江南春圖卷

天涯腌霑碧雲橫，社口園林紫燕輕。桃葉參差誰問渡，杏花零落憶題名。月明犬吠村中夜，雨過鶯啼葉滿城。人不歸來春又去，□□連臂唱盈盈。

紅粉啼粧對鏡臺，春心一片轉悠哉。若為坐看花飛盡，便是傷多酒莫推。無藥可醫鶯舌老，有香難返蝶魂來。江南多少閑庭館，依舊朱門鎖綠苔。（唐寅。）

著錄：《中國古代書畫圖目十四》頁 26。《唐寅畫集》圖 17，頁 18～19。

題茅屋蒲團圖軸

虛亭林木裏，傍水著欄干。試展團蒲坐，葉聲生早寒。（唐寅畫。）

著錄：《中國古代書畫圖目十五》頁 88。《唐寅畫集》圖 23，頁 24。《明四家畫集》圖 197。《唐寅畫集》、《明四家畫集》畫名皆作「虛亭聽竹圖」。

題杏花仕女圖軸

曲江三月杏花開，携手同看有俊才。今日玉人何處所，枕邊應夢馬蹄來。（吳門唐寅。）

著錄：《中國古代書畫圖目十五》頁 227。《唐寅畫集》圖 84，頁 97。

題松林揚鞭圖軸

女几山前春雪消，路傍仙杏發柔條。心期此日同遊賞，載酒揚鞭過野橋。（唐寅。）

著錄：《中國古代書畫圖目十六》頁 36。《唐寅畫集》圖 43，頁 45。

題灌木叢篁圖軸

灌木寒氣集，叢篁靜色深。氷霜歲曆暮，方昭君子心。射干蔽豫章，

慨惜自古今。嶕谷失黃鐘，大雅無正音。爲子酌大斗，爲我調鳴琴。仰偃草木間，世道隨浮沈。（蘇臺唐寅畫并題。）

著錄：《中國古代書畫圖目十六》頁 337。《唐寅畫集》圖 63，頁 70。《唐伯虎全集》五言古詩〈詠懷詩二首〉之二，頁 13。

題虛閣晚涼圖軸

虛閣臨溪□晚涼，檻前千斛藕花香。蔗漿滿貯金甌冷，更有新蒸薄芋霜。（吳門唐寅。）

著錄：《中國古代書畫圖目十七》頁 25。《唐寅畫集》圖 29，頁 31。

題臨韓熙載夜宴圖卷

身當釣局乏魚羹，預給長勞借水衡。廢盡千金收艷粉，如何不學耿先生。（吳門唐寅。）

梳成鴉鬢演新歌，院院燒燈擁翠娥。瀟洒心情誰得似，灞橋風雪鄭元和。（吳郡唐寅。）

著錄：《中國古代書畫圖目十七》頁 172。《唐寅畫集》圖 75，頁 84〜85，畫名「臨」作「摹」。

題沛台實景圖頁

正德丙寅，奉陪大冢宰太原老先生登歌風臺，謹和感古佳韵，併圖其實景，呈茂化學士請教。（唐寅。）

此地曾經玉輦巡，比鄰爭覷帝王身。世隨邑改井猶在，碑勒風歌字失真。仗劍當時冀亡命，入關不意竟降秦。千年泗上荒臺在，落日牛羊感路人。

著錄：《唐寅畫集》圖 28，頁 30。《明四家畫集》圖 182。

題關山行旅圖軸（此畫鑑定：徐：存疑。）

正德改元仲夏四日。吳郡唐寅寫。

行旅關山苦路難，鷹飛不到利名關。平原野色蒼茫景，輸與唐君筆底間。（吳奕題。）

著錄：《中國古代書畫圖目二十》頁 237。《唐寅畫集》圖 38，頁 40。

《明四家畫集》圖 183。

題王鏊出山圖卷

畫心：

門生唐寅拜寫。

拖尾：

東南赤舄上明光，百辟迴班待子長。事業九經開我后，文章二典紀先皇。春風夜雪門墻夢，秘洞靈丘杖屨將。敢道託根偏對拔，例隨荒草逐年芳。（門生祝允明。）

道德前王懋，夐求我后崇。竭來開禁館，爰命列羣公。少宰中朝駿，文鋒蓋世雄。典謨深帝學，出入冠青宮。大受心彌小，端居望愈隆。旁徵勞仄席，夙藺在淵衷。乃濟雲龍會，無忝著作工。梟飛南斗下，蓋擁大江東。寥廓瞻疆宇，優柔採國風。匪徒吳兢直，兼尚馬遷通。聖業唐虞並，昭靈日月同。華詞將茂實，傳示緬無窮。（晚生徐禎卿。）

贊化調元屬重臣，相君歸國節旄新。大廷入覲新天子，四海應沾鼎外春。（門下生張靈。）

聖主登新極，文星復舊垣。紫書徵纂述，黃閣待調元。畫舫行江驛，華旌映郭門。承明朝見罷，天語降殊恩。（後學生吳奕。）

聖皇初御極，登進盡賢人。求舊尤加意，先師乃後臣。國書需總筆，王化屬持均。聞說周公事，新圖畫得眞。（晚生盧襄。）

吳國才賢見兩元，山川靈秀出璵璠。先朝史錄趨宣召，大郡編摩接討論。車馬城西懷遠別，經綸闕下沐殊恩。緣知舊學應超擢，還見官崇道益尊。（莊門朱存理。）

綸紼頻宣上帝京，編年直筆鬼神驚。明良日覲天顏喜，黜陟心懸水鏡清。宋室匡君推范老，漢庭稽古重桓榮。春風門第多桃李，我獨傳經媿鄭生。（門生薛應祥。）

（跋文，略。）（長沙後學張鳳翼。）

著錄：《中國古代書畫圖目二十》頁 238。《唐寅畫集》圖 22，頁 22～23。《明四家畫集》圖 180。

題事茗圖卷

日長何所事，茗碗自賚持。料得南窗下，清風滿鬢絲。（吳趨唐寅。）
記得惠山精舍裏，竹鑪瀹茗綠杯持。解元文筆閑相仿，消渴何勞玉虎
絲。（甲戌潤四月雨餘幾暇，偶展此卷，因摹其意，即用卷中原韻題
之，并書於此。御筆。）

著錄：《中國古代書畫圖目二十》頁 238。《唐寅畫集》圖 21，頁 22
～23。《明四家畫集》圖 176。

題貞壽堂圖卷

畫心：

吳門唐寅。

拖尾：

貞壽堂詩序

周君希正之爲嘉祥學諭也，奉其母樓孺人養于官，而顏其堂曰貞壽焉
者，蓋以其先君子訥軒先生尹瓊之樂會而已。時希正與其季希善俱在
孩提，歲丁飢荒，又方有寇盜之禍，孺人以孱弱之軀，嶺海萬里，歷
險蹈艱，卒能以先生之骨與遺孤俱歸。孀居矢節，門戶蕭然，蠶績弗
倦，手自授書以教二子，既而希正舉于鄉，以乙榜授今官，至是孺人
春秋蓋八十矣！然猶康豫自若，此貞壽堂所由名，正以著其節之高而
慶其年之永也。希善方遠省而歸，乃以其意語諸士林之人，士林之人
率相咏歌以致頌禱，如古詩人之旨者，亦既足矣。（後略）（長洲李應
禎譔。）

壯年守節鬢今皤，肯讓共姜寶孌何。匪石不移心獨正，如川方至壽偏
多。板輿長御歡童稺，霞帔新裁絢綺羅。有子雲霄沾厚祿，盛供甘旨
養天和。（郡人唐撖。）

堂開貞壽值生辰，阿母孀居已八旬。詩訟柏舟曾矢節，籌添海屋擬揚
塵。携孤跋涉紅顏老，就養康寧白髮新。鸞誥推恩應有日，蟠桃先慶
百年春。（沈周。）

貞母僑居汶水濱，皒皒華髮玉精神。三千里去無多路，八十年來有幾

人。高枕夢迴南海月，壽杯香汎小堂春。依然他日還鄉井，喚看兒孫擁畫倫。（丙午上元日，吳一鵬僭題貞壽卷爲周母致祝。）

誨兒一舉攀丹桂，奉母三年作畫堂。眼見書香承樂會，手扶慈訓列嘉祥。八旬冉冉逢初度，兩鬢鬖鬖著曉霜。貞德不虧天素足，百千遐算等陵崗。（郡人杜啓。）

憶昔孀居四十時，而今八十鬢垂絲。相夫作宰留遺愛，教子成名覺後知。堂上靈萱榮晚節，庭前慈竹長新枝。殷勤愧我遙相祝，聊託華牋奉詩壽。（鄉生吳傳。）

青歲嫠居四十年，八旬強健雪盈顛。郎星出宰夫曾貴，化雨覃施子又賢。榮養聖朝前後祿，名標節義古今篇。嘉祥此日逢初度，縮地無由到壽筵。（盧山陳謨。）

人間老福幾人同，膝下佳兒學海龍。移孝爲忠資祿卷，因畫全孝待恩封。天邊雨露培儷桂，⬚畔風霜淺老松。香衣小堂稱嵩者，家題善爲躡高蹤。（郡人陳若。）

吳山高崖峩，太湖渺微茫。中有周氏母，懿德重一鄉。夫君宰樂會，奄忽身先亡。阿母携諸孤，瘴毒離炎荒。扶喪歸故里，艱險莫可量。母心誓不移，季逾三十霜。水蘖厲節操，鐵石堅心腸。清風播遐邇，名並古共姜。夜愬理機杼，青燈吐寒光。勤儉克自持，家業日以昌。和丸用熊膽，教子誠有方。秋闈中高選，教鐸持嘉祥。此志寔蹇屈，枳棘棲鸞鳳。所以懷母心，念念無時忘。陟屺望雲飛，慽慽徒自傷。于焉得迎養，始遂昔所望。斑衣重戲舞，甘旨仍奉嘗。親季躋八表，福履多有將。庭萱幸無恙，花吐時雨香。子心既歡悅，貞壽顏其堂。惟貞正而固，惟壽永而康。如彼堅貞松，鬱鬱依磵傍。歲寒靡摧謝，能歷季久長。母壽誠若是，斯理各有常。我忝葭莩親，欲賀進一觴。路遠莫致之，徒爾賦詩章。載歌復載頌，貞壽願無彊。（古吳夏永。）

携孤歸自海南天，一節氷清四十年。教子每丸熊膽味，持身嘗頌柏舟篇。添籌又喜華筵會，對鏡俄看白髮鮮。此日貞堂來聽祝，分明王母下靈邊。（延陵吳寬。）

青絲髮斷復生長，一寸心存百鍊鋼。高節不慚曹令女，清風無忝衛共
姜。賢郎進秩期他日，仙母稱觴縂異鄉。早晚褒封來紫誥，斑衣五色
共輝光。（錢腴。）

慈親八十鬒如霜，德重閨門富且康。教子成才心孟母，守夫大節志共
姜。嘉祥校裏餐天祿，貞壽堂中薦玉漿。更喜麻姑傳祕訣，長生會見
海培桑。（陳留謝縉。）

遠從君子仕遐方，海道攜家返故鄉。吳下斷機思孟母，人間全節說共
姜。萱開三鱣堂前日，鬢掃孤鸞鏡裡霜。不特于今享高壽，清風百世
有餘光。（滎陽尉淳。）

作宰良人歿海邦，崎嶇歷過履冰霜。持身自信能恆德，教子咸推以義
方。老柏歲寒存晚節，孤梅雪後有餘香。榮膺祿養安仁壽，宜與南山
並久長。（吳門唐寅。）

周家阿母清而賢，至風原自旌門傳。少從良人宦遊遠，相助還宜無通
愆。良人云正子在抱，萬里攜歸兩相保。蠻煙瘴霧行路難，天荒地老
憂心搗。歸來孀居四十春，教成兩子皆彬彬。一子營家一出仕，良人
雖死猶生存。今年八十母多福，說子在官食天祿。堂開貞存存如山，
千秋萬古詩八祝。（濮裕。）

萱親在魯子居堂，甘旨難承旦曉娘。綵傳夜常彤夢寐，人生八十還須
臾。霜傷短髮渾垂白，花映慈顏不改朱。春酒一杯遠致祝，肯辭千里
涉崎嶇。（衡山文壁。）

一盃壽酒吳城裏，阿母孀居方教子。一杯壽酒貞壽堂，阿母隨兒官遠
方。阿母之年雖耄耋，阿母之心堅似鐵。寒控敗杕度芳季，烈日嚴霜
凜高節。大兒讀書功已成，盡忠盡孝揚芳名。小兒居家保先業，故園
桑梓留餘情。長江茫茫限南小，兒欲壽親親遠隔。願將蠟蟻寧進壺，
侑以錦箋裁五色。壺中酒味甘如飴，箋上一一瓊瑰辭。?親此相對，
衰顏應自怡。問親他日之歸釣，定在?兄遷秩時。（樓翰。）

著錄：《中國古代書畫圖目二十》頁239～240。《明四家畫集》圖175。

題風木圖卷

畫心：

唐寅爲希謨寫贈。

西風吹葉滿庭寒，孽子無言鼻自酸。心在九泉燈在壁，一襟清血淚闌干。（唐寅。）

拖尾：

京口都穆。云中陳有守。酉室王穀祥。師道。吳門袁尊尼。楊湖王庭。華亭朱大韶爲汝川題。壬戌玄月黃姬水題贈汝川□君。皇甫澹。長洲張鳳翼。勾吳張龍翼。姬吳王穉登。吳郡皇甫[湯]。茂苑文嘉次。吳郡張□中次。舊吳彭年。吳下周天球。史臣紀。里人吳蕃。陳鎏。燕仲義。晉江楊伊志。景山錢邦彥。徐仲楫。三衢周聖恩。陸願吾。同治十二年季秋山陰舟中良菴并識。

（以上二十七人所跋詩文，略。）

著錄：《中國古代書畫圖目二十》頁240～242。《唐寅畫集》圖70，頁78～79。《明四家畫集》圖177。

題桐山圖卷

畫心：

吾聞淮水出桐山，古來賢哲產其間。君今自稱亦私淑，漁鈎須當借一灣。（吳門唐寅作桐山圖。）

拖尾：

小作雲窩帶塹斜，陰陰山木翠交加。放教黃鳥啼清晝，留取蒼苔護落花。卓筆風前欣有得，撚髭窗下興無涯。清音日暮穿林去，知是孤山叟士家。（長洲文徵明。）

（另十人詩文，略）

著錄：《中國古代書畫圖目二十》頁240～242。《唐寅畫集》圖70，頁78～79。《明四家畫集》圖180。《明清名人中國畫題跋》頁269～273，錄唐、文題跋。

題步溪圖軸

卜宅臨溪上，開門近步頭。漁樵通互市，耕釣足貽謀。山曉青排闥，波晴綠漾舟。主君期學海，枕石嗽清流。（姑蘇侍生唐寅作步溪圖并題奉呈黎老大人先生。）

著錄：《中國古代書畫圖目二十》頁 243。《唐寅畫集》圖 32，頁 34。《明四家畫集》圖 196。

題風竹圖軸

滿窗瀟洒五更風，恠是無端攪夢中。夢見故人忙起望，白烟寒竹路西東。（南塘郳蠡溪過余學圃堂，因言及南沙知己，故寫此爲寄。唐寅。）

著錄：《中國古代書畫圖目二十》頁 243。《唐寅畫集》圖 90，頁 104。《明四家畫集》圖 200。

題幽人燕坐圖軸（此畫鑑定：傅：疑。）

幽人燕坐處，高閣挂斜曛。何物供吟眺，青山與白雲。（吳門唐寅畫。）（題識，略。）（雍正丁未十有二月朔旦王澍。）

著錄：《中國古代書畫圖目二十》頁 243。《唐寅畫集》圖 45，頁 47。《明四家畫集》圖 195。

題桐陰清夢圖軸

十里桐陰覆紫苔，先生閑試醉眠來。此生已謝功名念，清夢應無到古槐。（唐寅畫。）

著錄：《中國古代書畫圖目二十》頁 244。《唐寅畫集》圖 67，頁 76。《明四家畫集》圖 179。《唐寅畫集》、《明四家畫集》畫名「陰」皆作「蔭」。

題梅花軸

黃金布地梵王家，白玉成林臘後花。對酒不妨還弄墨，一枝清影寫橫斜。（□堂看梅和王少傅韵。吳趨唐寅。）

著錄：《中國古代書畫圖目二十》頁 244。《唐寅畫集》圖 88，頁 102。《明四家畫集》圖 199。

題觀梅圖軸

插天空谷水之涯，中有官梅兩樹花。身自宿因緣一見，不妨袖手立平沙。（蘇門唐寅爲梅谷徐先生寫。）

除卻山巔與澗涯，也輸深谷貯梅花。先生抱癖無人識，閒詠東風岸有沙。（都穆。）

幽人⬚屋凍塘涯，百畝春田只種花。花裏野梅⬚太半，夜涼香屐月蘢沙。（豪。）

雪晴丹壑水西涯，爲訪寒梅策⬚花。歸路不知雙屐冷，碧天明月照⬚沙。（王⬚鵬。）

著錄：《中國古代書畫圖目二十》頁 244。《唐寅畫集》圖 68，頁 77。《明四家畫集》圖 184。

題雨竹扇

細雨蕭疎苦竹深，茅茨高臥靜愔愔。日高反把柴門鎖，莫放人來攪道心。（唐寅畫意。）

西齋半日雨茫茫，雨過新梢出短墻。塵土不飛人⬚⬚，碧陰添得晚窓涼。（徵明題。）

鳳舞三羊日，潮生一區風。□□文與可，今日在吳中。（祝允明。）

著錄：《中國古代書畫圖目二十》頁 244。《唐寅畫集》圖 97，頁 110。

題枯木寒鴉圖扇

風捲楊花逐馬蹄，送君此去聽朝鷄。誰知漫夜相思處，一樹寒鴉未定棲。（唐寅贈懋化發解。）

著錄：《中國古代書畫圖目二十》頁 244。《唐寅畫集》圖 99，頁 111。《故宮博物院藏明清扇面書畫集》第二集。《宮藏扇畫選珍》（故宮博物院藏）頁 57。

題秋葵圖扇

戲和青黛擠臙脂，畫出霜前⬚嬝姿。想起⬚中弄褥上，繞身皆是此花枝。（唐寅。）

著錄：《中國古代書畫圖目二十》頁 244。

題葵石圖扇

葉裁綠玉蕊舒金，微賤無媒到上林。歲晚冰霜共搖落，此中不改向陽心。（唐寅。）

花發秋風點嫩金，不隨紅紫颺芳林。眼前清澆無人識，總是輸渠一赤心。（孫益和。）

秋色離離花盡金，五陵東□隔空林。風□□□烟峯古，誰寫玄雲托素心。（□。）

著錄：《中國古代書畫圖目二十》頁 244。《唐寅畫集》圖 100，頁 111。《故宮博物院藏明清扇面書畫集》第一集。

題罌粟花圖扇

春風吹恨上紅樓，日自黃昏水自流。穀雨清明都過了，牡丹相對共低頭。（唐寅畫呈宗瀛解元。）

著錄：著錄：《中國古代書畫圖目二十》頁 244。《唐寅畫集》圖 103，頁 113。《故宮博物院藏明清扇面書畫集》第三集。《唐寅畫集》畫名作「芍藥圖」。《明代沈周文徵明唐寅仇英四大家書畫集》圖 43，頁 34，畫名作「牡丹扇面」。

題王蜀宮妓圖軸（此畫鑑定：徐：疑。）

蓮花冠子道人衣，日侍君王宴紫微。花柳不知人已去，年年鬥綠與爭緋。（蜀後主每於宮中裹小巾，命宮妓衣道衣、冠蓮花冠，日尋花柳侍酣宴，蜀之謠已溢耳矣！而主之不挹注之，竟至濫觴。俾後想搖頭之令，不無扼腕。唐寅。）

著錄：《中國古代書畫圖目二十》頁 247。《唐寅畫集》圖 72，頁 81。《明四家畫集》圖 201。《明清名人中國畫題跋》頁 277～279。

題錢塘景物圖軸

錢塘景物似圍屏，路寄山崖屋寄汀。楊柳坡平人馬歇，鸕鶿船過水風腥。

著錄：《唐寅畫集》圖 35，頁 37。《明四家畫集》圖 192。

題觀杏圖軸

正德辛巳三月吳趨唐寅畫。

萬樹江邊杏，新開一夜風。滿園深淺色，照暎綠波中。（唐解元觀杏圖，以王右丞詩題之贈汝文兄南游。乙卯秋七月一日。董其昌。）

著錄：《唐寅畫集》圖 80，頁 93。《類箋王右丞全集》第九卷·五言絕句，頁 741。詩題作〈遊春曲二首〉，詩題下箋：《紀事》作張仲素詩，《樂府詩集》收此二曲，注云唐王維作。原詩末句作「照在綠波中」。《樂府詩集》第五十九卷·琴曲歌辭三·蔡氏五弄·遊春曲二首，頁 856。作者作王涯，注曰：此詩《全唐詩》王維卷中未收，見《全唐詩》卷三四六王涯詩中，題作〈遊春曲〉。《唐詩紀事》卷四二作張仲素詩，但《全唐詩》張仲素詩中未收，今姑據《全唐詩》改。從此畫題識中知，董其昌認為是王維所作。

唐寅畫題畫詩（海外藏畫）

題江山驟雨圖軸

狂風驟雨暗江干，萬籟山中夏亦寒。獨有牧童牛背穩，歸來一笠帶蒼煙。（正德三年孟夏月畫。晉昌唐寅。）

著錄：《海外藏中國歷代名畫　第六卷》圖30，頁43。《海外遺珍繪畫（三）》圖46，頁109。《海外中國名畫精選　Ⅳ　明代》頁95，畫名作「狂風驟雨圖」。

題嫦娥執桂圖軸

廣寒宮闕舊遊時，鸞鶴天香捲綉旌。自是嫦娥愛才子，桂花折與最高枝。（唐寅。）

著錄：《海外藏中國歷代名畫　第六卷》圖34，頁52。

題夢仙草堂圖卷

閑來隱几枕書眠，夢入湖中別有天。彷彿希夷親面目，大還真訣得親傳。（晉昌唐寅爲東原先生寫圖。）

著錄：《海外遺珍繪畫》圖122，頁137。

題葦渚醉漁圖軸

插篙葦渚繫舴艋，三更月上當篙頂。老漁爛醉喚不醒，起來霜印簑衣影。（唐寅畫。）

著錄：《海外遺珍繪畫（二）》圖56，頁100。《大風堂名蹟第一集》圖24。

唐寅畫題畫詩（民間藏畫）

題山莊高逸軸

詩畫奉壽榆庵周老先生。

三朋古稱壽，七十世云稀。洗爵傳浮白，懸魚特賜緋。華筵盛賓從，誕節好音暉。不醉應無返，無彊共所期。（吳門唐寅。）

著錄：《宋元以來名畫集》圖22。

題山水人物冊（一）（傳）

既歸竹窗下，則山妻稚子。作筍蕨供麥，飯欣然一飽。

題山水人物冊（二）（傳）

門無剝啄松影炎，差禽聲上下午睡。初足旋汲山泉拾，松枝煮茗茗啜之。

題山水人物冊（三）（傳）

東坡所謂無事，此靜生一日當兩日，若活七十年便是百四十，所得不已多乎。正德辛未秋，門生唐寅作。

題山水人物冊（四）（傳）

山靜似太古，日長如小年，余家深山之中，每春夏之交，蒼蘚盈堦，落花滿逕。

著錄：《瀚海'99春季拍賣會　中國書畫（古代）》圖620。

題杏花扇面

抱枕無端夢踏春，覺來疑似又疑眞。分明紅杏花稍上，墻上人看馬上人。（唐寅。）

著錄：《明代沈周文徵明唐寅仇英四大家書畫集》圖42，頁34。

題花卉扇面

庭下秋葵鵠色花，風前貼蕩似流霞。偏宜茅屋疎籬下，粧點閑居隱士家。（唐寅爲一之作。）

著錄：《明代沈周文徵明唐寅仇英四大家書畫集》圖45，頁36。

題山水扇面

參差茅屋枕溪流，櫻笋酬春麥報秋。村老釀錢祈穀社，夕陽撾鼓賞魚舟。（唐寅。）

島嶼金風翠欲流，江湖落日谿高秋。青天白日孤懷迥，樽酒忘歸范蠡舟。（太原王守。）

木梁平地接清流，茅屋溪山淡杪秋。聞說太平歌舞日，五湖何事弄扁舟。（黃省曾。）

著錄：《明代沈周文徵明唐寅仇英四大家書畫集》圖 46，頁 36。

題四旬自壽山水軸

魚羹稻衲好終身，彈指流年到四旬。善亦懶爲何況惡，富非所望不憂貧。僧房一局金縢著，野店三盃石凍春。自幸不才還自慶，半生無事太平人。（吳趨唐寅自述不惑之齒於桃花庵畫并書。）

著錄：《明代沈周文徵明唐寅仇英四大家書畫集》圖 47，頁 37。

題桃花詩畫軸

桃花塢裏桃花庵，桃花庵裏桃花仙。桃花仙人種桃樹，又摘桃花換酒錢。酒醒只在花前坐，酒醉還來花下眠。半醒半醉日復日，花落花開年復年。但願老死花酒間，不願鞠躬車馬前。車塵馬足貴者趣，酒盞花枝貧者緣。若將富貴比貧者，一在平地一在天。若將花酒比車馬，他得驅馳我得閑。他人笑我忒風顛，我笑他人看不穿。不見五陵豪傑墓，無酒無花鋤做田。（右作桃花庵歌。吳趨唐寅。）

著錄：《明代沈周文徵明唐寅仇英四大家書畫集》圖 50，頁 39。《唐伯虎詩詞歌賦全集》頁 19「桃花菴歌」「庵」作「菴」，「若將花酒比車馬」作「若將貧賤比車馬」，「他人笑我忒風顛」作「別人笑我忒風顛」，「無酒無花鋤做田」作「無花無酒鋤作田」。當以此畫文字爲準。

題茅屋彈琴圖軸

彈琴茅屋中，客至還在坐。何處是知音，松風自相和。（吳趨唐寅。）

著錄：《明代沈周文徵明唐寅仇英四大家書畫集》圖 51，頁 40。

題山水軸

仙杏花開女几山，道傍流水碧潺湲。杖黎□把□期寫，況是林□□荊□。（唐寅。）

著錄：《明代沈周文徵明唐寅仇英四大家書畫集》圖 52，頁 41。

題錢塘舊景軸

錢塘景物似圍屏，路寄山崖屋寄汀。楊柳坡平人馬歇，鸕鷀船過水風腥。（吳郡唐寅。）

著錄：《明代沈周文徵明唐寅仇英四大家書畫集》圖 53，頁 42。

題竹林近泉圖軸

竹裏通泉透曲流，小亭結竹近泉頭。清風滿褐枕書臥，白眼青天何所求。（唐寅。）

亭下逍遙靜者流，侍書童子任鬅頭。竹泉大意曾相倣，似□吾於不似求。（近曾倣此為小幅，故云。乾隆癸酉御題。）

著錄：《明代沈周文徵明唐寅仇英四大家書畫集》圖 58，頁 45。

題虛亭岸幘圖卷

山雨滴空翠，微風搖嫩青。幽人有高致，岸幘坐虛亭。（吳趨唐寅。）

著錄：《明代沈周文徵明唐寅仇英四大家書畫集》圖 75，頁 75。

題芙蓉花冊頁

拒霜花綻秋風落，綠水紅橋畫閣前。何物將來堪領略，金杯檀板小詞篇。（唐寅。）

著錄：《明代沈周文徵明唐寅仇英四大家書畫集》圖 79，頁 79。

題牡丹花冊頁

穀雨豪家賞麗春，塞街車馬漲天塵。金釵錦袖知多少，都是看花爛醉人。（蘇臺唐寅。）

著錄：《明代沈周文徵明唐寅仇英四大家書畫集》圖 80，頁 80。

題松下撫琴圖軸（傳）

彈琴茅屋中，客至猶在坐。自必是知音，松風更相和。（桃花菴主人

唐寅。）

著錄：《中貿聖佳 2001 春季拍賣會　中國書畫（古代）》圖 385。

題秋風溪上圖軸

秋風溪上放扁舟，欲覓東籬一段幽。童子不知清興處，櫓聲移過白蘋洲。（唐寅。）

著錄：《中國嘉德 2000 春季拍賣會中國古代書畫》圖 820。

題灌木叢篁圖軸

灌木寒氣集，叢篁靜色深。氷霜歲聿暮，方昭君子心。射干蔽豫章，慨惜自古今。嶰谷失黃鐘，大雅變正音。爲子酌大斗，爲我調鳴琴。仰偃草木間，世道隨浮沈。（蘇臺唐寅畫并題。）

著錄：《關於唐寅的研究》圖版肆捌，頁 234。《唐伯虎全集》五言古詩〈詠懷詩二首〉之二，頁 13。

題灌木叢篠圖軸

灌木寒聲集，叢篠靜色深。氷霜歲聿暮，方昭君子心。射干蔽豫章，慨惜自古今。嶰谷失黃鐘，大雅變正音。爲子酌大斗，爲我調鳴琴。仰偃草木間，世道隨浮沈。（蘇臺唐寅畫并題。）

著錄：《關於唐寅的研究》圖版肆玖，頁 235。《唐伯虎全集》五言古詩〈詠懷詩二首〉之二，頁 13。

文徵明畫題畫詩（台灣藏畫）

題溪山高逸圖卷

拖尾：

（杜甫秋興八首，略。）（嘉靖乙卯八月十日書於停雲館，徵明時年八十有六。）

著錄：《故宮書畫圖錄（十九）》頁 109～111。

題疏林淺水圖卷

畫心：

嘉靖庚子秋八月十又八日，南衡侍御過訪草堂，寫此奉贈。（徵明。）

拖尾：

（五、七言律詩十七首：春盡二首、夏日雨後、南樓、夜涼、立秋再疊前韻、七夕、八月十四夜對月、十五夜再賦、登虎丘二首、寄馬西玄、次韻庵西綠蘿軒即事二首、次韻張石磐寄示三詩—春歸、睡起、夜坐，略）

近作數首，書似南衡先生請教。徵明頓首上。

著錄：《故宮書畫圖錄（十九）》頁 81～84。

題春遊圖卷

拖尾：

不教塵負踏青遊，出郭聊爲笑一謀。新水已堪浮艇子，好山無賴上眉頭。風撩鬢影春衫薄，樹罨溪陰（原落一字）握稠。一塢桃花偏入意，江村橋畔小淹留。

舟行欲盡有人家，記得橫橋是上沙。南望風烟隨鳥沒，西來墟落帶山斜。煖催新綠初歸柳，水映酣紅忽見花。殘酒未醒春困劇，汲溪聊試雨前茶。

十里扶輿渡野塘，旋穿松嶠入蒼蒼。風吹麥葉平疇亂，日炙草花村路香。春色釀晴供樂事，嚴光搖翠落飛觴。清忙剛被山靈笑，卻笑擔夫爲底忙。

松根小徑入天平，共舍籃輿歷翠屏。陟巘試窮千里目，勺泉聊憩半山亭。石凌蒼靄相離立，樹匝晴烟不斷青。落日英賢呼不得，荒祠喬木有儀刑。（二月望，與次明道復，汎舟出江村橋，抵上沙，遵陸，邂逅朱堯民、錢孔周，登天平，飲白雲亭，次第得詩四首。時嘉靖甲辰春也。徵明識。）

著錄：《故宮書畫圖錄（十九）》頁87～88。

題一川圖卷

引首：

淵岱之琛（隸書）。（後學王穉登書。）

畫心：

一川圖。（徵明。）

三篙新浪雨初足，一川春水縈淺綠。夾溪幾樹吐緋桃，隱約人家在岩曲。老翁課子事始耕，幸有數頃良田沃。韶華遍布澤及時，比戶已兆盈菽粟。披圖恍覿太平風，臥遊神往心相屬。（庚申孟夏，御題。嘉慶。）

拖尾：

清川一道碧沄沄，川上風光盡屬君。隨柳傍花行處樂，浴鳧飛鷺靜中羣。（穀祥。）

姑蘇張一川，余未識其人也，文太史諸公，爲詩傳以頌，少友方子，嘗旅其家，懇余賦其號，遂漫錄之。

入目多污濁，憐君操自清。心源涵巨派，游跡迥孤名。獨有魚龍隱，更無風浪攖。余非逐流者，爲賦仲尼情。（南禺豐道生。）

著錄：《故宮書畫圖錄（十九）》頁123～124。

題林泉雅適圖并書七言長句卷

引首：

林泉雅適。（徵明。）

畫心：

甲寅秋日，徵明寫。

拖尾：

郭西閒汎

雨足新蒲長碧芽，野塘十里抱村斜。青春語燕窺游舫，白日流雲漾淺沙。湖上脩眉遠山色，風前薄面小桃花。老翁負汲歸何處，深樹鶴鳴有隱家。

夏日飲湯子重園亭賦

城居何處息炎蒸，與客來投小隱亭。五月葵榴晴折絳，四簷梧竹畫圍青。從心（疑漏一字）遠柴門靜，不覺風微宿酒醒。怪是淹留終日便，主人蕭散舊忘形。

夏日園居

筆牀書卷繞壺觴，到此欣然百事忘。自笑頻來非俗客，只愁難卻是清忙。池塘聽雨煩心靜，軒檻迎風醉面涼。綠樹繚垣啼鳥寂，更從何處覓江鄉。

題畫

隔浦羣山百疊秋，青烟漠漠望中收。松搖落日黃金碎，江浸長空碧玉流。水閣虛明占勝概，野情蕭散在滄洲。人間佳境非難覓，自是塵緣不易投。

莊居即事

背郭通村小築居，任心還往樂何如。山中舊業千頭橘，水面新租十畝魚。未遂隱謀聊避俗，不忘壯志有藏書。抱衾曾借西齋榻，回首題詩十載餘。（嘉靖甲寅秋七月望書。徵明。）

著錄：《故宮書畫圖錄（十九）》頁 101～103。

題江南春圖軸

江南春。（詞，略）（嘉靖丁未春二月，徵明畫，并書追和雲林先生詞二首。）

春水初柔春樹青，遠山經翠玉爲屏。[?]村阿那扁舟處，我亦曾因高興

停。（戊子仲春，御題。）

著錄：《故宮書畫圖錄（七）》頁 93。

題春雲出山圖軸

春雲半出山突兀，春樹亂搖風雨來。誰識杜陵新句法，浣花溪上艸堂開。（徵明。）

著錄：《故宮書畫圖錄（七）》頁 105。

題春山烟樹軸

千村綠樹一谿分，百疊晴巒鎖白雲。貌得江南烟雨意，錯教人喚米敷文。（徵明。）

樹色猶含雨，山容未歛雲。草堂閒注目，春意正氤氳。（穀祥。）

雷平春色曉氛氳，天外三峯碧玉文。爲問華陽洞中客，可能持寄隴頭雲。（彭年。）

春水沒漁磯，春雲連樹綠。落景在遙山，江南雨新足。（袁褧。）

春山秀冶含姿，春樹烟融雨滋。記得楓橋那畔，所逢往往如斯。（乾隆甲戌春，御題。）

著錄：《故宮書畫圖錄（七）》頁 107。

題燕山春色圖軸

燕山二月已春酣，宮柳霏烟水暎藍。屋角踈花紅自好，相看終不是江南。（甲申二月，徵明畫并題。）

竹樹扶踈足隱淪，深山曲逕絕□塵。空齋偶坐談玄者，應是忘□□道人。（彭年。）

東華塵愛軟紅酣，待詔 ? 門衣脫藍。既憶江鄉蓴味好，何來 ? ? 此圖南。（庚寅仲春月，御題。）

著錄：《故宮書畫圖錄（七）》頁 61。

題雨餘春樹軸

雨餘春樹綠陰成，最愛西山向晚明。應有人家在山足，隔溪遙見白烟生。（余爲瀨石寫此圖，數日復來使補一詩，時瀨石將北上，舟中讀

之，得無尚有天平靈巖之憶乎。丁卯十一月七日。文璧記。）

爲圖復與補詩成，送客北征雪景明。卻是靈巖昔駐處，展觀亦用繾懷
生。（己酉新正，御題。）

著錄：《故宮書畫圖錄（七）》頁49。

題春林策杖軸

江南春煖樹交青，樹杪芙蓉列翠屏。短策携琴過橋去，高原別有見山
亭。（徵明。）

著錄：《故宮書畫圖錄（七）》頁109。

題溪橋曳杖圖軸

雨餘山歛青，雲斷烟含暝。曠野不逢人，斜陽半溪影。（徵明。）

著錄：《故宮書畫圖錄（七）》頁111。

題風雨歸舟圖軸

雨浥樹如沐，雲空山欲浮。艸分波動處，曲港有歸舟。（徵明爲延望
作并題。）

著錄：《故宮書畫圖錄（七）》頁113。

題松陰曳杖圖軸

嘉靖甲辰四月既望。（徵明製。）

陶令歸來後，盤桓撫孤松。惟應王太守，籬下一相逢。（丙寅春月，
御題。）

著錄：《故宮書畫圖錄（七）》頁87。

題蒼崖漁隱軸

蒼崖千尺鎖烟霞，雞犬漁梁隔隱家。何處流來春水遠，自停蘭棹看飛
花。（徵明。）

著錄：《故宮書畫圖錄（七）》頁115。

題松聲一榻圖軸

六月飛泉瀉玉虹，仙人虛閣在山中。四簷秀色千峰雨，一榻松聲萬壑
風。（徵明。）

著錄：《故宮書畫圖錄（七）》頁 117。

題蘭亭修禊圖軸

蘭亭序。（文略）（嘉靖三年春三月既望，衡山文徵明書於玉蘭堂。）
脩禊依然晉永和，書成只待蕢山婆。何須感慨論脩短，試看衡山駐日
戈。（御題。）

著錄：《故宮書畫圖錄（七）》頁 63。

題長松平皋圖軸

長松落高蔭，平皋出石罅。脩梁不通塵，幽人寄客暇。散策探奇情，
筴在疎林下。萬里疊遙岑，晴湖自天瀉。何處得秋多，凌空有虛榭。
（徵明為原承畫并題。）

著錄：《故宮書畫圖錄（七）》頁 119。

題松下觀泉圖軸

雨過羣峰萬壑奔，松風瀨水玉粼粼。安知嘯詠臨流者，不是山陰禊飲
人。（徵明。）

著錄：《故宮書畫圖錄（七）》頁 121。

題松下聽泉圖軸

一雨垂垂兩日連，坐令五月意蕭然。置身如在重巖底，耳聽松風眼看
泉。（五月十八日在雅歌堂看雨，畫此就題。文壁。）

著錄：《故宮書畫圖錄（七）》頁 123。

題茂松清泉軸

（嘉靖壬寅四月廿日。徵明筆。）
橫琴不鼓有餘情，聽取潺湲絃外聲。茂樹嘉陰默相對，肯談俗事擬班
荊。（甲戌夏，御題。）

著錄：《故宮書畫圖錄（七）》頁 85。

題好雨聽泉圖軸

楞伽山下雨餘天，綠樹沉沉宿野烟。輸與溪翁能領略，自携艇子看飛
泉。（徵明。）

著錄：《故宮書畫圖錄（七）》頁 125。

題空林落葉圖軸

步入空林中，踽踽吟正苦。時聞落葉聲，卻訝催詩雨。（徵明。）

著錄：《故宮書畫圖錄（七）》頁 127。

題溪亭客話軸

綠樹陰陰翠蓋長，雨餘新水漲迴塘。何人得似山中叟，對語溪亭五月涼。（徵明。）

絡石飛來瀑水長，澹然清聽滿林塘。劇談想是羲皇上，那涉世間炎與涼。（戊寅御題即用其韻。）

著錄：《故宮書畫圖錄（七）》頁 129。

題綠陰清話軸

碧樹鳴風澗草香，綠陰滿地話偏長。長安車馬塵吹面，誰識空山五月涼。（徵明。）

著錄：《故宮書畫圖錄（七）》頁 131。

題綠陰草堂圖軸

原樹蕭疎帶夕曛，塵蹤渺渺一溪分。幽人早晚看花去，應負山中一段雲。（文壁。）

天河一夜雨，染盡郊原綠。頗怪出山雲，時能礙游目。（蔡羽。）

衡門晝長掩，春艸綠於積。儻有問字過。朝來見行迹。（王寵。）

百尺飛泉下遠岡，隔溪灌木奏笙簧。杖藜行過溪梁去，萬綠陰中有草堂。（師道。）

尺楮相看二十年，林巒蒼翠故依然。白頭點筆閒情在，莫道聰明不及前。（乙未中元，徵明重題。）

著錄：《故宮書畫圖錄（七）》頁 133。

題千巖競秀軸

比嘗冬夜不寐，戲寫千巖競秀圖，僅成一樹，自此屢作屢輟，自戊申抵今庚戌始成，蓋三易歲朔矣，昔王荊公選唐詩，謂費日力於此，良

可惜也，若余此事，豈特可惜而已。（三月十日，徵明記，時年八十又一。）

二老喬柯下，高談暢遠眸。蔚巖秀相競，落瀑響如浮。作輮經三歲，精神入九秋。似茲費日力，亦自是風流。（丁亥秋月，御題。）

著錄：《故宮書畫圖錄（七）》頁101。

題洞庭西山圖軸

薄雲籠月夜微茫，十里松陰一徑長。草澗伏流時迸響，野梅藏雪暗吹香。冥烟突兀蒼山色，遠火依稀破壁光。十五年前舊遊地，重來踪跡已相忘。（癸卯十月，同履學遊洞庭湖西山，歸而圖之，并系此詩，迄今戊申冬仲，六閱年矣！追想作此，精神目力，尚不減也。徵明時年七十有九。）

著錄：《故宮書畫圖錄（七）》頁97。

題溪山秋霽圖軸

最愛吳王銷夏灣，輕橈短楫弄潺湲。涼風數點雨餘雨，落日千重山外山。（徵明。）

著錄：《故宮書畫圖錄（七）》頁135。

題雪滿群峰軸

雪壓溪南三百峯，溪流照見玉瓏瑽。等閒十里溪山勝，都落高人跨蹇中。（徵明。）

著錄：《故宮書畫圖錄（七）》頁137。

題寒山風雪圖軸

十月西風凋木葉，夕陽初見野人家。江南絕境真難記，山色呈寒水露沙。（徵明。）

著錄：《故宮書畫圖錄（七）》頁139。

題雪歸圖軸

雲色彤時雪正飛，西風驢背欲添衣。不知詩思能欺凍，古木斜岡晚未歸。（徵明。）

著錄：《故宮書畫圖錄（七）》頁141。

題雪景軸

寒鎖千林雪未消，何人跨蹇過溪橋。莫嫌緩轡詩難就，玉樹瓊枝應接勞。（徵明。）

見晛應知消未得，吹風卻訝積猶高。漫言雪景饒真賞，對幻思真忘每勞。（庚辰仲冬御題。）

著錄：《故宮書畫圖錄（七）》頁143。

題雪景軸

憶得騎驢犯朔風，千山靄靄雪濛濛。不辭凍合溪橋滑，身在璚林玉樹中。（徵明。）

著錄：《故宮書畫圖錄（七）》頁145。

題雪景軸

臘月江南木葉殘，一宵深雪變峯巒。山空莫道無光景，萬柏蒼蒼領歲寒。（徵明。）

著錄：《故宮書畫圖錄（七）》頁147。

題倣古山水軸

青山稠疊水漣漪，映樹蘭舟晚更移。一縷茶烟衝宿鷺，無人知是陸天隨。（徵明。）

著錄：《故宮書畫圖錄（七）》頁149。

題山水軸

峻嶺崇山帶茂林，激湍宛轉斷埃塵。焉知嘯詠臨流者，不是羲之輩行人。（徵明。）

著錄：《故宮書畫圖錄（七）》頁151。

題聽泉圖軸

空山日落雨初收，烟樹沉沉水亂流。獨有幽人心不競，坐聽寒玉竟遲留。（徵明畫并詩。）

亂山新雨足，碧澗泛桃花。獨坐清溪靜，逍遙弄落霞。（王守。）

獨坐靈泉上，泠泠與耳謀。山中忘日月，春去落花流。（王寵。）

著錄：《故宮書畫圖錄（七）》頁153。

題茶事圖軸

茶塢

巖隈藝雲樹，高下欝成塢。雷散一山寒，春生昨夜雨。棧石分瀑泉，梯雲探烟縷。人語隔林聞，行行入深迂。

茶人

自家青山裡，不出青山中。生涯草木靈，歲事烟雨功。荷鋤入蒼靄，倚樹占春風。相逢相調笑，歸路還相同。

茶筍

東風臨紫苔，一夜一寸長。烟華綻肥玉，雲甤凝嫩香。朝採不盈掬，暮歸難傾筐。重之黃金如，輸貢充頭綱。

茶籝

山匠運巧心，縷筠裁雅器。絲含故粉香，蓊帶新雲翠。攜攀蘿雨深，歸染松嵐膩。冉冉血花斑，自是湘娥淚。

茶舍

結屋因巉阿，春風連水竹。一徑野花深，四隣茶荈熟。夜聞林豹啼，朝看山麋逐。粗足辦公私，逍遙老空谷。

茶竈

處處鬻春雨，青烟映遠峯。紅泥侵白石，朱火然蒼松。紫英凝面落，香氣襲人濃。靜候不知疲，夕陽山影重。

茶焙

昔聞鑿山骨，今見編楚竹。微籠火意溫，密護雲芽馥。體既靜而貞，用亦和而煖。朝夕春風中，清香浮紙屋。

茶鼎

斲石肖古製，中容外堅白。煮月松風間，幽香破蒼壁。龍顏縮蠶勢，蟹眼浮雲液。不使彌明嘲，自適王濛厄。

茶甌
疇能鍊精珉，範月奪素魄。清宜鬻雪人，雅愜吟風客。穀雨鬪時珍，乳花凝處白。林下晚未收，吾方遲來屐。

煮茶
花落春院幽，風輕禪室靜。活火煮新泉，涼蟾浮圓影。破睡策功多，因人寄情永。仙遊恍在茲，悠然入靈境。

（嘉靖十三年，歲在甲午，穀雨前二日，支硎虎阜茶事最盛，余方抱病，僵息一室，弗能往與好事者同爲品試之會，佳友念我，走惠三二種，乃汲泉以火烹啜之，輒自第其高下，以適其幽閒之趣，偶憶唐賢皮陸故事，茶具十詠，因追次焉，非敢竊附於二賢後，聊以寄一時之興耳，漫爲小圖，并錄其上。文徵明識。）
著錄：《故宮書畫圖錄（七）》頁71。

題品茶圖軸

碧山深處絕纖埃，面面軒窗對水開。穀雨乍過茶事好，鼎湯初沸有朋來。（嘉靖辛卯，山中茶事方盛，陸子傳過訪，遂汲泉煮而品之，眞一段佳話也。徵明製。）
著錄：《故宮書畫圖錄（七）》頁69。

題影翠軒圖軸

影翠軒圖。
墨痕漫渙紙膚殘，竹樹依然翠雨寒。三十年來頭白盡，卷中猶作故人看。（徵明重題。）
著錄：《故宮書畫圖錄（七）》頁155。

題古石喬柯圖軸

古石埋蒼蘚，喬柯舞翠陰。不教霜雪損，自負歲寒心。（徵明。）
石喬柯亦古，氣求蔚森陰。詎可畫圖視，停雲自寄心。（庚辰初交，

御題即用原韻。）

著錄：《故宮書畫圖錄（七）》頁 157。

題古洗蕉石圖軸

張外史伯雨嘗得古銅洗，種小蕉白石上置洗中，名之曰蕉池積雪，賦
詩云：

銅駝陌上得銅洗，曾見漢朝風露零。寒光未蝕劫灰黑，古色猶帶宮苔
青。金人垂淚漫懷古，玉女洗頭真寓形。天公作池媚雪蕉，何以報之
雙玉餅。

周江邨作蕉石積雪軒饒介之追和外史韻

周君張君先後爾，以蕉養雪誰先零。積玉得名亦齒齒，孤鸞落羽何青
青。豈不能供一日樂，詎有常存千載形。銅官鑄洗洗獨在，笑灌翠碧
宜銅餅。

倪元鎮次前韻

雪中芭蕉見圖畫，蕉石積雪將凋零。風翻窓裏浪花白，雨壓床頭雲孕
青。詩人超軼有遠思，造物變幻難逃形。爾亦林居喜幽事，曉挹石溜
携銅餅。

種蕉依石名蕉雪，積雪常存蕉未零。淡影半籠雲尚淺，素光相照色逾
青。秋風不剪新抽葉，春水難消已凍形。句曲老仙親灌處，輞川庄上
汲銅餅。（杜瓊用嘉。）

凡物深培出常類，宜爾雪寒蕉不零。孤根傍石一何潔，數葉含風長自
青。目前無座竟成趣，筆端有神能忘形。怡然相對不相厭，此意猶如
雪在餅。（趙宗文。）

愛爾東原延綠亭，不隨凡卉一時零。詩中有畫人如玉，眼底無塵雪亦
青。幾葉自成鸞舞影，一拳誰作虎潛形。雨聲英漫雲根濕，我合携之
溜玉餅。（周鼎伯器。）

讀書窓外靈苗異，托根石罅難凋零。一拳滿水自然白，數葉莊春依舊
青。濃雲只訝鳳垂翼，素質猶疑羊化形。惟有梅花可同調，好折霜枝

溜膽缾。（錢昌允言。）

先君溫州嘗同呂太常追和其韻

好事品題成小巧，古賢風韻未凋零。仙人掌上一團雪，摩詰圖中四序青。聊爾栽培供一笑，不須劚洗是忘形。何當月下仍招我，贈子中冷水滿缾。（呂太常。）

古洗翠呈孤嶼白，蕉旋新葉甘露零。水面雲根浮玉淨，雪中山色向人青。仙舟夜靜寒生瀨，漢物歲長神練形。月上虛堂作相對，釣簾何惜傾酒缾。

漢洗蒼蒼留色相，蕉生白石不凋零。壁擁雪霽波沈綠，蓬島雲橫嶂亂青。氣兼漢水虛含象，物是古今同委形。昨夜涼風起天末，剖將甘露滴銀缾。

空山白石漢壘洗，不與時世俱凋零。天星墜尙地皎皎，土花蝕雨何青青。千年物色本同幻，前輩畫格能遺形。懷賢吊古意無極，一笑醉倒雙銀缾。（先君文衡山追和。嘉靖丙辰秋八月望日，三橋居士文彭書於金臺石室中。）

著錄：《故宮書畫圖錄（七）》頁159。

題蘭竹軸

清眞寒谷秀，幽獨野人心。結意青霞珮，傳情綠綺琴。（徵明。）

誰是同心友，幽蘭在空谷。踈篁更娟娟，閒情寄雙玉。曾聞緱嶺笙，欲解湘江佩。翛然太史筆，齋居坐相對。（甲辰五月十二日。復初題贈。）

一首尼山操，三篇衛國詩。眞教授氣味，誰復覺參差。?入葳蕤影，香各瀟灑枝。衡翁非漫作，應爲寄相知。（壬午春日，御題。）

著錄：《故宮書畫圖錄（七）》頁161。

題堯峰十景詩畫卷

引首：

堯峯選勝。（徵明。）

畫心：

（徵明。）

拖尾：

堯峯十首

半峰亭

堯峯千丈削芙蓉，峰半虛亭正倚空。不用風烟誇絕頂，勝情都在翠微中。

清暉軒

平湖風定玉浮瀾，山月流暉草閣寒。萬籟無聲天地寂，道人清夜倚闌干。

碧玉治

玉治冷冷一鏡開，秋清雲淨碧於苔。怪來千劫無塵垢，曾是高僧照影來。

觀音巖

千年大士逐飛烟，此地觀音尚有巖。流水山花神觀在，不妨明月夜同參。

白龍洞

草木春深顴萬峯，黝然古洞白雲封。江湖不與風雷際，誰識空山有臥龍。

多景巖

多景巖前萬景屯，井霏窟穴自朝曛。山深路絕無人到，千古幽情付白雲。

寶雲井

古井無波汲愈新，千年誰識寶雲心。意中脈脈源流遠，物外悠悠利澤深。

偃蓋松

蓋偃枝虬鐵石望，霜淩雪厲轉蒼然。誰言不入明堂用，自要支離閱歲年。

鐵塔

零落神僧古道場，尚餘鐵塔奠松岡。夜深林表飛虹月，知是千年舍利光。

妙亭峯

支節獨上妙高峯，塵海蒼茫萬界空。祇覺迥臨飛鳥上，不知身在碧雲中。

（嘉靖十年歲在辛卯九月既望，長洲文徵明賦并圖。）

附紙：

京師廟市偶得文待詔堯峯選勝圖詠眞蹟，寄弇山中丞甥清賞，即以爲壽。

（七古四十一句，略）

己亥仲秋息圃鳳孫手槀，時年七十有四。

著錄：《故宮書畫圖錄（十九）》頁 63～66。

題春皋垂釣卷

畫心：

野人踪蹟樂丘園，最是春皋百物妍。老有光陰供杖屨，醉撩花鳥屬詩篇。草痕入望微微雨，柳色浮空漠漠烟。付與兒曹[?]作，踏青尋樂自年年。（嘉靖庚戌八月既望，友人持絹素索春皋圖，因爲此賦，老邁不足觀，惟恐虞來命耳。微明時年八十又一。）

春皋圖爲節夫揚君作并題。（微明。）

拖尾：

湖上微風小檻涼，飜飜菱荇滿迴塘。野船著岸入春草，水鳥帶波飛夕陽。蘆葉有聲疑露雨，浪花無際似瀟湘。飄然蓬艇東歸客，盡日相爲憶楚鄉。（王穉登。）

著錄：《故宮書畫圖錄（十九）》頁 99。

題山水卷

畫心：

（嘉靖甲寅中秋。徵明製。）

拖尾：

長江滔滔向東瀉，憶昔扁舟順流下。雙峰閣前浪花白，兩岸青山似奔馬。蒹葭楊柳風颼颼，江行六月疑深秋。歸來已是十年事，看盡偶然思舊游。水聲樹色非邪是，仍見山腰隱高寺。赤岸滄洲杳靄間，只尺悠然起愁思。（嘉靖乙酉二月，花朝文彭題。）

著錄：《故宮書畫圖錄（十九）》頁 105～106。

題西苑圖卷

拖尾：

西苑十首題跋

太液池。（識文略）

泱漭滄池混太清，芙蓉十里錦雲平。曾聞樂府歌黃鵠，還見秋風動石鯨。玉蝀蜿蜒垂碧落，銀山縹緲自寰瀛。從知鳳輦經遊地，鳧鴈徊翔總不驚。

承光殿。（識文略）

小苑平臨太液池，金鋪日上見蟠螭。雲中帝座飛華蓋，城上鈎陳繞翠旗。紫氣曾迴雙鳳輦，青松猶有萬年枝。從來清蹕深嚴地，開盡（遺一碧字）桃人未知。

瓊華島（識文略）

海上三山擁翠鬟，天宮遙在碧雲端。古來漫說瑤臺迥，人世寧知玉宇寒。落日芙蓉烟裊裊，秋風桂樹露漙漙。勝遊寂寞前朝事，誰見鸞笙駕綵鸞。

龍舟浦（識文略）

別殿陰陰水竇連，漢家帝子有樓船。蘭橈桂楫曾千古，錦纜牙檣憶往年。汾水秋風空落日，隋堤楊柳漫生烟。今皇別有同民樂，不遣青龍漾碧川。

芭蕉園（識文略）

小山盤折翠崟岈，松檜陰陰輦路斜。草長蘭（遺一亭字）迷曲水，雨深桃洞自飄花。紫雲依舊圍黃屋，青鳥還應識翠華。知是使臣焚草地，文光隱隱結紅霞。

樂成殿（識文略）

太液東來錦浪平，芙蓉小殿瞰虛明。赤欄醮影雙龍臥，綠水浮渠九島輕。漾日金鱗堪引釣，拂天翠柳亂聞鶯。激流靜看飛輪轉，天子無爲樂歲成。

南臺（識文略）

青林迤邐轉迴塘，南去高臺對苑墻。暖日旌旗春欲動，薰風殿角晝生涼。別開水榭親魚鳥，下見平田熟稻梁。聖主一遊還一豫，依然清禁有江鄉。

兔園山（識文略）

漢王遊息有離宮，瑣闥朱扉迤邐通。別殿春風巢紫鳳，小山飛澗架晴虹。團雲芝蓋翔林表，噴壑龍泉轉地中。簡樸由來堯舜事，故應梁苑不相同。

平臺（識文略）

日上宮墻霏紫埃，先皇閱武有層臺。下方馳道依城盡，東面飛華映水開。雲傍綺疏常不散，鳥窺偃仗去還來。金鑾待詔頭都白，欲賦長揚愧不才。

萬歲山（識文略）

日出靈山花霧消，分明員嶠戴金鰲。東來複道浮雲迥，北極觚稜王氣高。偃仗乘春觀物化，寢園常歲薦櫻桃。青林翠葆深於沐，總是天家

雨露膏。

（嘉靖丙午歲仲春，衡山文徵明書于玉磬山房。）

著錄：《故宮書畫圖錄（十九）》頁141～144。

題喬林煮茗圖軸

不見鶴翁今幾年，如聞僊骨瘦於前。只應陸羽高情在，坐蔭喬林煮石泉。（久別耿耿，前承雅意，未有以報，小詩拙畫，聊見鄙情。徵明。奉寄如鶴先生。丙戌五月。）

著錄：《故宮書畫圖錄（七）》頁65。

題仿李成谿山深雪軸

正德十年乙亥，倣李營丘谿山深雪圖。（徵明。）

山陰舟艤凍溪邊，尚有泠泠瀑水點。此日料?王逸少，倚窓停筆望江天。（乾隆御題。）

著錄：《故宮書畫圖錄（七）》頁53。

題碧梧修竹圖軸

碧梧修竹晚亭亭，長夏茆堂暑氣清。虛室捲簾容燕入，小窓敧枕看雲行。千年白苧歌仍在，九轉丹砂藥未成。風定日沉山寂寂，隔林時聽亂蟬聲。（徵明。）

著錄：《故宮書畫圖錄（七）》頁163。

題金山圖軸

金山杳在滄溟中，雪厓氷柱浮僊宮。乾坤扶持自今古，日月彷彿懸西東。我泛靈槎出塵世，搜索異境窺神功。一朝登臨重歎息，四時想像何其雄。捲簾夜閣挂北斗，大鯨駕浪吹長空。舟推岸斷豈足數，往往霹靂搥蛟龍。寒蟾八月蕩瑤海，秋光上下磨青銅。鳥飛不盡暮天碧，漁歌忽斷蘆花風。蓬萊久聞未成往，壯觀絕致遙應同。潮生潮落夜還曉，物與數會誰能窮。百年形影浪自苦，便欲此地安微躬。白雲南來入長望，又起歸興隨征鴻。（嘉靖壬午歲秋仲廿二，登金山渡金陵舟中戲墨作。徵明。）

不到江天寺，安知空濶奇。携將親諧取，當境固如斯。(辛未南巡，行笈中携待詔此幀，二月既望，坐金山江閣，因題。御筆。)

著錄：《故宮書畫圖錄（七）》頁 59。

題琴鶴圖軸

茅簷灌莽落清陰，童子遙將七尺琴。流水高山堪寄興，何須城市覓知音。(徵明。)

蕭齋綠樹蓋重陰，家事無須鶴與琴。祇許幽人來問字，相商疏宕以前音。(乾隆丙子春，御題。)

著錄：《故宮書畫圖錄（七）》頁 165。

題疏林茆屋軸

佛座香燈竹裡茶，新年行樂得僧家。蕭然人境無車馬，次第空門有歲華。幾日南風消積雪，一番春色近梅花。坐吟殘照歸來緩，古木荒烟散晚鴉。(春初偶同子重過竹堂賦此，是歲正德甲戌。徵明。)

著錄：《故宮書畫圖錄（七）》頁 51。

題蕉池積雪軸

張外史伯雨，嘗得古銅洗，種小蕉白石上，置洗池中，名曰蕉池積雪，賦詩云：

銅駝陌上得銅洗，曾見漢朝風露零。寒光未蝕劫灰黑，古色猶帶宮苔青。金人垂淚漫懷古，玉女洗頭真寓形。天公作池媚蕉雪，何以報之雙玉瓶。

周江邨作蕉石積雪軒，饒兮之追和外史韻

周君張君先後爾，以蕉養雪誰先零。積玉得名亦齒齒，孤鸞落羽何青青。豈不能供一日樂，詎有常存千載形。銅官鑄洗洗獨在，笑灌翠碧宜銀瓶。

倪元鎮次前韻

雪中芭蕉見圖畫，蕉石積雪終凋零。風翻窓裏浪花白，雨壓牀頭雲朵青。詩人超軼有遠思，造物變幻難逃形。爾亦林居喜幽事，曉挹石溜

携銅瓶。

種蕉依石名蕉雪，積雪常存蕉未零。淡影半籠寒尚淺，素光相照色逾青。秋風不剪新抽葉，春水難消已練形。勾曲老僊親灌處，輞川莊上汲銅瓶。（杜瓊用嘉。）

凡物深培出常類，宜爾雪蕉寒不零。孤根傍石一何潔，數葉含風長自青。目前無塵竟成趣，筆端有神能幻形。怡然相對不相厭，此意猶如雪在瓶。（趙宗文。）

愛爾東原延綠亭，不隨凡卉一時零。詩中有畫人如玉，眼底無塵雪亦春。幾葉自成鸞舞影，一拳誰作虎潛形。雨聲莫漫雲根滴，我欲携之浸玉瓶。（周鼎伯器。）

讀書窗外靈苗異，托根石罅難凋零。一拳浸水自然白，數葉藏春依舊青。濃雲只訝鳳垂翼，素質猶疑羊化形。惟有梅華可同調，好折霜枝浸膽瓶。（錢昌允言。）

先君溫州嘗同呂太常追和其韻

好事品題成小巧，古賢風韻未凋零。僊人掌上一團雪，摩詰圖中四序青。聊爾栽培供一笑，不須磨洗是忘形。何當月下仍招我，贈子中冷水滿瓶。

（嘉靖壬辰秋八月既望，長洲文徵明追和并錄。）

著錄：《黃君璧先生捐贈文物特展目錄》圖 5，頁 11。

題山水鏡心裝

江南春煖樹交青，遇雨芙蓉列翠屏。短策崎嶇穿逕去，高原別有見山亭。（徵明。）

三湖夕照兩峯青，十里山塘罨畫屏。載酒携琴欲何往，雲林深扣草玄亭。（欲訪昆湖先生，次題小□，用代投刺。嘉靖甲寅，石川居士張寰識。）

著錄：《吉星福代表張振芳教授伉儷捐贈文物目錄》圖 8，頁 71。

題雲山烟樹圖卷

引首：

雲山烟樹。（徵明。）

畫心：

徵明倣米南宮筆。

拖尾：

雲山烟樹望中微，茆屋人家隔水西。讀罷殘書春晝永，短墻喔喔一聲雞。（穀祥。）

雨餘嵐翠濕秋山，罨畫樓臺紫翠間。白鳥不飛波不動，夕陽江上幾人還。（文嘉。）

雨絲池水上，雲片屋山東。瀝瀝簷花落，盈盈地脉通。搖村江柳綠，照檻苑桃紅。入夜蛙聲急，田家報歲豐。（彭年。）

著錄：《羅家倫夫人張維楨女史捐贈書畫目錄》圖 23，頁 70～73。

題山水軸

短杖輕衫爛熳遊，暮秋時節水東流。日長深樹青幃合，雨過遙山碧玉浮。（徵明。）

著錄：《何應欽將軍遺贈書畫展圖錄》圖 2，頁 8。

題石湖詩畫卷

畫心：

（嘉靖辛丑三月既望。徵明製。）

拖尾：

石湖

石湖烟水望中迷，湖上花深鳥亂啼。芳草自生茶磨嶺，畫橋東注越來溪。涼風裊裊青蘋末，往事悠悠白日西。依舊江波秋月墮，傷心莫唱夜烏栖。

貪看瀰瀰水拍堤，扁舟忽在跨塘西。千山過雨青猶滴，四月尋春綠已齊。湖上未忘經歲約，竹間覓得舊時題。晚烟十里歸城路，不是桃源也自迷。

橫塘西下水如油，拂岸垂楊翠欲流。落日誰歌桃葉渡，涼風徐度藕花洲。蕭然白雨醒煩暑，無數青山破晚愁。滿目烟波情不極，行人還上木蘭舟。

石湖閒汎小詞寄風入松。（詞略）（嘉靖辛丑三月既望閒書。徵明。）

李少司農先生以文待詔石湖圖見示，家山綿渺，杳不可即，書四絕句錄請教正。

石湖煙水拍天浮，百頃滄波一望收。彷彿橫塘過西路，綠楊影裏上漁舟。行春橋下水潺潺，畫舫笙歌日往還。為問煙嵐最高處，居人遙指上方山。溪山十里寫難眞，想像湖光絕點塵。不到橫塘十餘載，憑將畫裏看遊人。月色空明水色涼，白銀盤照碧湖光。詩人去後無消息，惟有漁翁是故鄉。（康熙壬寅四月廿五日，秋泉居士汪士鋐題。）

（徐葆光題識，略）（康熙壬寅六十有一年四月朔。長洲徐葆光。）

衡山寫石湖圖，小設色絹本，并自書所作石湖詩詞紙本，合為一卷，後有汪文升、徐亮直二公跋，皆眞迹也。（後略）（乾隆五十七年夏六月芑孫觀於京師又記。）

（王芑孫題識，略）（乾隆壬子六月五日，長洲王芑孫書於京師城南之棗花閣。）

著錄：《王雪艇先生續存文物圖錄》圖44，頁82～85。

題詩畫卷

畫心：

（徵明。）

拖尾：

島嶼縱橫一鏡中，濕銀盤浸紫芙蓉。誰能胸貯三萬頃，我欲身遊七十峯。天遠洪濤翻日月，春寒澤國隱魚龍。中流彷彿聞雞犬，何處堪追范蠡踪。（徵明。）

著錄：《王雪艇先生續存文物圖錄》圖45，頁86～87。

題西窗風雨圖軸

酒冷香殘夢不成，起燒消燭照寒更。最憐庭下蕭蕭樹，併作西窗風雨聲。（壬寅冬月夜坐戲作。徵明。）

著錄：《王雪艇先生續存文物圖錄》圖47，頁90。

題影翠軒圖軸

正德庚辰四月徵明寫影翠軒圖。

墨痕漫澳紙膚殘，竹樹依然翠雨寒。三十年來頭白盡，卷中猶作故人看。（徵明重題。）

著錄：《王雪艇先生續存文物圖錄》圖48，頁91。

文徵明畫題畫詩（大陸藏畫）

題永錫難老圖卷

引首：

永錫難老（隸書）。（徵明。）

畫心：

（嘉靖丁巳徵明製。）

拖尾：

經綸黃閣履憂端，五十纔臨鬢已斑。早際風雲裨袞職，久依日月近龍顏。天教昌熾應難老，身繫安危未許閒。白髮野人何所頌，短章聊賦信南山。（大學士存齋先生九月寔維降誕之辰，從子瑚索詩稱慶，徵明於公，固有不能已於言者，既爲製圖，復贅短什。時歲嘉靖三十六年丁巳，長洲文徵明頓首上。）

（董其昌跋文，略）

著錄：《中國古代書畫圖目一》頁 11。《文徵明題畫詩》頁 45～46。

題雲泉烟樹圖軸

一線白雲泉，千村碧烟樹。懊惱沙塵中，自寫江南雨。（徵明。）

（王穀祥七絕，字跡過小，模糊難辨）

著錄：《中國古代書畫圖目一》頁 167。

題金焦落照圖卷

引首：

金焦落照（篆書）。（穀祥。）

拖尾：

弘治乙卯，徵明試金陵，渡楊子，戲作金焦落照圖，承水部吳西溪先生寄示二詩云：戲拈禿筆寫金焦，萬里青天見玉標。未用按圖神已往，耳邊似接海門潮。　閒寫金焦鎮海門，夕陽孤鶩淡江痕。一枝畫筆承傳久，始信先生老可孫。雅意不敢虛度，賦長句以復。

憶昨浮船下楊子，平翻渺渺波千里。何來雙島挾飛樓，璀璨彤煌截濤

起。夕峰倒浸滿江紅，霜樹高浮半空紫。舟人指點落日處，凌亂烟光射金綺。平生快覩無此奇，卻恨歸帆如風駛。至今偉跡在胷中，回首登臨心未已。偶然興落尺紙咫間，便欲平吞大江水。固知心手不相能，塗抹聊當臥遊耳。晴窓舒卷日數回，不敢示人聊自喜。水部先生詩有名，忽寄瑤篇重稱美。漫云家法自湖州，自愧區區何足齒。由來題品係名聲，何況先生是詩史。君不見，當年畫馬曹將軍，附名甫集猶不死。又不見，閣公自謂起文儒，池上俄蒙畫師恥。人生固有幸不幸，拙劣何堪古人擬。江山千載等陳迹，一笑寧須論非是。（右詩區區少作，拒今五十又一年矣！遇先生令嗣少溪君言及，遂爲重書一過，雅意勤重，不能自揜其陋也。嘉靖乙巳閏正月二日，文徵明記。）

（陸憲卿等二人識文，略）

著錄：《中國古代書畫圖目二》頁 302。《文徵明題畫詩》頁 20～21。

題人日詩畫卷

拖尾：

乙丑人日，友人朱君性甫、吳君次明、錢君孔周、門生陳滈滈弟津集余停雲館，談讔甚歡，輒賦小詩樂客。是日期不至者：邢君麗文、朱君守中、塾賓闇采蘭。新年便覺景光遲，猶有餘寒宿敝帷。寂寞一杯人日雨，風流千載艸堂詩。華枝未動臨佳節，菜飯相淹亦勝期。春色到今深幾許，小山南畔草痕知。（文壁。）

人日陰寒花事遲，草堂暫假董生帷。欣陪雅集何當客，重辱高情先寄詩。荏苒年光新節物，淋漓春酒舊襟期。幽懷耿耿那堪寫，延佇東風悵所知。（朱存理。）

歲首尋芳未較遲，條風送暖動簾帷。叩門偶赴停雲約，試筆先賡人日詩。閑倚軒楹看暮雨，醉啣杯酒問花期。人生適意惟行樂，世事紛紛底用知。（錢同愛。）

西齋笑語得歸遲，獵獵東風動短帷。鼻關清芬參妙篆，賓筵勝事寫新詩。芳樽人日能無負，細雨梅花恰及期。千載風流文社在，晚生何幸托相知。（門人狄董次。）

晤言樽酒坐來遲，暮色無端看入帷。漠漠一簾留客雨，離離滿紙報春詩。漫云此日人皆得，卻喜衝筵宿有期。景物漸佳應不負，少陵新句最深知。（津蕫次。）

自愧平生見事遲，豈能披卻故人帷。梅華江路空留機，蕙草庭除儘賦詩。一雨祁祁諳節序，百季落落共襟期。唯予寂寞誰相慰，秖許高情鮑叔知。（邢參。）

春陰阻我出游遲，臆想芳筵列綺帷。世事難逃遠公社，埶人多慕少陵詩。滿山殘雪猶需伴，一歲靈辰又負期。試向卷餘留短札，相違應得報君知。（朱正。）

（九人觀畫題記，略）

著錄：《中國古代書畫圖目二》頁 303～304。

題雙柯竹石圖軸

書几薰鑪靜養神，林深竹暗不通塵。齋居見說無車馬，時有敲門問藥人。（徵明奉簡玉池醫博。辛卯閏六月朔。）

蕭落搓枒各有神，薪蕪詭石靜無塵。物猶擇友兩相得，應笑燒琴對畫人。（丁丑夏御題。）

著錄：《中國古代書畫圖目二》頁 306。《文徵明精品集》圖 16。《明四家畫集》圖 108。

題寒林晴雪圖軸

（嘉靖辛卯冬十月既望徵明製。）

絕壑挂銀瀑，羣山開玉屏。道人坐高坡，玄覽游無形。萬象涵太古，孤松能自青。問雲 ? 不極，深淺少 ? 星。（王寵。）

著錄：《中國古代書畫圖目二》頁 306。

題石湖清勝圖卷

畫心：

壬辰七月既望徵明寫石湖清勝。

拖尾：

遊石湖

石湖烟水望中迷，湖上花深鳥亂啼。芳草自生茶磨嶺，畫橋橫注越來谿。涼風裊裊青蘋末，往事悠悠白日西。依舊江波秋月墮，傷心莫唱夜烏栖。

?師?初汎石湖

舟出橫塘里，（後暫略）

再汎

星宮花落雨絲絲，勝日登臨有所思。（後暫略）

中秋石湖翫月

月出橫塘水漫流，（後暫略）

八月十六夜汎湖

皎月飛空?玉輪，（後暫略）

九日遊石湖

風日品品衰物華，（後暫略）

人日石湖小集

人日南湖霽景鮮，（後暫略）

上巳汎石湖

楞伽湖上曉風和，（後暫略）

夏日陪盛中丞遊石湖

平湖六月頷清秋，（後暫略）（丁巳十月廿又三日書。徵明。）

（王穀祥等九人題詩文，略）

著錄：《中國古代書畫圖目二》頁308～309。《文徵明精品集》圖20。《明四家畫集》圖110。

題句曲山房圖卷

引首：

句曲山房。（長洲顧亨謹書。）

畫心：

羣山秣陵來，蒼然見勾曲。高人有幽栖，宛在山之麓。山西窮窟托林

泉，主人況是山中儒。靈峰自古積金地，古洞尚有華陽天。華陽先生
陶隱居，著書此地遺精盧。白雲千載尚，可悅古松風。萬壑今何如，
松風與白雲。高人師自適，未須眞語究靈偏。贖有高風繼青白，翠壑
蒼藤護衡宇。猶憶當年讀書處，湘笈香樓金菌雲。玉琴潤滴丹泉雨，
泉香雲煖花竹幽。高人曾是三年苗，採山釣水良不惡。春頌秋涼有餘
樂，美材自比千丈松。此豈常常在丘壑。一朝出世際昌辰，萬里清風
播寥廓。正資甘雨潤枯槁，未許空山問猿鶴。寄言猿鶴莫猜驚，謝安
方起爲蒼生。（歲乙酉余在京時，克齋先生方官大理，嘗索余畫勾曲
山房圖，未幾余歸老吳門，公亦出餘夢集，及是歡歷中外垂二十年，
頃辱惠書，猶以舊遇爲言，知公雖在朝市而不忘山林也。嘉靖辛丑二
月既望，徵明識，舉年七十有二。）

拖尾：

奉題克翁勾曲山房，用衡山文待詔韻一首。

茅峰互岷峨，虬龍迥盤曲。（後略）（中嶽山人白悅。）

勾曲蜿蜒勢。（後略）（黃寀。）

著錄：《中國古代書畫圖目二》頁 312。

題松陰高士圖軸（此畫鑑定：傅：疑。）

古松 ?? 落清接，風凝飛泉玉喚人。車馬不經心似水，轉知城市覓紅
塵。（甲辰七月十日。）（後十五字，字跡太小難辨。）（徵明。）

飄然中 ? 靈 ??，明月松間石上泉。 ????? 句 ?，?? 北苑 ?
神僊。（? 寅 ? 春月御題。）（圖版過小，字跡難辨。）

著錄：《中國古代書畫圖目二》頁 313。

題仿倪瓚江南春詩意圖卷

畫心：

（徵明戲仿倪雲林寫此，甲辰八月廿又六日。）

拖尾：

江南春。

汀洲夜雨生蘆筍。（後略）（倪元鎮。）

春日香泥迸么筍。（後略）（沈石田。）

象牀[?]室照蘭筍。（後略）

倪公江南春，和者頗多，老孄不能盡錄，錄石田先生二首，蓋首唱也，併寫倪公原唱於前，向附以拙作，亦驥尾之意云爾，卷首復用倪公墨法畫小圖，又見予不卻意也。（甲辰十月既望，文徵明識。）

著錄：《中國古代書畫圖目二》頁 313。

題玉蘭花圖軸（此畫鑑定：傳：非文氏筆。）

綽約新妝玉有輝，素娥千隊雪成圍。要知姑射真仙子，欣見霓裳試羽衣。影落空階初月冷，香生別院晚風微。玉環飛燕元相敵，笑比江梅不恨肥。

奕葉靈葩別種芳，似舒還斂玉房房。仙翹暎月瑤臺迥，素腕披風縞袂長。拭面何郎疑傅粉，前身韓壽有餘香。夜深香霧空濛處，彷彿蘂姬解佩璫。（辛亥八月訪補庵郎中，適玉蘭花盛開，連日賞翫賦此並系以圖。徵明。）

著錄：《中國古代書畫圖目二》頁 317。《文徵明題畫詩》頁 49，詩題作「辛亥春日訪補庵郎中適庭中玉蘭盛開連日賞翫賦此並系此圖」。

題德浮贈別圖軸

五十年來賓主情，忍看執手別[?]局。秋風寂寞陳春榻，萱草依然茂秋庭。千里去束頭摠白，一樽相對眼橫青。臨行畫寫吳楓冷，何日高踪再此經。（臨寫弘治百[?]，余西塾自遲往來[?]五十年矣，[?][?]出書作相示，因次韻餞行。嘉靖乙卯，徵明。）

著錄：《中國古代書畫圖目二》頁 317。

題瀟湘八景圖冊（八開）（此畫鑑定：徐、傅：畫存疑。）

（1）扉頁

瀟湘。（隸書）

（2）扉頁

八詠。（隸書）

（3）對題

月出天在水，平湖淨於席。安得謫仙人，來聽君山笛。（洞庭秋月）
（徵明。）

木落洞庭秋，湘娥縹緲愁。月明張樂地，風起弄珠遊。雁字楚天碧，
猿聲郢清泠。人境外空水，自悠悠樹幽。（彭年。）

（4）畫心

洞庭秋月。

（5）畫心

瀟湘夜雨。（徵明。）

（6）對題

曬網白鷗沙，衝烟青篛（集作箬）笠。欸乃一聲長，江空楚天碧。（漁
村夕照）（徵明。）

重湖青草浪，遠渡白蘋風。曬網夕陽裏，浮家春水中。醉歌成欸乃，
世身即鴻濛。莫問垂綸意，由來名利同。（（彭）年。）

（7）對題

江（集作孤）帆落日明，青山相暎帶。遙遙萬里情，更落青山外。（遠
浦歸帆）（徵明。）

楚望信悠哉，蒲帆天際來。三湘向巫峽，七澤過章臺。白鷺點波下，
青楓極浦開。君山好繫纜，卑濕未須哀。（（彭）年。）

（8）畫心

遠浦歸帆。

（9）畫心

平沙落雁。

（10）對題

征鴻戀迴渚，欲下還驚飛。葦深繒繳繁，歲晚稻梁肥（集作微）。（平
沙落雁）（徵明。）

衡峰近彭蠡，陽鳥故依依。萬里違寒至，三春逼暖歸。芙蓉在汀渚，

葭茨蔽灣碕。信是江湖樂，冥冥甘息機。（（彭）年。）

（11）對題

濕雲載秋聲，萬籟集篁竹。江湖白髮長，獨擁孤蓬宿。（瀟湘夜雨）
（徵明。）

水氣蒸昏靄，巒陰幕翠屏。昭潭片雲黑，疑岫九峰冥。清淚濕江竹，
靈風吹渚萍。烟波萬里思，舴艋一篷扃。（彭年。）

（12）畫心

江天暮雪。

（13）畫心

山市晴嵐。

（14）對題

雞聲茅屋午，靄靄墟烟白。市散人亦稀，山空翠猶滴。（山市晴嵐）
（徵明。）

旭日起荊岑，猿啼湘水濱。江光晨隱見，嵐翠午紛綸。橘柚家家市，
漁樵處處人。松醪能醉客，況復郢中春。（（彭）年。）

（15）對題

密雪灑空江，雲冥天浩浩。寧知風浪高，但道漁簑好。（江天暮雪）
（徵明。）

水國風濤壯，江澤雪霰多。雲遙迷赤岸，迴星動沙峨。楚客蘭琴奏，
巴童桂楫歌。五峰宜曉望，著我綠烟簑。（（彭）年。）

（16）畫心

漁村夕照。

（17）畫心

烟寺晚鐘。

（18）對題

日沒浮圖昏，遙鐘（集作鍾）隔（集作出）烟嶺。應有未眠人，冷然
發深省。（烟寺晚鐘）（徵明。）

鷲嶺空烟外，龍宮慧日傍。道林誇四絕，岳麓瞰三湘。清磬隔雲和，

雨華隨地香。鶯啼不知處，杉古晚蒼蒼。（（彭）年。）

著錄：《中國古代書畫圖目二》頁 322～324。《文徵明題畫詩》頁 18～19。《甫田集》卷十二〈瀟湘八景〉，頁 305～306。

題參竹齋圖卷（此畫鑑定：徐：跋眞，跋比畫好，畫粗筆，待考。）

畫心：

（徵明。）

拖尾：

（危惟一、范惟丕、湯盤題詩略。）

何事可相參，蕭蕭竹數竿。虛心能自傳，高節許誰干。有斐得君子，清眞托歲寒。端能謝塵僞，常此世平安。靜裡弄孤悄，風前覓澹懂。相親?相?，長日繞闌杆。（文徵明。）

（任條?、蔡羽、王穀祥、王寵、文彭等五人題詩略。）

著錄：《中國古代書畫圖目二》頁 326。

題丹楓茅屋圖軸（此畫鑑定：傅：舊仿。）

丹楓映水似春花，閒弄扁舟踏淺沙。何處雞聲茅屋?，隔江依??仙家。（徵明。）

著錄：《中國古代書畫圖目二》頁 330。

題石壁飛虹圖軸（此畫鑑定：徐：極似文嘉畫、待考。）

木落高原靜，秋清石壁寒。飛虹落天漢，只作玉泉看。（徵明。）

著錄：《中國古代書畫圖目二》頁 330。《文徵明精品集》圖 56。《明四家畫集》圖 124。徐邦達《古書畫僞訛考辨‧下》認爲畫似文嘉代筆，款書應爲眞迹。

題松風細泉圖軸（此畫鑑定：傅：明仿。）

鄙收新寒漲紫烟，平皋昏色已蒼然。味彼山影留斜日，一壑松風咽細?。（徵明。）

著錄：《中國古代書畫圖目二》頁 330。

題雲山圖軸

蒼靄夕陽樹，踈明雨後山。白雲遮不盡，疑在有無間。（文壁。）

虎兒文仲子，只作後身看。小筆將雲捲，溪山點華寒。（沈周。）

晚雲明漏日，春水綠浮山。半醉驢行緩，洞庭黃葉間。（唐寅。）

著錄：《中國古代書畫圖目二》頁331。

題蘭竹圖軸

參參幽蘭傍砌栽，紫☐綠葉向☐間。晚晴庭院淑風發，明送清香度竹來。（徵明。）

著錄：《中國古代書畫圖目二》頁331。

題桐山圖扇

踈桐葊葊碧陰涼，遠水濺濺玉瀨長。一曲松風四山響，清秋有客在高岡。（徵明爲桐山畫并題。）

著錄：《中國古代書畫圖目二》頁330。

題三絕卷（此畫鑑定：傅：舊仿。）

畫心：

（徵明。）

拖尾：

上方啼鳥綠陰成，落日登☐宿雨晴。春事蹉跎三月盡，碧天浮動五湖明。山連越疊人何在，水繞長洲艸自生。安得扁舟從此去，眼中無限白鷗情。

石湖烟水望中迷，湖上花深鳥亂啼。芳艸自生茶磨嶺，畫稿東注越來溪。涼風嫋嫋青蘋末，往事悠悠白日西。依舊江波秋月墮，傷心莫唱夜烏栖。

橫塘西下水如油，拂岸垂楊翠欲流。落日誰歌桃葉渡，涼風徐度藕花洲。蕭然白雨清煩暑，無賴青山破晚愁。滿目烟波情不極，遊人還上木蘭舟。（嘉靖甲寅五月廿又五日，書此消暑。徵明。）

著錄：《中國古代書畫圖目六》頁37。《文徵明精品集》圖37，畫名作「三絕書畫卷」。徐邦達《古書畫偽訛考辨·下》，畫名作「石湖圖

卷」，鑑定爲畫僞、書眞。

題夕陽秋色圖軸（此畫鑑定：劉、傅：款僞。）

秋色離離到草堂，早看疎葉點新霜。道人自得☐☐味，☐☐擬書映夕陽。（徵明。）

著錄：《中國古代書畫圖目六》頁 173。

題綠蔭草堂圖軸（此畫鑑定：傅：摹本。）

綠蔭如水夏堂涼，翠☐金風子夢長。老去自於閒有詩，困來時與客相忘。晴窓試筆瑞谿☐，石鼎烹雲☐渚香。一鳥不啼心境寂，此身眞不妮羲皇。（右夏日晚起作。徵明。）

著錄：《中國古代書畫圖目六》頁 173。

題泊岸停舟圖軸

清☐覆☐野雲平，☐鷺磯☐一棹橫。酒醒詩成風亦起，空江落日暮潮生。（徵明。）

著錄：《文徵明精品集》圖 54。《中國古代書畫目錄》畫名「泊」字作「柏」，無圖版。

題滄州詩意圖軸（此畫鑑定：劉：款字疑。）

空江雨急湧潮頭，野岸青楓輕水流。芳杜滿汀人寂寂，十分詩意在滄洲。（徵明。）

著錄：《中國古代書畫圖目六》頁 241。《文徵明精品集》圖 53。

題古木蒼烟圖軸

不見倪迂二百年，風流文雅至今傳。偶然點筆山窓下，古木蒼烟在眼前。（徵明戲用雲林墨法寫贈子寅，以爲如何。嘉靖九年十月。）

昔訪匡廬支道林，暫☐飛☐洗塵襟。于今喚醒東華夢，一入雲山涂☐深。

（鈐【石亭生】、【？氏？？】印）

宛住崑崙五玉林，雲飛窮變照衣襟。人☐☐☐驪龍寶，天上☐☐金馬深。（沈仕。）

解組歸來別禁林，高齋玄澹抱冲襟。雲蹤霞跡情無限，落筆真藏萬壑深。（湯珍。）

著錄：《中國古代書畫圖目七》頁30。《文徵明精品集》圖12。《明四家畫集》圖107。

題天池詩書畫合裝卷

畫心：

文太史天池詩不啻數十首，（後略）（嘉靖癸丑四月廿又三日，包山陸治。）

拖尾：

碧空十里山重重，萬里忽見蓮華峰。（後暫略）

往歲遊天池?此詩，今日視之，真稗語耳。

九疇?別?在?傳，?當深頷?勝者，漫書似之，不宜一笑也。（壬辰春仲，徵明重錄。）

著錄：《中國古代書畫圖目七》頁30～31。

題中庭步月圖軸

明河垂空秋耿耿，碧瓦飛霜夜堂冷。幽人無眠月窺石，一笑?軒酒初醒。庭空無人萬籟沉，惟有碧樹交清陰。褰衣徑起踏涼水，拄杖策?驚棲禽。風簷石鼎燃湘竹，夜久香浮亂花?。銀杯和月瀉金波，洗我胸中塵百斛。更?斗?天蒼照，滿庭夜色?空烟。蓬萊收處億萬里，紫雲飛??干前。何人相笑李謫仙，明月萬古人千年。年年月月月猶昔，賞心且對欄前客。但得常閒似此時，不愁明月無今夕。（十月十三夜，與客小醉，起步中庭，月色如畫，時碧桐蕭滄，跡影在地，人繞影舞，顧視欣然，因命僮子烹苦茗啜之。遂畫風簷不覺至丙夜，東坡云：何夕無月，何處無竹柏影，但無我輩閒適耳。嘉靖壬辰，徵明識。）

詩塘：

嘯臺。

蘇門日秋色，況與西風行。雲岫 ? 空盡，黛煙烘埜平。龍章落木薰，鳳嘯流泉聲。正爾栖遲好，人間臘姓名。落 ? 如 ? ?，? ? ? ? ?。? 心書 ? ? 波年兄一笑。嘉陵黃輝。

著錄：《中國古代書畫圖目七》頁 30。《文徵明精品集》圖 19。《明四家畫集》圖 111。

題水亭詩思圖軸

密樹含烟照，遙山過雨青。詩家無限意，都屬水邊亭。（戊午春，徵明。）

著錄：《中國古代書畫圖目七》頁 31。

題山色溪光圖軸（此畫鑑定：劉、傅：疑。）

山色 □ ? ?，溪光樹 ? □。? ? ? ? ?，? ? ? ? ?。（徵明。）（字跡過小，模糊難辨。）

著錄：《中國古代書畫圖目七》頁 31。

題冰姿倩影圖軸

（徵明筆。）

貞白是本性，丰姿 ? 別調。不可作梅觀，停雲自寫照。（庚午中 ?，乾隆御題。）

著錄：《中國古代書畫圖目七》頁 31。《文徵明精品集》圖 57。《明四家畫集》圖 171。

題雪橋策馬圖軸（此畫鑑定：傅：偽。）

雪壓涯南三百峯，涯痕照見玉嶺嵸。等閒十里山陰 ?，都落詩人跨蹇中。（徵明。）

著錄：《中國古代書畫圖目七》頁 35。

題書畫卷

滴翠離離雨，生涼細細風。

情切不是竹，斜月下西窗。

聽竹。

虛齋坐深寂，涼聲送清美。離珮搖天風，孤琴寫流水。尋聲自何來，
蒼竿在庭圮。冷然如有求，聲耳相?唯。竹聲良已往，?耳亦清矣。
誰云聲在竹，安識視由己。人清此修竹，竹戀此君子。聲入心自適，
一物聊彼此。傍人漫求?，已在?聲裡。不然吾自吾，竹亦自竹耳。?
日與竹?，終??千里。請看??青，?入箏琶耳。
約在秋聲夜未降，一天清樂?湘江。酒醒何處覓環珮，斜月離離印帋
窓。（交日以鈞過訪，小窓弄筆書?詩數首贈之。徵明。）

著錄：《中國古代書畫圖目八》頁 176～177。

題鬥雞圖軸

大雞昂然來，小雞竦而待。崢嶸顛盛氣，洗刷凝鮮彩。高行若矜豪，
側睨如伺殆。精光目相射，劍戟心獨在。既取冠為胄，復以距為鏘。
天時得清寒，地利挾爽塏。磔毛各噤瘁（此字委易作辛），怒瘦爭磈
磊。俄膺忽爾低，植立瞥而改。膈膊戰聲喧，繽翻落羽雤。中休事未
決，小挫勢益倍。妬腸務生敵，賊性專相醢。裂血失鳴聲，啄殷甚飢
餒。對起何急驚，隨?誠巧紿。毒手飽李陽，神槌困朱亥。惻心我以
仁，碎首爾何罪。獨勝事有然，旁驚汗流浼。知雄欣動顏，怯負愁看
賄。爭觀雲填道，助?波翻海。事瓜深難解，嗔晴時未怠。一噴一醒
然，再接再厲乃。頭垂碎丹砂，翼搤柂錦綵。連軒尚賈勇，清厲比歸
凱。選俊感收毛，受恩慚始隗。英心甘鬥死，義肉恥庖宰。君看鬥雞
篇，短韻有可採。（辛卯二月十又四日，徵明錄并畫。）

著錄：《中國古代書畫圖目九》頁 66。《文徵明精品集》圖 17。《明四
家畫集》圖 163。

題松石高士圖軸

春來日日雨兼風，雨過春歸綠更穠。白首已無朝市夢，蒼苔時有故人
蹤。意中樂事罇前鳥，天際修眉郭外峯。可是別離能作惡，尚堪老眼
送飛鴻。（履吉將赴南雍，過停雲館言別，輒此奉贈。辛卯五月十日，
徵明。）

著錄：《中國古代書畫圖目九》頁 66。《文徵明精品集》圖 18，畫名「石」作「下」。《明四家畫集》圖 162，畫名「石」作「下」。

題林榭煎茶圖卷

畫心：

徵明爲祿之作。

拖尾：

同江陰李生君登君山二首。

浮遠堂前爛熳遊，史君飛盡作遨頭。烟消碧落天無際，波湧噴金日正浮。禽鳥亦知賓客樂，江湖空有廟廊憂。白鷗飛去青山暮，我已披簑踏扁舟。

雲白江清水暎霞，夕陽欄檻見天涯。亂帆西面浮空下，雙島東來 ?? 斜。萬頃胸中雲夢澤，一痕掌上海安沙。扁舟 ?? 夜眞去，春淺桃源未有花。（承示和二島之作，感荷拙意，不能自隱，輒 ? 一笑。徵明頓首上。祿之選部詩史。小翁拙圖引意。四月十三日。）

著錄：《中國古代書畫圖目九》頁 72。《文徵明精品集》圖 60。《明四家畫集》圖 159。

題青綠山水軸

千山圍合路逶迤，百丈飛泉玉雪垂。滿目風烟勞應接，不霜拄杖過橋遲。（徵明。）

著錄：《中國古代書畫圖目九》頁 72。

題山陰晴雪圖軸

萬木僵寒望欲迷，沉雪壓屋晚簷低。分明一段山陰勝，不見高人出剡溪。（徵明。）

著錄：《中國古代書畫圖目九》頁 74。《文徵明精品集》圖 58。《明四家畫集》圖 161。

題枯木雙禽圖軸

落木蕭蕭苦竹深，茅簷日煗噪雙禽。棘枝豈是栖遲地，三月春光滿上

林。（徵明。）

著錄：《中國古代書畫圖目九》頁74。

題臨沈石田金雞圖軸

我生老去聵兩耳，山窗高眠常晏起。尔雞與我似無緣，高唱曳聲來枕底。毛黃嘴爪亦復然，雄毅之姿眾難比。東家抱鬥老已厭，烹之享客還中止。不如贈與候朝人，霜馬催行殘夢裏。（沈周畫并詩，徵明臨。）爭雄不入少年場，走馬長安事亦忘。白首山川清夢穩，任他啼落五更霜。（寅 ? 月。）

著錄：《中國古代書畫圖目九》頁74。

題仿倪瓚山水軸

微雨如輕塵，霏霏灑芳陌。拂烟如蒼茫，濡草還霖靋。惜惜落寒侵，稍稍芳酒積。苔痕暈深紫，竹危涵淨碧。簷樹曉低迷，江空晚 ? 藉。決溜忽淪瓦，循除已偏石。似開單門前，春水渥一尺。無能辨牛馬，況復通□迹。春鳥隔雲啼，踈花暎 ? 白。對此空復情，何由鼓佳客。雨中偶興。（徵明。）

著錄：《中國古代書畫圖目九》頁74。

題寒柯圖軸

九月江南秋漸闌，經霜木葉半彫殘。莫嫌野色淒涼甚，一片高情屬歲寒。（徵明。）

著錄：《中國古代書畫圖目十一》頁209。

題古木蘭竹圖軸

古木澹空枝，幽蘭美如玉。何處迎清香，佳人在空谷。（徵明。）

著錄：《中國古代書畫圖目十一》頁236。

題雨中訪友圖扇

窮巷十日雨，渥深斷來客。西齋午夢破，莣然識高履。啟戶延故人，一笑慰乖隔。閒日設香茗，短榻散書冊。涉華寫滄洲，居然見泉石。春山正沉沉，春雨猶脈靋。密竹晚猶迷，弱雲晚狼藉。挾蓋緣高岡，

貌子猶行迹。子迹良已奇，吾意無乃劇。吾生雅事此，亦頗自珍惜。頗爲知者盡，不受俗子迫。惟君鑑賞家，心嚌口不索。吾終不⁇斸，不索翻自獲。君能用君法，吾自適吾適。當吾得意昔，知否初未擇。偶落好事手，謬謂能入□。餘人惟和聲，遂使虛名嚇。雖得知己憐，頗爲遺者責。誰云興致高，正坐能適厄。幾欲謝膠鉛，⁇中有此辭。我辭君更甚，收此顧何益。君言有妙理，意自不能釋。我畫惜如金，君藏慎如璧。好畫與好識，同是爲物役。（遣齋冒雨過訪，寫此爲贈，兼賦短句。乙丑三月十日，文壁。）

著錄：《中國古代書畫圖目十一》頁 240。

題影□軒圖軸

影□（翠）軒圖。

墨痕漫渙帠膚殘，竹樹依然翠雨寒。三十年來頭白盡，卷中猶作故人看。（徵明重題。）

著錄：《中國古代書畫圖目十一》頁 284。

題茅亭揮塵圖軸（此畫鑑定：劉：疑。傅：僞。）

遠山呑天碧，危峯拔地青。何由雲樹底，揮塵坐茅亭。（正德丙寅春三月，長洲文徵明寫。）

著錄：《中國古代書畫圖目十二》頁 130。

題秋山覓句圖軸（此畫鑑定：劉：疑。傅：僞。）

天風寂⁇雨初收，木葉蕭條滿徑秋。詩在古松巖石外，支笻欲去每回頭。（□寅十月六日，徵明製。）

著錄：《中國古代書畫圖目十二》頁 130。

題竹菊圖軸（此畫鑑定：傅：舊僞。）

淵明老去不憂貧，醉擷金莖滿意□。即啖微花何幸會，至今□□□斯人。（徵明。）

著錄：《中國古代書畫圖目十二》頁 130。

題溪頭對語圖軸（此畫鑑定：劉、傅：僞。楊：待考。）

綠樹陰陰翠蓋長，雨停新水 ? 迴塘。 ? 人得 ? 山中笑，空語溪頭五月涼。(徵明。)

著錄：《中國古代書畫圖目十二》頁131。

題攜琴訪友圖軸

迴巖古木翠陰陰，逡繞溪流 ? 復深。把策携琴穿野去，空山歲晚有知音。(徵明。)

著錄：《中國古代書畫圖目十二》頁131。

題夢樟圖卷

畫心：

己亥春三月徵明製。

拖尾：

悲風樟樹帶臨江，慟哭當時事渺茫。寂寂猿魂千里遠， ? ? 秋夢百年長。心傷寸草迷春雨，腸斷羣烏伴曉霜。 ? 度月明推枕處，不知身世在高堂。(文徵明。)

夢樟說。

先王遠而風化湮，世教衰而彝倫薄，家人之睽也久矣。(後略) 君之行宜無傳於人人，而余爲之述之不爲過也，是爲夢樟說以贈。(嘉靖戊戌春二月，吏部文選負外 ? 。王穀祥書。)

著錄：《中國古代書畫圖目十三》頁51。

題玉蘭圖軸 (此畫鑑定：傳：疑。)

綽約新妝玉有輝，素娥千隊雪成圍。要知姑射真仙子，欣見霓裳試羽衣。影落空階初月冷，香生別院晚風微。玉環飛燕元相敵，笑比江梅不恨肥。

奕葉靈葩別種芳，似舒還斂玉房房。僛魋暎月瑤臺迥，素腕披風縞袂颺。拭面何郎疑傅粉，前身韓壽有餘香。夜深香霧空濛處，彷彿神妃解佩璫。(花朝過訪補庵郎中，適庭中玉蘭盛開，連吟二律，並系以圖。徵明。)

著錄：《文徵明精品集》圖 67。《文徵明題畫詩》頁 49，詩題作「辛亥春日訪補庵郎中適庭中玉蘭盛開連日賞翫賦此並系此圖」，字句略有差異。

題慕菴圖卷

引首：

慕菴。（徵明。）

畫心：

徵明。

拖尾：

（文徵明、蔡羽等人題贊，無圖版，略）

著錄：《中國古代書畫圖目十三》頁 51。《文徵明精品集》圖 68。

題李白詩意圖軸

日照鑪香生紫烟，遙看瀑布掛前川。飛流直下三千丈，疑是銀河落九天。（徵明。）

著錄：《中國古代書畫圖目十三》頁 52。《文徵明精品集》圖 66，畫名作「李白詩意山水圖軸」。

題芙蓉圖軸

九月江南花事休，芙蓉宛轉在中洲。美人笑隔盈盈水，落日還生渺渺愁。露洗玉盤金殿冷，風吹羅帶錦城秋。相思欲駕蘭橈去，滿目烟波不自由。（徵明。）

綠水明秋色，朱葩麗曉霜。江妃粲巧笑，衛女炫新粧。繡幙圍夗渚，霞綃幕雁塘。遙憶西池會，飛蓋奉君王。（彭年。）

迴塘淨斂晴波渺，驚見亭亭玉一叢。曉露未晞含笑頰，秋風猶在綴嬌容。吳宮窈窕如相妒，洛水輕盈不易逢。腸斷欲歌渾似夢，莫教零落夕陽中。（文伯仁。）

晴空何處彩霞生，木末花酣照錦城。泫露垂垂瓊珮冷，迴風嫋嫋舞羅輕。涉江採去傷秋暮，隔水看來傍月明。疑是宓妃歸洛浦，煙波杳渺

獨含情。（王安鼎。）

著錄：《中國古代書畫圖目十三》頁 52。《文徵明精品集》圖 62。

題淞江圖軸

望望吳淞江水流，草堂恰在水西頭。青山倒影供欹枕，斜日翻波入扁舟。蒲稗蕭條沙際晚，芙蓉縹緲鏡中秋。幽人淨洗紅塵足，卻把閒情付白鷗。（徵明爲西江畫并題。）

陳公散逸似天隨，小隱吳淞江水湄。百頃烟波堪引釣，一痕山色自供詩。喜逢令子成名日，正是嚴君亦壽時。□?高門多樂事，慶?如水浩無涯。（此圖衡翁戊子歲□題以贈西江陳公者，公是歲五十初度，其子同野□適領鄉薦，高□積□樂事，朋臻喜可知也，乃後同野登春牓，仕秋官，公?被恩封，享祿養，康寧禔福壽考，維祺教子之賢，顯親之孝，而有徵矣！一日同野持此示余，命記其事，因賦拙句，致耿?云。嘉靖戊午八月朔，穀祥題。）

過眼風光世水流，卻憐畫意?迎頭。塔滂春午先題?，揚子明朝始渡舟。且喜將臨不多日，漫言小別散經秋。草堂豈改吳淞在，作證惟應是野鷗。（見幀首徵明詩，即乘興承步其韻，及觀王穀祥所題，乃知西江其人者，原熱中科名，本非散逸，較元隱益之笑可。壬午仲春并識。）

（未落名款，鈐印二，模糊難辨）

著錄：《中國古代書畫圖目十三》頁 52。《文徵明精品集》圖 64。

題雪山跨蹇圖軸

雪壓溪南三百峰，溪流照見玉芙蓉。等閒十里溪山勝，邪落高人跨蹇中。（徵明。）

著錄：《中國古代書畫圖目十三》頁 52。《文徵明精品集》圖 65。

題蕙蘭石圖軸（此畫鑑定：傳：存疑。）

高情藹藹蕙蘭芳，眉宇英英奕葉光。怜得小窗無臭味，與君久處故相忘。（徵明爲祿之作。）

著錄：《中國古代書畫圖目十三》頁 53。《文徵明精品集》圖 63，畫名作「蘭石圖軸」。

題摹黃公望溪閣閑居圖軸（此畫鑑定：劉：疑。傅：舊仿本。）

陪吳師轉翁先生遊支硎山，山人陸□靜爲人篤雅好潔，□逕華艸，石鼎烹雲，出示黃公望溪閣閒居圖，命余普之不□，援筆寫此并小詩。幽人娛寂境，夜半詠歌長。日落亂山紫，雨？疎樹涼。閒情消無事，野色送秋光。儂家知不遠，細語邀崇岡。（徵明。）

著錄：《中國古代書畫圖目十四》頁 22。

題山水竹石圖冊（扇頁十二開）（此畫鑑定：傅、劉：內三開眞，餘明人仿本。）

（4）

玉質亭亭古史君，此行眞是慰甌民。空將日雨甦沉困，先有清風滌世塵。（徵明奉贈東皋先生。）

（5）

密樹春含雨，重山晚帶烟。幽人有佳句，都在倚闌邊。（徵明。）

（7）

落日浮圖昏，遙鐘隔烟嶺。應有未眠人，冷然發深省。（徵明。）

（12）

落木蕭蕭苦竹深，茆簷日煖笑雙禽。棘枝豈是栖遲地，三月春風滿上林。（徵明。）

著錄：《中國古代書畫圖目十四》頁 24～25。

題楷書落花詩并圖扇

撲面飛蘆漫有情，細香歌扇障盈盈。紅吹乾雪風千點，彩散朝雲雨滿城。春水渡江桃葉暗，茶烟圍榻鬢絲輕。從前不恨飄零事，青子梢頭取次成。

零落佳人意暗傷，爲誰憔悴減容光。將飛更舞迎風面，已褪猶嫣洗雨妝。芳艸一年空路陌，綠陰明日自池塘。名園酒散春何處，惟有歸來

屐齒香。

蜂撩褪粉偶黏衣，春減都消一片飛。蒂撓園風無奈弱，影搖庭日已全稀。樽前漫有盈盈淚，陌上空歌緩緩歸。未便小齋渾寂寞，綠陰幽草勝芳菲。

恨人無奈曉風何，逐水紛紛不戀柯。春雨捲簾紅粉瘦，夜涼踏影月明多。章臺舊事愁邊路，金縷新聲夢裏歌。過眼莫言皆物幻，別收功實在蜂窠。

戰紅酣紫一春忙，回首春歸屬渺茫。竟為雨殘緣太冶，未隨風盡有餘香。美人睡起空攀樹，蛺蝶飛來卻過墻。脉脉芳情天萬里，夕易應斷水邊腸。

桃蹊李徑綠成叢，春事飄零付落紅。不恨佳人難再得，緣知色相本來空。舞筵意態飛飛燕，禪榻情懷裊裊風。蝶使蜂媒多懶漫，一番無味夕易中。

開喜穠華落更幽，樹頭何用勝溪頭。有時細數坐來久，盡日貪看忘卻愁。惹艸縈沙風冉冉，傷春恨別水悠悠。不堪舊病仍中酒，疎雨濃烟鎖畫樓。

風裊殘枝已不任，那堪萬點更愁人。清溪浣恨難成錦，紅雨釀香併作塵。明月黃昏何處怨，游絲白日靜中春。急須辦取東欄醉，倒地猶堪籍錦茵。

飛如有戀墮無聲，曲砌斜臺看得盈。細草栖香朱點染，晴絲撩片玉輕明。江風飄泊明妃淚，綠葉差池杜牧情。賴是主人能愛客，不曾緣客掃柴荊。

情知芳事去還來，眼底飄飄自可哀。春漲平添棄脂水，曉寒思築避風臺。沾衣成陣看非雨，點徑能勻襯有苔。濃綠已無藏豔處，笑它蜂蝶尚徘徊。（正德丙子孟夏，偶作落花圖，畫系舊詩十首。衡山文微明。）

著錄：《中國古代書畫圖目十四》頁 217。《甫田集》卷二〈和答石田先生落花十首〉，頁 104。

題孝感圖卷

畫心：

徵明。

拖尾：

顧生孝感記。（記文略）（嘉靖辛酉閏月，文彭撰。）

?逸有嘉?，夙聞純孝名。鄞人昔刲骨，之子重含情。旌?蘭風藉，承顏燕喜并。已知璩百順，靈瑞?芝生。（江左周天球。）

顧生有異行，刲肉療親疾。倏然起沉痾，取效勝藥石。遺體不毀傷，聖訓奚遑恤。雖非禮之正，乃是情所迫。誠孝斯感通，天人理昭格。曾參啓手足，孝哉諒無失。（穀祥。）

（文嘉等八人詩文略）

著錄：《中國古代書畫圖目十五》頁85。

題枯木竹石圖軸

四月江南塵滿城，?看新暑坐來生。最憐竹樹多情思，合作小窗風雨聲。（徵明。）

著錄：《中國古代書畫圖目十五》頁87。

題山下出泉圖卷

引首：

育齋（隸書）。（陳恪爲子潤書。）

畫心：

子潤自號育齋，余嘗取蒙易之義作山下出泉圖，越二十年而失之，子潤請余重爲，余老矣！自念聰明不及於前時，而畫家顧有筆隨人老之評，噫！老少??，余蓋也行而卻，不審賞鑒者以爲何如也。（正德十五年，歲在庚辰十月既望，停雲館中書。徵明。）

拖尾：

曰德與行，何以勉旃。題彼出山，有洌下泉。（唐寅。）

山下出泉，孰云其蒙。天機粲然，作聖之功。（江陰薛章憲。）

山矗矗、泉悠悠，進止有度無?頭，養以正蒙，作聖罔念之，狂靡氏

窆道人，身在山水間，育？力果心閒，西風激水飛山道，人日開朱顏。
（華亭錢福。）

兀兀騰騰養晦中，一齋裏許有春風。心源如水無人會，自讀義經正及
蒙。（鮑翁。）

泉脉從山出，宣尼象養蒙。盈科自有漸，探本乃無窮。觀大歸溟海，？
高企華嵩。披圖會象意，聖域是收功。（崑山黃雲。）

（七人詩文略）

著錄：《中國古代書畫圖目十五》頁225。

題草閣臨流圖軸

漁梁曲曲帶青山，綠樹陰陰草閣寒。坐看清波？落日，？飛天影上闌
干。（徵明。）

著錄：《中國古代書畫圖目十五》頁227。

題雪山覓句圖軸

雪壓溪南山百峯，溪流照見玉巉嵷。等閒十里溪山勝，都屬詩翁短策
中。（徵明。）

著錄：《中國古代書畫圖目十五》頁227。

題樹石圖軸

東風三月思悠悠，車馬紅塵漫白頭。白日山深人不到，古藤花落水空
流。（徵明。）

木葉蕭蕭半欲空，流泉曲曲任西東。總憐意匠經營處，都在風烟慘淡
中。（涵峰子王守題。）

著錄：《中國古代書畫圖目十五》頁227。

題細筆山水卷

畫心：

（嘉靖辛卯春日寫。徵明。）

拖尾：

雨足新蒲長碧草，野塘十里？村斜。青？語？窺遊舫，白日流雲漾

淺沙。湖上脩眉遠山色，風前 ? 面小桃花。老翁負笈歸何處，深處訪鳴有隱家。

? ? 一逕轉支硎，正見西南百疊青。春色平原圍淺草，水痕高岸宿枯萍。壯懷得酒依稀在，塵夢逢山次第醒。莫悵憁 ? 還洗耳，松間鼓 ? 不堪聽。（嘉靖甲寅春二月既望，雨窗撫問往歲小卷，展閱之，真覺稚子之筆耳，戲錄二詩于後，然二醜已具，我知謬不爲棄物也。徵明。）

著錄：《中國古代書畫圖目十六》頁 76。

題竹石喬柯圖軸

? 嵐入空山，古木翠蝶舞。何處鳴天球，寒泉灑飛雨。（甲午夏六月過履仁書齋，戲寫竹石喬柯圖。徵明。）

著錄：《中國古代書畫圖目十六》頁 105。

題墨竹軸

徵明。

醉墨淋漓濕未乾，拂雲翬玉倚秋看。別來嶰谷空明月，幾度淒涼笛裏寒。（福徵。）

書窗漫對翠琅玕，偏向真心耐歲寒。怪底此君解醫俗，清標瀟洒拂雲端。（皇甫汸。）

玉蘭堂上寫琅玕，只作吳興老可看。一夜秋風動寥廓，綵雲零落鳳毛寒。（袁袠。）

著錄：《中國古代書畫圖目十六》頁 105。

題清秋訪友圖軸

清秋携手上高臺，水碧山明錦障開。欲寫高深無限意，涯邊有客抱琴來。（徵明。）

著錄：《中國古代書畫圖目十六》頁 106。

題樹下聽泉圖軸

青山列障草敦茵，六月飛泉過雨新。坐蔭濃陰漱流水，不幻人世有紅塵。（徵明。）

著錄:《中國古代書畫圖目十六》頁 106。

題瀟湘八景圖冊（八開）

（一開）

月出天在水，平湖淨於席。安得謫仙人，來聽君山笛。（洞庭秋月）

（徵明。）

（二開）

濕雲載秋聲，萬籟集篁竹。江湖白髮長，獨擁孤蓬宿。（瀟湘夜雨）

（徵明。）

（三開）

驚（集作征）鴻戀迴渚，欲下還自（集作驚）飛。葦深繒繳繁，歲晚
稻粱微。（平沙落雁）（徵明。）

（四開）

孤帆落日明，青山相暎帶。遙遙萬里情，更落青山外。（遠浦歸帆）

（徵明。）

（五開）

曬網白鷗沙，衝烟青篛（集作箬）笠。欸乃一聲長，江空楚天碧。（漁
村夕照）（徵明。）

（六開）

雞聲茅屋午，靄靄墟烟白。市散人蹟（集作亦）稀，山空翠猶滴。（山
市晴嵐）（徵明。）

（七開）

密雪灑空江，雲冥天浩浩。寧知風浪高，但道漁簑好。（江天暮雪）

（徵明。）

（八開）

日沒浮圖昏，遙鐘（集作鍾）隔（集出出）烟嶺。應有未眠人，冷然
發深省。（烟寺晚鐘）（徵明。）

著錄:《中國古代書畫圖目十六》頁 292。《文徵明題畫詩》頁 18～19。
《甫田集》卷十二〈瀟湘八景〉，頁 305～306。

題高人名園圖軸

高人繞水有名園，庭著林堂映草門。興寄五湖魚鳥近，歌 聞 三徑菊松存。委 心久已忘形跡， 狀貌 何妨且悟言。塵土不驚幽境寄，十分清思屬琴尊。（嘉靖甲申九月既望，與 ？？ 陳君坐談竟日，適庭中黃菊盛開，寫此紀興。徵明。）（圖版字跡太小。）

著錄：《中國古代書畫圖目十七》頁 25。

題葵陽圖卷

引首：

葵陽（篆書）。（徵明。）

畫心：

（徵明製。）葵陽圖。

拖尾：

中翰李君自號葵陽，余爲作葵陽草堂圖，復系此詩。

種花 ？ 種葵，葵葉能傾陽。有生勿遺忠，遺忠負綱常。高人解芳圃，種葵繞茅堂。饑以葵爲羹，醉與葵相忘。種葵今幾時，葵深已成行。呆呆三伏日， ？？ 流輝光。所心向朱明，勿待秋風涼。秋風彫百卉，不毅惡草長。草長損我葵，身遠熱中腸。結髮奉明主，耿耿心未降。有如東逝水，百折終不妨。衛杓任流轉，萬耀攀相望。相望在何許，紫雲天一方。燦燦圃中葵，一一 雲珍 章。願拾雲 ？？ ，去補 ？ 衣裳。

（長洲文徵明。）

（七人詩文略）

著錄：《中國古代書畫圖目十七》頁 170～171。

題幽居圖軸

夜樹竹爲垣，幽陰坐處繁。遂輕園上日，不到水邊村。山雨帶雲集，松濤清 ？ 翻。往來三徑裏，何地有囂煩。（徵明爲東沙買家作。）

著錄：《中國古代書畫圖目十八》頁 13。

題水閣遠山圖軸（此畫鑑定：劉：疑似文嘉作。楊：文徵明印後

加，乃文嘉繪製。）

（文嘉、文彭題詩文字殘缺）

（詩略）

歌次文水韻爲西樓仙翁[?]丈壽祝。彭年頓首。

鶴髮蕭蕭已八旬，少年豪氣尚嶙峋。（後略）

西樓[?]兄先生八十，賦此奉壽。通家小弟計閏。

（圖版太小，字跡過小，殘缺難辨）

著錄：《中國古代書畫圖目十八》頁175。

題溪亭消夏圖軸

高樹陰陰翠蓋長，雨[?]新水漲迴塘。何人得似山中叟，[?]領溪亭五月涼。（徵明。）

著錄：《中國古代書畫圖目十八》頁208。

題枯木竹石圖軸

白石堆蒼[?]，[?]杪垂古陰。不教霜雪損，自負[?]空心。（徵明。）

著錄：《中國古代書畫圖目十八》頁241。

題湘君、湘夫人像軸

湘君。

君不行兮夷猶，蹇誰留兮中洲。（後略）

湘夫人。

帝子降兮北渚，目眇眇兮愁余。（後略）（正德十二年丁丑二月己未，停雲館中書。）

余少時閱趙魏公所畫湘君湘夫人，行墨設色皆極高古，石田先生命余臨之，余謝不敢，今二十年矣。偶見畫娥皇女英者，顧作唐粧，雖極精工，而古意略盡，因彷彿趙公爲此，而設色則師錢舜舉，惜石翁不存，無從請益也。（衡山文徵明記。）

少嘗侍文太史，談及此圖云，使仇實父設色，兩易紙皆不滿意，乃自設之，以贈王履吉先生。今更三十年始獲觀此眞蹟，誠然筆力扛鼎，

非仇英輩所得夢見也。(王穉登題。)

先君寫此,時甫四十八歲,故用筆設色之精非他幅可擬,追數當時已六十二寒暑矣!藏者其寶惜之。(萬曆六年七月,仲子嘉題。)

著錄:《中國古代書畫圖目二十》頁200。《文徵明精品集》圖5。《明四家畫集》圖 101。《過雲樓書畫記》畫類四〈文待詔仿趙魏公湘君湘夫人圖軸〉,頁115～116。《大觀錄》卷二十〈文太史湘君圖〉,頁575。

題雨晴紀事圖軸

入春連月雨霖霪,一日雨晴春亦深。碧澗平添三尺水,綠榆新漲一庭陰。(徵明雨晴紀事,庚寅三月八日。)

著錄:《中國古代書畫圖目二十》頁209。《文徵明精品集》圖14。《明四家畫集》圖106。

題品茶圖軸

茶塢

嚴隈蓺雲樹,高下鬱成塢。雷散一山寒,春生昨夜雨。棧石分瀑泉,梯雲探烟縷。人語隔林聞,行行入深迂。

茶人

自家青山裡,不出青山中。生涯草木靈,歲事烟雨功。荷鋤入蒼靄,倚樹占春風。相逢相調笑,歸路還相同。

茶笋

東風吹紫苔,一夜一寸長。烟華綻肥玉,雲羢凝嫩香。朝來不盈掬,暮歸難傾筐。重之黃金如,輸貢讓頭綱。

茶籝

山匠運巧心,縷筠裁雅器。絲含故粉香,蕚帶新雲翠。攜攀蘿雨深,歸染松嵐膩。冉冉血花斑,自是湘娥淚。

茶舍

結屋因巉阿，春風連水竹。一徑野花深，四隣茶荈熟。夜聞林豹啼，朝看山麋逐。囅足辦公私，逍遙老空谷。

茶竈

處處鬻春雨，青烟映遠峰。紅泥侵白石，朱火然蒼松。紫英凝面薄，香氣襲人濃。靜候不知疲，夕陽山影重。

茶焙

昔聞鑿山骨，今見編楚竹。微籠火意溫，密護雲芽馥。體既靜而貞，用亦和而燠。朝夕春風中，清香浮帟屋。

茶鼎

斲石肖古製，中容外堅白。煮月松風間，幽香破蒼壁。龍頭縮黿勢，蟹眼浮雲液。不使彌明嘲，自適王濛厄。

茶甌

疇能鍊精珉，範月奪素魄。清宜鬻雪人，雅愜吟風客。穀雨鬭時珍，乳花凝處白。林下晚未收，吾方遲來屐。

煮茶

花落春院幽，風輕禪榻靜。活火煮新泉，涼蟾墮圓影。破睡策功多，因人寄情永。傯遊恍在茲，悠然入靈境。

（嘉靖十三年，歲在甲午，穀雨前三日，天池虎丘茶事最盛，余方抱疾，偃息一室，弗往能與好事者同爲品試之會，佳友念我，走惠三二種，乃汲泉以火烹啜之，輒自第其高下，以適其幽閒之趣，偶憶唐賢皮陸茶具十詠，因追次焉，非敢竊附於二賢後，聊以寄一時之興耳，漫爲小圖，遂錄其上。衡山文徵明識。）

著錄：《中國古代書畫圖目二十》頁209。《文徵明精品集》圖22，畫名作「茶具十詠圖軸」。《明四家畫集》圖146，畫名作「茶具十詠圖」。

題西齋話舊圖軸

木葉蕭蕭夜有霜，清言款款酒盈觴。碧窗重剪西風燭，白髮還聯舊雨

牀。秋水不嫌交誼澹，寒更何似故情長。不堪又作明朝別，次弟鄰雞過短墻。（嘉靖甲午臘月四日訪從龍先生，留宿西齋，時與從龍先生別久，秉燭話舊，不覺漏下四十刻，賦此紀情，并系小圖如此。徵明。）

著錄：《中國古代書畫圖目二十》頁 209。《文徵明精品集》圖 15。《明四家畫集》圖 114。

題紅杏湖石圖扇

三月融融曉雨乾，十分春色在長安。香塵屬路紅雲煖，摠待僊郎馬上看。（小詩拙畫奉贈補之翰學，丁酉臘月既望。徵明。）

紗帽宮袍閬苑仙，天街立馬五雲邊。曲江春色濃如錦，紅杏林中沸管絃。（王守。）

著錄：《中國古代書畫圖目二十》頁 210。《文徵明精品集》圖 69，畫名作「石頭花卉扇」。

題臨溪幽賞圖軸

徵明。

孤松挺秀，喬木臨溪。時為逸興，閒看天機。（嘉靖辛丑，南郭亮。）

著錄：《中國古代書畫圖目二十》頁 211。《文徵明精品集》圖 45。《明四家畫集》圖 156。

題蘭亭修禊圖卷

拖尾：

蘭亭序全文。（略）（永和九年徵明臨。）

曾君曰潛，自號蘭亭，余為寫流觴圖，既臨禊帖系之，復賦此詩發其命名之意。壬寅五月。

猗蘭亭子襲清芬，[?]重山陰迹未陳。高隱漫傳幽谷操，清真重見永和人。香生環珍光風遠，秀苗庭階玉樹新。何必流觴須上巳，一塵芳意四時春。（文徵明。）

（王穀祥、陸師道、許初、文彭、文嘉、周復俊詩文略）

著錄：《中國古代書畫圖目二十》頁 212～213。《文徵明精品集》圖

28。《明四家畫集》圖118。

題三友圖卷

風裾月佩紫霞紳，翠質亭亭似玉人。要使春風常在目，自和殘墨與傳神。（右詠蘭。）

寒英翦翦弄輕黃，百卉彫零見此芳。天意也應憐晚節，秋光端不負重陽。郊原慘澹風吹日，籬落蕭條夜有霜。輸與陶翁能領略，南山在眼酒盈觴。（右詠菊。）

手種琅玕十尺強，春來舊節長新篁。瑣窗暎日鬢眉綠，翠簟含風喚語涼。坐令塵居無六月，醉聞秋雨夢三湘。不須解帶圍新粉，看取南枝過短牆。（右詠竹。）（壬寅九月，徵明。）

著錄：《中國古代書畫圖目二十》頁213。《文徵明精品集》圖27。

題山水冊（十二開）

（1）

飛泉壓頭挂，碧澗檻 ? 流。幽冷誰能 ? ，巖居五月秋。（周天球。）

結茆古巖下，俯見清溪色。略彴可適人，時來問 ? 客。（陸師道。）

（2）

寂寞空山裡，臨流聽玉淙。悠然坐竟日，落葉下高舂。（周天球。）

原泉觸石鳴，出澗已無聲。料得臨流者，應知行險情。（陸師道。）

（3）

飛瀑半空下，輕雷隔岸聞。探奇忘歸去，松杪暎斜曛。（周天球。）

點瀑下平岡，翠屏玉龍舞。松風川上來，拂面作山雨。（陸師道。）

（4）

高林木葉脫，山色含澹秋。返照暎空碧，溪亭事事幽。（周天球。）

清溪匯流泉，山遠紅塵隔。幽亭無人來，樹色暎深碧。（陸師道。）

（5）

日落山更遙，松鳴溪欲晚。小橋葭葦深，獨往興不淺。（周天球。）

長松暎清川，雲浸 ? ? 冷。閒步東欄橋， ? 見亂 ? 影。（陸師道。）

（6）

山色微經雨，林光澹抹秋。風？天籟發，一笛起中流。（周天球。）

吹笛下滄浪，清聲振林木。迴飇微餘音，驚起沙鷗宿。（陸師道。）

（7）

曲渚冒深竹，蕭蕭萬玉鳴。放舟沿瀨去，湘水有餘情。（周天球。）

渭川千畝竹，漁舟去欲迷。借問箟簹客，何似桃花溪。（陸師道。）

（8）

淺渚微通水，重山杳起峰。萬林擘秀去，渺渺白雲封。（周天球。）

水勢緣源曲，岡形抱澗深。山川芳名接，?泛武夷潯。（陸師道。）

（9）

灌木深障日，層巖高切雲。草閣飛泉上，泠然遺世氛。（周天球。）

草閣俯潺湲，飛泉落樹間。漱流盡枕石，吾道在青山。（陸師道。）

（10）

積雨雲猶濕，重林路未開。人家烟水上，空望客舟來。（周天球。）

雨過山猶滴，嵐光翠不分。炊烟起?樹，縹緲接歸雲。（陸師道。）

（11）

江光淼秋影，林木淨烟霏。額額厓?坐，看山忘暮歸。（周天球。）

日出坐溪上，日斜猶未歸。青山無限好，況復有漁磯。（陸師道。）

（12）

埜岡春竹細如絲，石斷泉飛封霜吹。疑是黃陵西去路，馬頭雲氣二妃祠。（王穉登。）

竹色連岡巒，泉聲出澗幽。春山積雨霣，蕭瑟迴?秋。（陸師道。）

（13）

（萬曆庚寅張鳳翼題跋略）

（14）

文徵仲太史於畫絕重沈啓南徵君，太史歿而名埒徵君，畫價駸駸欲昂，二公故皆博綜諸家，游戲三昧，然而長幀大幅則石田擅其雄，赫蹏尺素則衡山標其秀，故各有至也。此冊是太史公畫以授其徒朱子朗

者，生平心訣在焉，又淋漓小景偏是所長，上自董巨米顛，下逮 ? 明
子久，中間所得承旨尤多，大是吳中名品，得之者徐建甫氏，吾兒駰
僚婿（此字女易作土）也，屬駰以示余，故得備而論之。

（萬曆癸未春閏月墻東居士王世懋書於澹圃之日損齋中。）

著錄：《中國古代書畫圖目二十》頁 222～224。《明四家畫集》圖 129。

題石湖圖頁

（本幅）

石湖。

（未落款，鈐【文壁印】、【停云生】二白方印）

（對幅）

分得石湖。（衡山文壁。）

千頃東南麓，登臨興渺然。斷烟山外樹，明月鏡中天。故事追文穆，
閒情付玉川。鷗亭盟再續，農圃勝常專。自吸波爲酒，行看水變田。
馮將華髮在，游賞挾飛僊。

著錄：《文徵明精品集》圖 2。

題存菊圖卷（此畫鑑定：徐：明摹本。）

拖尾：

西風采采弄秋黃，種菊人遙菊未荒。老圃尚餘清節在，殘英長抱故枝
香。愁侵九日還逢雨，寒入東籬忽踐霜。珍重孤兒偏護惜，百年手澤
自難忘。（達卿先生不忘其先府君菊菴之志，因號存菊，友生文徵明
爲賦此詩，并系拙畫。）

著錄：《中國古代書畫圖目二十》頁 225。《大觀錄》卷二十〈存菊圖〉，
頁 573～574 錄此詩，又有程遵、唐寅、祝允明等多人詩文。

題兩谿圖卷

引首：

兩谿（隸書）。（徵明。）

畫心：

徵明。

拖尾：

湋谿卜桑漫徜徉，卻望麻溪是故鄉。兩地風烟原自接，百年水木未能忘。江湖去住隨緣在，魚鳥東西引興長。最是晚涼踈雨影，一天明月共滄浪。（長洲文徵明。）

（劉 ? 、文嘉、王穀祥、許初詩文，清人二跋略）

著錄：《中國古代書畫圖目二十》頁 225。《文徵明精品集》圖 46。《明四家畫集》圖 141。

題垂虹送別圖卷

引首：

垂虹送別（篆書）。（長洲王穀祥題。）

畫心：

徵明。

拖尾：

三載松陵重撫綏，忽隨徵詔向彤墀。一時自 ? 明良會，百里方懷父母慈。歲 ? 共憂民乏食，政成還免眾流移。垂虹橋下棠千樹，盡屬君侯 ? 後思。（長洲文徵明。）

著錄：《中國古代書畫圖目二十》頁 225。《明四家畫集》圖 144。

題雜畫（四段）卷

（1）梅竹雙禽

落葉蕭蕭苦竹深，茆簷斜日喚雙禽。棘叢豈是栖身地，三月春風滿上林。（徵明。）

（2）蘭棘小鳥（徵明。）

（3）高士觀瀑（徵明。）

（4）竹柏奇石

古石棱兢玄玉，喬柯偃蹇蒼虬。著個脩篁帶雨，分明鐵網琳球。（徵明。）

著錄：《中國古代書畫圖目二十》頁 227。《文徵明精品集》圖 40。《明四家畫集》圖 165。

題蘭竹圖卷

（1）

新奇本出漢飛白，古意尚有唐雙鈎。（徵明。）

（2）

西齋半日雨浪浪，雨過新梢出短墻。塵土不飛人跡斷，碧陰添得晚窗涼。（徵明。）

著錄：《中國古代書畫圖目二十》頁 228。《文徵明精品集》圖 29。《明四家畫集》圖 117，畫名作「蘭竹石圖」。

題曲港歸舟圖軸

雨浥樹如沐，雲空山欲浮。艸分波動處，曲港有歸舟。（徵明。）

山腰雲氣斷，樹頂雨聲稠。獨坐憑闌處，溪林見野舟。（穀祥。）

江寒木落昏烟生，秋☐汀洲雁字橫。誰似風流蔡天☐，扁舟郊☐畫中行。（師道。）

罨畫春山翠雨收，蘢苅春樹白烟浮。虛亭更在涳濛裏，坐看飛泉拂檻流。（彭年。）

野艇不須收，烟波任拍浮。得詩緣即景，適性且隨流。山泉雨後生，飛下白雲橫。留得匡廬意，青蓮策杖行。

憑欄聊極目，灌木綠陰稠。寄語披蓑者，源中可放舟。

山勢倏斷續，雲容鎮瀁浮。漫嫌沙水淺，且自泊孤舟。（乾隆御題即用前人留題原韻。）

神（乾隆書）

著錄：《中國古代書畫圖目二十》頁 228。《文徵明精品集》圖 44。《明四家畫集》圖 157。

題秋花圖軸

秋霜麗朝陽，羣卉日以萎。云胡老圃中，維英各呈美。（徵明。）

著錄：《中國古代書畫圖目二十》頁 228。《文徵明精品集》圖 42。《明四家畫集》圖 172。

題溪橋策杖圖軸

短策輕衫爛漫游，暮春時節水西頭。日長深樹青幃合，雨過遙山碧玉浮。（徵明。）

著錄：《中國古代書畫圖目二十》頁 228。《文徵明精品集》圖 48。《明四家畫集》圖 158。

題落木空江圖軸

對坐焚香習燕清，好風如水洒簾旌。夕陽忽見疎疎影，落木空江生遠情。（徵明。）

空山秋色淨，玉樓帶霜清。盡日無人到，南湖一片明。（王守。）

平疇交古木，雜礎帶迴溪。翠色空中墮，南山天與齊。（王寵。）

著錄：《中國古代書畫圖目二十》頁 229。

題雪景山水軸

坐招嶺樹雪漫漫，天?黃蒼萬玉寒。小蹇不嫌歸路永，十分清思屬跨鞍。（徵明。）

著錄：《中國古代書畫圖目二十》頁 229。

題綠陰清話圖軸

碧樹鳴風澗草香，綠陰滿地話偏長。長安車馬塵吹面，誰識空山五月涼。（徵明。）

著錄：《中國古代書畫圖目二十》頁 229。《文徵明精品集》圖 43。《明四家畫集》圖 155。

題墨竹扇

涼影半囪月，秋聲一枕風。（徵明。）

?園一放春雨足，渭水千畝秋風高。先生青眼?君子，撚落此鬚如鳳毛。（允明。）

著錄：《中國古代書畫圖目二十》頁 228。

題墨蘭扇

離離水蒼珮，居然在空谷。雖多荊棘枝，春風自芬馥。（徵明。）

著錄：《中國古代書畫圖目二十》頁228。

題竹石扇

西風獵獵捲塵沙，雲物淒涼日欲斜。感興有詩留石上，閒官無夢到天涯。事功敢謂抒衷赤，富貴看來眩眼花。獨愛幽蘭與脩竹，扶藜時到隱君家。（東峰次韻爲竹川子題。徵明。）

著錄：《中國古代書畫圖目二十》頁236。《文徵明精品集》圖51。《故宮博物院藏明清扇面書畫集》第一集。

題蘭石扇

缺月搖珮環，微風汎晴馥。何以寄所思，佳人在空谷。（徵明。）

幽蘭何猗猗，紫英汎濃馥。吾將采芳韻，譜作瑤琴曲。（穀祥。）

著錄：《中國古代書畫圖目二十》頁236。《文徵明精品集》圖26。

題山水圖軸（此畫鑑定：楊新：本幅眞僞待研究。）

草樹離離落照間，清言輸與兩翁閒。就中消受無人會，滿耳清泉滿眼山。（文壁畫并題。）

此衡山先生未改名時筆也，先生早歲專學荊關，故筆意如此，嘗聞石田翁贈先生詩曰：老夫開眼見荊關，想像經營慘澹間。未用荊關論畫法，先生胷次有江山。愚謂此詩非先生不能當，然非石田之知先生亦不能爲□詩，蓋二公皆學洪谷而有得者也，觀此□益信。（嘉靖癸丑六月望，師道題。）

著錄：《文徵明精品集》圖4，此書編者楊新注云本幅眞僞待研究。

題青綠山水圖卷

畫心：

戊子春三月寫。徵明。

（畫心上無詩，《文徵明精品集》書末著錄說明有款題：「望望吳淞江水流」七律一首，款識：「徵明爲西江畫并題。戊子春三月寫。徵

明。」，該詩或錄於拖尾，圖版僅畫幅部份，無法抄錄該詩。）

著錄：《文徵明精品集》圖 9。《明四家畫集》圖 149。

題滸溪草堂圖卷

引首：

滸谿草堂。（穀祥。）

畫心：

徵明寫滸溪草堂圖。

拖尾：

沈君天民，世家滸墅，今雖城居，而不忘桑梓之舊，因自號滸谿。將求一時名賢詠歌其事。余既爲作圖，復賦此詩，以爲諸君倡。滸墅一名虎墅，按圖經秦始皇求吳王寶劍，白虎蹲於丘上，西走二十五里而失，故名虎豀，吳越諱鏐，因改爲豀墅，又譌虎爲滸云。嘉靖乙未臘月。

何處閒雲築草堂，虎豀谿上舊吾鄉。百年魚鳥常關念，一曲風烟儘自藏。南望帆檣依樹轉，西來墟落帶山長。最憐出郭紅塵遠，春水還堪著野航。（文徵明。）

（陸粲等十二人題詩文略）

著錄：《文徵明精品集》圖 23。《明四家畫集》圖 115。《遼寧省博物館藏·書畫著錄·繪畫卷》，頁 314～320。

題千林曳杖圖頁

此老胸中萬卷書，平林曳杖意何如。天涯莫怪無知己，紅葉蕭蕭幾點餘。（嘉靖丁酉秋九月畫。徵明。）

溪雲淡無色，秋樹紅可憐。是誰來領略，觸眼白雲篇。（徐珍。）

著錄：《文徵明精品集》圖 25。

題桃源問津圖卷

畫心：

嘉靖甲寅二月既望，徵明時年八十有五。

拖尾：

（高士奇書桃花源記，略）

康熙庚午二月廿七日，天氣晴和，坐瓶廬偶書。江村高士奇。

（高士奇次日又跋，文略）

洞口桃花萬樹春，溪流不合引漁人。自從傳出仙源事，翻使劉郎欲問津。

（高士奇）是日再題。（康熙癸丑五月，張照觀。）

著錄：《文徵明精品集》圖 36。《明四家畫集》圖 127。《遼寧省博物館藏・書畫著錄・繪畫卷》，頁 326～330。

題枯木疎篁圖軸

過雨疎篁綠，驚風古木疎。幽人初睡起，秋色滿精廬。（徵明。）

著錄：《文徵明精品集》圖 50。《明四家畫集》圖 164。

題秋到江南圖軸

幅上裱邊：

此乃衡山先生生平傑構之一，……改裝移題字于畫外，（後略）（卅七年八月，悲鴻。）

秋到江南楓葉紅，秋山遇雨翠眉濃。飛飛白鳥自來去，消盡心機是雨翁。（徵明。）

著錄：《文徵明精品集》圖 59。《明四家畫集》圖 148。

題萬壑松風圖軸

過雨青山翠欲浮，擬波黃葉水交流。閒移小艇斜陽外，半嶺松風萬壑秋。（徵明。）

著錄：《文徵明精品集》圖 61。《明四家畫集》圖 147。

文徵明畫題畫詩（海外藏畫）

題黃花幽石圖軸

東鄙名藥帶曲張，三年行來兩回☐。孤影虛境墻邊樹，久對蘆諦砌香茗。落日懷人沙水遠，秋風捲葉梨花雨。☐☐在眼休☐負，相對山僧把一杯。（壬申九日同子重遊東禪☐此紀興，是日與道復諸君期而不至，☐中省懷故☐聊及之。文壁識。）

著錄：《海外藏中國歷代名畫　第六卷》圖 20，頁 32。

題樓居圖軸

遷客從來好閣居，窗開八面眼眉舒。上方臺殿隆隆起，下界雲雷隱隱虖。隱几便能窺日木，憑欄真可見扶餘。摠然世事多翻覆，中有高人只晏如。（南坦劉先生謝政歸而欲為樓居之舍，其高尚可知矣，樓雖未成，余賦一詩并寫其意以見之，它日張之座右，亦樓居之一助也。嘉靖癸卯秋七月既望，徵明識。）

著錄：《海外藏中國歷代名畫　第六卷》圖 24，頁 37。

題停雲館言別圖軸

春來日日雨兼風，雨過春歸綠更穠。白首已無朝市夢，蒼苔時有故人踪。意中樂事罇前鳥，天際脩眉郭外峯，可是別離能作惡，尚堪老眼送飛鴻。（履仁將赴南雍，過停雲館言別，輒此奉贈。辛卯五月十日。徵明。）

著錄：《海外藏中國歷代名畫　第六卷》圖 25，頁 38。

題積雨連村圖軸

積雨連村暗，山莊何處歸。秋光堪畫處，簑笠過橋遲。（徵明。）

著錄：《海外藏中國歷代名畫　第六卷》圖 26，頁 39。

題竹蘭圖軸

幽蘭生高原，亭亭秀雙玉。下有碧琅玕，清風伴幽獨。（徵明。）

著錄：《海外藏中國歷代名畫　第六卷》圖 28，頁 41。

題秋光聲泉圖軸

積翠千山雪，涼聲一壑秋。北窗殘酒醒，淡月走蒼虬。（戊申七月廿日。徵明製。）

著錄：《海外藏中國歷代名畫　第六卷》圖 29，頁 42。

題雨晴山色好圖軸

江干草色帶林巒，⬚漫江深五月寒。最是雨晴山色好，碧雲千疊上欄干。（徵明。）

著錄：《海外遺珍繪畫（三）》圖 49，頁 116。

文徵明畫題畫詩（民間藏畫）

題倣倪高士山水軸

倪迂高雅世無倫，二百年來迹未陳。一頃臨風誰點筆，老夫自是捧心人。（徵明。）

著錄：《千禧拍賣會　中國書畫（古代）》圖 918。

題雪景山水圖軸

暮色閨時雪正飛，小童扶醉征長衣。不幻詩思能欺凍，古木斜岡晚來歸。（徵明。）

著錄：《崑崙堂藏書畫集》頁 82。

題山水扇面

最愛吳王消夜灣，輕撓短楫弄潺湲。涼風數點雨餘雨，落日山重山外山。（徵明。）

著錄：《明代沈周文徵明唐寅仇英四大家書畫集》圖 27，頁 24。

題山水扇面

潺潺石澗近林密，六月茅亭尙覺寒。唯我坐來忘世慮，一爐沈水供心官。（邢參。）

（壬午仲夏雨過偶作。徵明。）

著錄：《明代沈周文徵明唐寅仇英四大家書畫集》圖 31，頁 26。

題蹴踘圖軸

聚戲人間混等倫，豈殊凡翼與常鱗。一朝龍鳳飛天去，總是攀龍附鳳人。（青巾黃袍者太祖也，對蹴踘者趙普也，青巾衣紫者乃太宗也，居太宗之下乃石守信也，巾垂於前者党晉也，年少衣青者，楚昭輔也。嘉靖己酉七月十日徵明識。）

著錄：《明代沈周文徵明唐寅仇英四大家書畫集》圖 32，頁 27。《文徵明題畫詩》頁 42。

題溪橋覓句卷

右圖千巖競秀萬壑爭流，乃余爲子傳而作也，子傳與余相友善，每有所往，必方舟相與，乘閒即出此絹索余圖，數筆興闌則止，如是者凡十有三年始克告成，因系之以詩曰：

尺素俄經已數年，秀巖流壑始依然。感君意趣猶如昔，顧我聰明不及前。萬壑潺湲知水競，千巖青翠爲山妍。詩中眞境何容盡，聊畢當年未了緣。（嘉靖己酉八月既望。長洲文徵明識。）

著錄：《明代沈周文徵明唐寅仇英四大家書畫集》圖 70，頁 65。《文徵明題畫詩》頁 27～28，詩題作「千巖萬壑圖」。

題仿雲林山水軸

平生雅愛雲林子，欲寫江南雨後山。我亦雨中閒點染，疎林落日有無間。（徵明。）

著錄：《中國嘉德 2001 春季拍賣會　中國古代書畫》圖 1006。

題落花圖并詩卷

拖尾：

賦得落花十首

撲面飛蘆漫有情，細香歌扇障盈盈。江吹乾雪風千點，沐散陰雲雨滿城。春水渡江桃葉暗，茶烟園榻鬢絲輕。江前莫恨飄雲事，青子梢頭取次成。（餘略）（長洲文壁。）

著錄：《瀚海'99 春季拍賣會　中國書畫（古代）》圖 684。《文徵明書畫簡表》頁 10。